国家教育部新农科项目（项目编号 2020415）成果

寻找

唐诗之美

唐诗里的黄河、明月、故乡等审美意象，是镌刻在中华民族精神深处的文化基因和历史记忆。

田恩铭 著

黑龙江美术出版社

·哈尔滨·

图书在版编目（CIP）数据

寻找唐诗之美 / 田恩铭著. -- 哈尔滨 ： 黑龙江
美术出版社，2025. 2. -- ISBN 978-7-5755-0881-0

Ⅰ. I207.227.42-49

中国国家版本馆 CIP 数据核字第 2025CG0839 号

寻找唐诗之美

XUNZHAO TANGSHI ZHIMEI

出 品 人：乔　靓
　　　著：田恩铭
责任编辑：聂元元
责任校对：刘　薇
装帧设计：百悦兰棠 [BAIYUE LANTANG]
出版发行：黑龙江美术出版社
地　　址：哈尔滨市道里区安定街 225 号
邮政编码：150016
发行电话：0451-84270524
经　　销：全国新华书店
印　　刷：河北文盛印刷有限公司
开　　本：787mm×1092mm　1/16
印　　张：16.5
字　　数：213 千字
版　　次：2025 年 2 月第 1 版
印　　次：2025 年 2 月第 1 次印刷
书　　号：ISBN 978-7-5755-0881-0
定　　价：58.00 元

序

傅道彬

据报载，一个学生要到欧洲留学，行前向老师辞行。老师说："带上一本《英汉辞典》吧，然后再带上一本《唐诗三百首》。带上辞典，自然是为了交际的需要；而只要你还吟得出唐诗，你就还是一个合格的中国人。"中国人的教育往往是从诗开始的，而唐诗则是中国人最基本的启蒙训练。每个中国人的童年，几乎都是在吟诵着"白日依山尽，黄河入海流""慈母手中线，游子身上衣""床前明月光，疑是地上霜"的诗句开始的。唐诗里的黄河、明月、故乡等审美意象，是镌刻在中华民族精神深处的文化基因和历史记忆。

中华民族是以诗著称的民族，而唐诗是中国古典诗歌的高峰，因此唐诗也就成为一个中国人最基本的启蒙教育。鲁迅感慨："一切好诗，到唐朝已被做完。"虽然唐代以后的中国古典诗歌不断变换路径，向心灵深处拓展，表现出更为学术化、书卷气的倾向，呈现出更为缜密和细腻的特点。但总体说来，唐诗整体表现出来的雄浑气象、自然旋律和健朗风格，都是后代诗歌难以企及的，因此对唐诗艺术精神和审美精神意蕴的探寻，成为唐诗研究的重要课题。在唐诗审美和艺术研究的诸多著作中，田恩铭教授的《寻找唐诗之美》是近年来具有代表性的作品。

以诗解诗是《寻找唐诗之美》一书的显著特征。田恩铭教授是学者，也是诗人。近年来他不仅出版了《唐宋变革视域下的中唐文学家传记研究》《中古史传与文学研究》等学术著作，更有《历史的册页》《寻灯的歌者》等诗歌和散文作品广泛流传。《寻找唐诗之美》以诗人之心深入唐代诗人的心灵世界，作者对李白、杜甫、元稹、白居易、李商隐等伟大诗人的精神解读，不再是一般意义的史料分析和历史叙述，而是强调诗人们独特的生命感悟和艺术体验，从而描摹出唐一代诗人们风雅而高贵的群体形象。

全书以"长安城头的月光啊，照到淡绿的草地上。诗人席地而坐，静静地聆听大自然的鸣叫，因禁已久的诗思喷涌出米，月光照亮梦境"的诗句开篇，作者对唐代诗人敬重而不膜拜，以朋友式的席地而坐的形式展开心灵对话，将唐诗月色带入了现代生活，力图在古今融通中实现现代的精神升华。这种以诗解诗的文学史写法，使得他的著作与一般平庸的著作区别开来。

"美是难的"，是苏格拉底对美学问题的最后答案。审美的艰难，不仅体现在美学的概念上，更表现在审美批评的艺术实践上。一个时期以来，我们对诗与诗人的分析，最熟悉的就是社会和历史学的解读，而一旦进入审美领域就显得笨拙而苍白。田恩铭教授的这部著作，却不避艰难，别开生面，以审美目光观照艺术作品，注重唐诗审美意蕴的探索和发掘，取得了超越前人的成就。张若虚的《春江花月夜》一诗是最具唐代艺术精神的作品，闻一多、李泽厚等学者对其空灵悠远的审美意境多有阐发。而审美永远是说不尽的话题，田著对这首诗审美意境的研究，则将初唐刘希夷的《代悲白头翁》，甚至于《红楼梦》中林黛玉的《秋窗风雨夕》联系成一个艺术整体，在一个恢宏的文学史空间里，描述唐人特有的宏大的春去春来、花荣花枯、月出月落的生命世界。

史家精神是本书的又一特色。本书的第一辑《诗人篇》，看似独立的诗人描写，却有文学史的叙事眼光和历史构思。由张若虚、李白、杜甫、元稹、白居易、刘禹锡、窦群、孟郊、贾岛、李商隐、杜牧等一系列诗人的名字，连缀成一部气势恢宏的唐代文学的发展历史。在作者笔下，文学史不是空洞的，而是由生动的诗人和具体的作品构成的。史家精神的另一个特点是书中考据方法的运用，作者对文学史具体事实的描述富有趣味，例如杜甫的盛唐记忆、元稹与裴淑的婚姻生活、孟郊的洛城生活等，都写得生动传神。生活的细节叙述，常常具有超乎寻常的艺术力量。

田恩铭教授博士毕业于陕西师范大学，师从著名学者霍松林先生。毕业后，一直在八一农垦大学工作。我读过他的散文诗集《寻灯的歌者》，每每想起他孤灯雪夜里工作的形象，心里都有一种感动。

是为序。

2024 年 11 月 24 日于哈尔滨在宽堂

目 录

第三辑　专题篇

诗人篇

长安城头的月光啊，照到淡绿的草地上
诗人席地而坐，静静地聆听大自然的鸣叫
囚禁已久的诗思喷涌出来，月光照亮梦境

此刻，停下手里的活计
树叶的倒影与河水一起冲向天际
诗人啊，边走边唱，和声响起

谁在喊你回家，残雪沾柴门
把一身落魄装在杯子里，把杯子放在热水里
温酒，温一段冷故事
飞鸟叼走了，正在重温的一抹冷月光

日月流转：青年李白诗作中的自然图景

李白的一生，依阎琦先生的划分，可分为五个阶段：蜀中时期、去蜀漫游及"酒隐安陆"时期、移家东鲁与待诏翰林时期、去朝漫游与南寓宣城时期、从璘流放与病卒当涂时期。[①]本文所说的青年时期，起于开元十二年（724），李白二十四岁，止于开元二十三年（735），这一年李白三十五岁。李白崇道、任侠、善纵横术，而诗作中不止于此。三十五岁是李白人生的一个节点，停留在江夏、太原之游上。这一阶段，太阳和月亮在李白前期的诗作中出现非常频繁，其心境、用意、写法或有不同，却都是抒情手法中使用密度较高的意象。特定的情境虽以同一个意象写之，心灵体验却有不同，组合起来，亦是心灵史的一个角落。

月印万川：与自然同游的记忆符码

开元十二年秋，二十四岁的李白出蜀远游，以《峨眉山月歌》作别峨眉山月，诗云："峨眉山月半轮秋，影入平羌江水流。夜发清溪向三峡，思君不见下渝州。"四年前，李白登上峨眉山，滋生"携手凌白日"的念头。而今，峨眉、平羌、清溪、三峡、渝州，一首"四句入地

---

① 阎琦：《李白诗选评·导言》，载《李白诗选评》，三秦出版社，2010，第4—10页。

名者五"的咏月诗中暗含了流动中的情思。离乡出游，所见月下的图景中存有一份惶恐，一份期待。两种情绪交错中由此地及避地，身心俱动，感慨系之。

《渡荆门送别》是同时之作，马茂元《唐诗选》认为："所谓'送别'，意指江水送自己离别蜀中。"青年李白，胸怀壮志，故而先说自己的远游之足迹，"渡远荆门外，来从楚国游。"而后是目之所及，"山随平野尽，江入大荒流。月下飞天镜，云生结海楼。"一片开阔雄伟的景象，"山""江""月""云"构成气势飞动的大境界，其中蕴含欲要敞开的壮怀心事。结句"仍怜故乡水，万里送行舟"乃是写思乡之情绪，以一水流动牵着故乡与异地，细腻中有深情，因壮志而出游，因出游而思乡，思乡描写中又难掩开阔之心胸，可谓含不尽之意见于言外。二十四岁的杜甫亦是如此，《望岳》中从不同角度写泰山之变化的景象，落笔还在心胸气度，才有"会当凌绝顶，一览众山小"的想象力。并非仅青年之李杜如此，此当是"盛唐气象"中士子共有的心气和襟怀。

《金陵城西楼月下吟》亦是青年李白写月的典范之作。笔下并无人影，而是月下的风景。诗云："金陵夜寂凉风发，独上高楼望吴越。白云映水摇空城，白露垂珠滴秋月。月下沉吟久不归，古来相接眼中稀。解道澄江净如练，令人长忆谢玄晖。"凉风中独上高楼，上有白云，下有白露，秋月朗照，诗人沉吟许久，后以小谢的一句诗取而代之。不知我们的诗仙登上黄鹤楼"眼前有景道不得"之际，是否还记得初至金陵的这个记忆片断。《夜泊牛渚怀古》云："牛渚西江夜，青天无片云。登舟望秋月，空忆谢将军。余亦能高咏，斯人不可闻。明朝挂帆席，枫叶落纷纷。"夜色中的秋月，犹如挂在枝上金黄的野果，绚烂的图景中浮出"谢将军"的影子，这个影子已经随"古时月"消失了，只有尚贤佳话的诗意还在。还会有本时代的"谢将军"吗？给他指出一条明路，通向理想的彼岸。此际的"秋月"或是"孤光一点萤"，难以照亮刚刚从家乡走出来的李白的心扉。

李白也直接写月，并无语境意义，如《登太白峰》云："举手可近月，前行若无山。"《太原早秋》云："梦绕边城月，心飞故国楼。思归若汾水，无日不悠悠。"这里的"月"在诗句中是实指，起到深化所写主题的作用。只是地域、语境的变化渲染了自己不同的心绪。这时候的李白踌躇满志，虽然还找不到驰骋的空间，却也对未来满怀憧憬。不时地望月，仿佛月光中系有理想之舟，有朝一日会在他举手投足之际洒下一份希望。

李白，漫游中的有情人，还没有真正踏上人生的苦旅。

日光辉映：白日笼罩下的英逸之气

开元十三年（725），李白初下东南，路过安徽，写有《望天门山》，诗云："天门中断楚江开，碧水东流至此回。两岸青山相对出，孤帆一片日边来。"赵昌平从此诗描写的心境入手，通过文本细读认为是李白早期的作品。[①] 阳光下的行舟，行舟两侧的青山，动态中的静观者自然有自己的感觉，这种感觉富有生机，确无失意之感。初下东南，李白的眼里更多的还是眼前景，他将自己的体味融入自然之境，写得含蓄而又真切。

行至江西，登上庐山，日光之下，豪情万丈。《望庐山瀑布》云：

---

① 赵昌平：《李白诗选评》，上海古籍出版社，2011，第29页。

"日照香炉生紫烟，遥看瀑布挂前川。飞流直下三千尺，疑是银河落九天。"这是一首早已经典化的诗作，有人将之与徐凝的诗对比。"千古长如白练飞，一条界破青山色"自是生动，却无太白之坦白直露，用韵响畅。

有日光必是晴朗的日子，适合出游，享受自然之美。李白也能以日光写婉约之境。《采莲曲》云："若耶溪傍采莲女，笑隔荷花共人语。日照新妆水底明，风飘香袂空中举。岸上谁家游冶郎，三三五五映垂杨。紫骝嘶入落花去，见此踟蹰空断肠。"有相思的对象，有采莲的风情，有绚烂的光照，还有扮上的新妆。"越女新妆出镜心"，欣赏的人却不在身边。李白以乐府旧题直写本意，却写得生动鲜亮，婉转有致。

还是别情让人黯然销魂。《江夏别宋之悌》云："楚水清若空，遥将碧海通。人分千里外，兴在一杯中。谷鸟吟晴日，江猿啸晚风。平生不下泪，于此泣无穷。"碧海晴空，鸟鸣猿啸，樽酒在手，一望天高水远。

此时的李太白，沐浴在日光里，漫游中看风景，风景中诉别情。抒情的意蕴还在，张狂的心态初显，尚未形成手握日月旋转的气度。

日月同辉：那些昼夜不停的流转图景

到了有故事的地方，还是得讲故事，只是故事也要在绚烂风景中呈现出来。吴越胜地，哪一处风景无旧时韵事？诗人在《乌栖曲》中写道："姑苏台上乌栖时，吴王宫里醉西施。吴歌楚舞欢未毕，青山欲衔半边日。银箭金壶漏水多，起看秋月坠江波。东方渐高奈乐何！"此诗被殷璠《河岳英灵集》收入。李白还有《苏台览古》，诗云："旧苑荒台杨柳新，菱歌清唱不胜春。只今惟有西江月，曾照吴王宫里人。"又有《越中览古》，诗云："越王勾践破吴归，义士还乡尽锦衣。宫女如花满春殿，只今惟有鹧鸪飞。"虽然无日月意象，却可与前一首参照对读，兴亡感沁入肺腑，映入眼帘，写于笔下。吴王越王，吴歌楚舞，均为往事。西江月还在，鹧鸪还在，义士和宫女却早已是故国之魂了。

《长相思》共有两首，"日色欲尽花含烟"一首系于开元十七年（729），"长相思，在长安"一首系于开元十八年（730）。学界多数认为是李白作于长安，赵昌平的《李白诗选评》则认为作于安陆。第一首云："日色欲尽花含烟，月明欲素愁不眠。赵瑟初停凤凰柱，蜀琴欲奏鸳鸯弦。此曲有意无人传，愿随春风寄燕然。忆君迢迢隔青天，昔日横波目，今作流泪泉。不信妾断肠，归来看取明镜前。"乃是写夜幕降临中思妇的婉转深情。第二首云："长相思，在长安。络纬秋啼金井阑，微霜凄凄簟色寒。孤灯不明思欲绝，卷帷望月空长叹。美人如花隔云端！上有青冥之长天，下有渌水之波澜。天长路远魂飞苦，梦魂不到关山难。长相思，摧心肝！"以白色晶亮之意象写人物内心之情思，前者"日色""月明"渲染情境，后者情动于中，乃以"望月"引领。

《下终南山过斛斯山人宿置酒》云："暮从碧山下，山月随人归。却顾所来径，苍苍横翠微。相携及田家，童稚开荆扉。绿竹入幽径，青萝拂行衣。欢言得所憩，美酒聊共挥。长歌吟松风，曲尽河星稀。我醉君复乐，陶然共忘机。"此诗有陶诗风味，诗人从终南山下来，"欲投人处宿"径自"相携及田家"，顺意而为，随遇而安。如严羽所云："如羚羊挂角，无迹可求。"山月随行，绿竹、青萝满溢着田园气息，欢言对上美酒，惬意之至。令人想起竹林七贤的谈玄说理，而这里不需说理，只需与松风同歌，与星河共饮，"我醉欲眠卿且去'乐'"，这是多么真淳而自在的一次欢会啊!

至《襄阳歌》,太白气象已成。诗云:"落日欲没岘山西,倒著接
蓠花下迷。襄阳小儿齐拍手,拦街争唱《白铜鞮》。旁人借问笑何事,
笑杀山公醉似泥。鸬鹚杓,鹦鹉杯。百年三万六千日,一日须倾三百
杯。遥看汉水鸭头绿,恰似葡萄初酸醅。此江若变作春酒,垒曲便筑糟
丘台。千金骏马换小妾,醉坐雕鞍歌《落梅》。车旁侧挂一壶酒,凤笙
龙管行相催。咸阳市中叹黄犬,何如月下倾金罍?君不见晋朝羊公一片
石,龟头剥落生莓苔。泪亦不能为之堕,心亦不能为之哀。清风朗月不
用一钱买,玉山自倒非人推。舒州杓,力士铛,李白与尔同死生。襄王
云雨今安在?江水东流猿夜声。"此诗作于开元二十二年(734),李白
出游襄阳所作。赵昌平认为:"全诗读来似风行水上,恰似酒徒行歌,
句句从心底流出,而细味之,则觉似醉而醒,似颓唐而横放杰出,别有
一番滋味,别有一种底蕴。"①诗人驱使日月,以落日为起点,月下为背
景,敞开心怀,寓狂傲于颓放之中,却难掩一股英逸之气。

从去蜀漫游到步入长安,李白的青春期与良辰美景同在,这些往事
会融入而后的记忆之中,在某个时刻再度被激发出来。"欲上青天揽明
月""忽复乘舟梦日边",都是这些记忆的深化。正如元好问所写:
"任他两轮日月,来往穿梭。"还没有经过尘世宦途的洗礼,还没有
品到行路难的滋味,这时的李白简单而可爱,笔下的文字读来缓缓有生
气,却并不放纵。即便"飞流直下"也还在寻求实现理想的机会。

青春期一过,李白步上青天大道,历尽艰辛,企图"仰天大笑出门
去"也。

---

① 赵昌平:《李白诗选评》,上海古籍出版社,2011,第76页。

杜甫的盛唐记忆

盛唐重文学，并以文学取士论人，因而呈现的文化气象更是令人向往。杜甫、王维、韦应物等人均在开天年间度过青年时代，后多经丧乱，感怀不已，遂以文学来写盛唐气象，自然会描画出心目中理想的盛世图景，这些经过剪裁的图景寄寓了一份怀念、一份理想。他们的追忆中蕴含着自家情怀，自我与时代之间的隔阂消解于世变之中。这份情怀往往会以所见、所闻为基础，这些见闻场景与过去的片段剪辑一旦对比，就会滋生今不如昔的喟叹。自家彼时当下的体验反而会被淹没，个人生活空间的得失利害被家国之思取代，个人之不遇被遮蔽，盛世之万象得凸显，这当是"国家不幸诗家幸"的另一层内涵之所在。

杜甫的《江南逢李龟年》曾经写过一段经历，先是"岐王宅里寻常见，崔九堂前几度闻"，时间自然是盛世丰年，风景自然是歌舞升平，这是杜甫对李龟年演唱背景的反复回忆，在多频率重复中各有各的图景，这些图景复现之后仅仅定格为两个叙事空间：岐王宅、崔九堂。每次欢会都有不同的成员参加，听到不同的曲子，发生许多美丽的故事，这些故事在文字中被忽略并不等于诗人没想过，反而会是复杂的回想过程。把思想过程以十四字出之看似简单，其所指是两个场地，但能指的却是盛世的文化图景。"正是江南好风景，落花时节又逢君"，好风景仅限于自然之山水风物，与人的情怀难以契合。"又逢君"更见沉痛，过去的场面与现在的场面差异之大令人不胜唏嘘；"落花时节"，一年一度，在这被定格的时间维度上，因现实生活的变化而复现了诗人的记忆图景。地点变了，境遇变了，遇见的人没变；花又落了，你也来了，我们的旧情怀早已不再复返。

这首描述相逢的诗作省略了记忆的现场，闻见之间两人被时间阻隔了。究竟曾经有过什么样的文化图景？王维的一首《红豆》曾被广泛传唱，陶醉在盛世的歌舞中，诗人的作品成为盛世的一种象征。稳定和谐的氛围中人们肆无忌惮地享乐，他们身处歌舞地，酬唱赋诗。旗亭画壁的故事就是盛世的注脚。薛用弱有《集异记》云：

开元中，诗人王昌龄、高适、王之涣齐名，时风尘未偶，而游处略同。

一日天寒微雪，三诗人共诣旗亭，贳酒小饮。忽有梨园伶官十数人，登楼会宴，三诗人因避席偎，映拥炉火以观焉。俄有妙妓四辈，寻续而至，奢华艳曳，都冶颇极。旋则奏乐，皆当时之名部也。昌龄等私相约曰："我辈各擅诗名，每不自定其甲乙。今者，可以密观诸伶所讴，若诗人歌词之多者，则为优矣。"

俄而，一伶拊节而唱，乃曰："寒雨连江夜入吴，平明送客楚山孤。洛阳亲友如相问，一片冰心在玉壶。"昌龄则引手画壁曰："一绝句！"寻又一伶讴之曰："开箧泪沾臆，见君前日书。夜台何寂寞，犹是子云居。"适则引手画壁曰："一绝句！"寻又一伶讴曰："奉帚平明金殿开，且将团扇共徘徊。玉颜不及寒鸦色，犹带昭阳日影来。"昌龄则又引手画壁曰："二绝句！"之涣自以得名已久，因谓诸人曰："此辈皆潦倒乐官，所唱皆巴人下里之词耳！岂阳春白雪之曲，俗物敢近哉？"因指诸妓之中最佳者曰："待此子所唱，如非我诗，吾即终身不敢与子争衡矣！脱是吾诗，子等当须列拜床下，奉吾为师！"因欢笑而俟之。须臾，次至双鬟发声，则曰："黄河远上白云间，一片孤城万仞山。羌笛何须怨杨柳，春风不度玉门关。"之涣即揶揄二子，曰："田舍奴！我岂妄哉？"因大谐笑。

诸伶不喻其故，皆起诣，曰："不知诸郎君，何此欢噱？"昌龄等因话其事。诸伶竞拜曰："俗眼不识神仙，乞降清重，俯就筵席！"三子从之，饮醉竟日。

故事存在想象的成分，不过从讴歌的作品及比赛的情韵来看，文学是盛世歌唱的欢快话语，主题不离送别、相思，人物亦以怨妇边卒为主，乃是时下的流行曲调。"当儒家最传统的入世精神已经不再能够激励士人的责任心时，旧时的无论循吏还是酷吏的治世传统就已经消失了，他们不再以社会事业的成功为最高理想。"[1]歌舞之情状暗含了盛世之危机？乱世来临，往往感慨"隔江犹唱后庭花"者自然不少。杜甫笔下的开元盛世图景中是否也暗含享乐种下的祸根呢？读《哀王孙》《哀江头》等作品得知一二。他自认为"腐儒"，自有独异性，与王维笔下仅知章句之学的儒生大不相同。胡族文明的介入使得儒家礼法被搁置，汉人唱胡音、穿胡服、跳胡舞、看胡戏，引起士人的忧虑。"安可以礼义之朝，法胡虏之俗？"（《新唐书》卷一百一十八）这样的叩问在祸端发生之后，常常是痛定思痛的强音，其实平情论之，华夷之辨固然要论，却非胡化、汉化所能局限之。皇甫湜即说："所以为中国者，礼义也；所谓夷狄者，无礼义也。岂系于地哉？"盛世重文学，不以文学进身则难以受人待见，唐人笔记多有记载。如独孤及《顿丘李公墓

---

[1]　葛兆光：《中国思想史》，复旦大学出版社，2013，第33页。

志》言："开元中蛮夷来格，天下无事，缙绅闻达之路惟文章。"梁肃《李公墓志铭》言："史海内和平，士有不由文学而进，谈者所耻。"权德舆《王公神道碑铭并序》言："自开元、天宝间，万方砥平，仕进者以文讲业，无他蹊径。"杜佑《通典》卷十五言："开元以后，四海晏清，士无贤不肖，耻不以文章达。其应诏而举者，多则二千人，少犹不减千人，所收百才有一。"于是，在科举制度的刺激之下，士子径入科场。对此沈既济《选举论》进一步追溯："初，国家自显庆以来，高宗圣躬多不康，而武太后任事，参决大政，与天子并。太后颇涉文史，好雕虫之艺，永隆中始以文章选士。及永淳之后，太后君临天下二十馀年，当时公卿百辟无不以文章达，因循遐久，浸以成风。"可以说"以文章选士"是士人重文章的一个缘由，却并不仅仅因此。上述这些记载至少说明，王之涣等三人以文章"齐名"是很光荣的，文章受重视，能文之人自然受社会看重，均可谓当时的"神仙"人物。安史之乱后各人的命运产生较大的差异，此等景象遂不复返。这是时势使然，高适成为"诗人之达者"正是乱世出英雄的生动标本。

从歌唱的角度来说，王维的《红豆》更有影响。据范摅《云溪友议》："龟年曾于湘中采访使筵上唱：'红豆生南国，秋来发几枝。赠君多采撷，此物最相思。'此词皆王右丞所制，至今梨园唱焉。歌阕，合座莫不望行幸而惨然。"一首盛唐流行的歌诗作品，世变之中再来歌唱，过去与此在被加以比较，场面的背后是活生生的现实对照。《红豆》仅以红豆写情爱之寄托，爱情乃是抛却一切的纯粹生活。这段故事却没有聚焦在诗作本身，而是追忆过去的场景——不可再现的场景。人事皆非，欢会不再，情何以堪。虽有恋阙之情怀，亦缘于追忆之旧图景，旧图景又指向当下的新世态。《红豆》一诗已然发生意义指向的变化，由爱情之感发导引至对国情的忧虑，从个人之生活空间导引至时代的画面。

走笔至此，我们将《相思》与《江南逢李龟年》联系起来了，王维的诗写于盛世，杜甫的诗写于乱世，无论盛世还是乱世，李龟年均可能唱过《相思》，杜甫多次遇见李龟年，极有可能在两个时间段都听过李龟年唱这首诗，不管唱腔是否一样，听者的心绪自然是不同的。即使从前没听过，唱诗的环境发生了巨变，再听旧人唱盛世之音，必然导致诗人感慨不已。这种由于世变而生成的追忆情节在杜甫的诗作中比比皆见，而身处动乱中的诗人忆起的仅仅是万象中的一景而已，诉诸笔下的更是沧海之一粟。

场面上的感怀诉诸笔下益增悲壮，杜甫孤独的时候常常会自觉地回到过去，回忆少年时，回忆旧日的温馨，或者回忆朋友们，物是人非的感怀激发出来，再被有节制地诉诸笔下。《忆昔》仅仅是最直接的写法。这首诗是典型的无我之作，自己的故事并没有融入进来，而是再现盛世的一般图景。这个图景恰恰暗含了诗人对当下的思考，时间的距离、空间的变化诱发了诗人难以控制的回忆。

胡晓明对《忆昔》中的盛世景象有过分析，他的归纳带有针对现实的想法，如无假冒产品、改善民生、和谐的社会环境、破除城乡二元体制、人情和美、人与自然和谐等等。这首诗从大处着眼，以个人体验构建了富于想象力的理想图景，这个理想图景曾经存在过，虽已是明日黄花却依然炫人眼目，此时不能再见却可怀念。原诗如下：

忆昔先皇巡朔方，千乘万骑入咸阳。阴山骄子汗血马，长驱东胡胡走藏。邺城反覆不足怪，关中小儿坏纪纲，张后不乐上为忙。至今今上犹拨乱，劳身焦思补四方。我昔近侍叨奉引，出兵整肃不可当。为留猛士守未央，致使岐雍防西羌。犬戎直来坐御林，百官跣足随天王。愿见北地傅介子，老儒不用尚书郎。

忆昔开元全盛日，小邑犹藏万家室。稻米流脂粟米白，公私仓廪俱丰实。九州道路无豺虎，远行不劳吉日出。齐纨鲁缟车班班，男耕女桑不相失。宫中圣人奏云门，天下朋友皆胶漆。百馀年间未灾变，叔孙礼乐萧何律。岂闻一绢直万钱，有田种谷今流血。洛阳宫殿烧焚尽，宗庙新除狐兔穴。伤心不忍问耆旧，复恐初从乱离说。小臣鲁钝无所能，朝廷记识蒙禄秩。周宣中兴望我皇，洒血江汉长衰疾。

这首诗作于广德二年（764），至少在这些景象中很难找到那个"朝扣富儿门，暮随肥马尘。残杯与冷炙，到处潜悲辛"的自我形象，个体的悲欢离合被盛世万象覆盖了，这样的覆盖显然是不完整的。这个不完整恰恰是杜甫最渴望的那个部分。生灵涂炭、宫殿成灰，如今的一切都和"先皇巡朔方"的"开元全盛日"迥不相同，杜甫的忆念中以安居乐业为企盼，其中似乎还有对现实的不满。从两首诗的次序来看，老杜先是追忆前车之鉴以达讽谏之目的，而后追忆盛世气象而言追求之目标。细读老杜《忆昔》，两段各呈现一种场景，一为前任帝王之教训，一为盛世之诸种景象，两者放在一起，似有不尽之意见于言外。钱谦益《钱注杜诗》云："《忆昔》之首章，刺代宗也。肃宗朝之祸乱，成于张后、辅国，代宗在东朝已身履其难。少属乱离，长于军旅，即位以来。劳心焦思，祸犹未艾，亦可以少悟矣。乃复信任程元振，解子仪兵柄，以召匈奴之祸。此不亦童昏之尤乎？公不敢斥言，而以'忆昔'为词，其旨意婉而切矣。"而后一章则追忆开元盛世，以诸般景象之描画来抒写理想之期待。《通典》引沈既济言曰：

　　以至於开元、天宝之中，上承高祖、太宗之遗烈，下继四圣治平之化，贤人在朝，良将在边，家给户足，人无苦窳，四夷来同，海内晏然。虽有宏猷上略无所措，奇谋雄武无所奋。百余年间，生育长养，不知金鼓之声，爟燧之光，以至於老。故太平君子唯门调户选，微文射策，以取禄位，此行己立身之美者也。父教其子，兄教其弟，无所易业，大者登台阁，小者仕郡县，资身奉家，各得其足，五尺童子，耻不言文墨焉。是以进士为士林华选，四方观听，希其风采，每岁得第之人，不浃辰而周闻天下。故忠贤隽彦韫才毓行者，咸出於是，而桀奸无良者或有焉。故是非相陵，毁称相腾，或扇结钩党，私为盟歃，以取科第，而声名动天下；或钩摭隐匿，嘲为篇咏，以列於道路，迭相谈訾，无所不至焉。

　　赵子栎《杜工部年谱》引柳芳《唐历》以证《忆昔》，云："开元二十八年，天下雄富，西京米价不盈二百，绢亦如之。东由汴宋，西历岐凤，夹路列店，陈酒馔待客，行人万里，不持寸刃。"[1]这可算是《忆昔》的局部注解，此种追忆在唐诗文及笔记小说中比比皆是，不再赘言。

　　《忆昔》以外，又有《昔游》，追忆过去游赵宋之地的往事，其中今昔之比对亦是《忆昔》之写法。这种发掘过去美好场景的写法暗含了诗人的反思过程。这些以追忆为主题的碎片化文本汇集起来就生成一种被印象化的人生态度。被破坏的稳定生活带来的漂泊感灌入文气之中，在怀念与伤感中形成了徜徉不已的一唱三叹。

---

　　① 蔡志超：《宋代杜甫年谱五种校注》，万卷楼图书股份有限公司，2014，第13页。

文学家或者历史学家面临历史空白，会有困惑，还是会有一种欲罢不能的诱惑？应是两者兼而有之，这样就有了寻找话语权和占有话语权的两个倾向。老杜对盛世的回忆恐怕只是部分真实，山雨欲来风满楼，战争来临之前的阵痛，盛世之中依然有个体的悲剧，杜甫自己就算是其中的一个，参加考试并无结果，过着如《奉赠韦左丈二十二韵》写的"朝扣富儿门，暮随肥马尘。残杯与冷炙，到处潜悲辛"的漫游干谒生活。

回顾杜甫在安史之乱前的心路历程，从诗作中能够体味到的是期望、不遇和讽刺。十年的困守长安让杜甫成为盛世生活的见证人，而他自己却是深处困境。因"野无遗贤"而求仕无门，干谒显宦：《赠翰林张四学士均》写给张说之子张均，《投赠哥舒开府》给哥舒翰，《奉赠鲜于京兆》给鲜于仲通，《奉赠韦左丞丈二十二韵》给韦夏卿。献上《三大礼赋》才获得待诏集贤院的机会。三年后，献《封西岳赋》获授官，《莫相疑行》《官定后戏作》都是得意与失意的现场书写。这些作品乃是现实生活的写照。而《白丝行》《秋雨叹》《醉时歌》《曲江三章》等作品则直接抒写自家不遇之状况。杜甫不会想到遥不可及的"会当凌绝顶"，"一览众山小"更是难得的奢望。

《饮中八仙歌》云："知章骑马似乘船，眼花落井水底眠。汝阳三斗始朝天，道逢麹车口流涎，恨不移封向酒泉。左相日兴费万钱，饮如长鲸吸百川，衔杯乐圣称避贤。宗之潇洒美少年，举觞白眼望青天，皎如玉树临风前。苏晋长斋绣佛前，醉中往往爱逃禅。李白斗酒诗百篇，长安市上酒家眠，天子呼来不上船，自称臣是酒中仙。张旭三杯草圣传，脱帽露顶王公前，挥毫落纸如云烟。焦遂五斗方卓然，高谈雄辩惊四筵。"文字中那个醒着的自我以理性的眼光打量着周边，从盛世的景观读出变化的因子。作为参与者，杜甫的身份在变化，乱世中得入朝为官，身为谏官却陷入玄肃之争，难以掌控自己的命运。这段官员经历强化了杜甫的儒者情怀。这是自家经历被消解过程的重要影响因素。个人生活的苦楚在某个瞬间荡涤而尽，又在某个瞬间占据了诗人的全部脑海，令其嗟叹不已。

天宝十一载（752），杜甫与高适、岑参、储光羲等人同游慈恩寺塔赋诗。程千帆、莫砺锋先生都对此有过论述，他们并没有站在同一个高度上，秋日的绚烂中掩映着暗淡的霞光，杜甫的察觉诉诸笔下并显得与众不同。"杜公四十不成名"，唯有叹息"儒冠多误身"。"诗人已开始日益清醒地观察社会，为大唐帝国的命运而忧虑，也为黎民百姓的遭遇而悲痛。"[①]杜甫的忧虑乃是"斯人独憔悴"，目光远大却"后不见来者"。随后杜甫的创作蕴含感喟者渐多，开元时期，意气风发的个体乐观是主旋律；天宝时期，忧怀天下是主旋律。后者随着世变愈发明晰，并贯穿了老杜的后半生。《秋雨叹三首》中哀罢时代复自哀，对当权者的讽刺中饱含对怀才不遇的愤慨。自天宝中期，个人不如意的宣泄和发抒渐次被国事之忧怀所取代，自我命运与群体利益合流，个人遂居群体之下，以天下为己任的责任感无比强烈。以闲情逸气为主题的作品不再是主流，儒者之杜甫已然确定，并一以贯之地延续到生命的终结。如莫砺锋所论，儒者情怀使得老杜成为儒家的人格理想之典范。

《自京赴奉先县咏怀五百字》则是对自己长安时期生活的总结，亦是盛世之自家影像，这个影像与"生逢尧舜君"并无交集之处。细读此诗，可分为三个部分：第一部分是"自京赴奉先县"之个人省思，这段省思亦带有表白之性质。杨伦《杜诗镜铨》评曰："首从咏怀叙起，每

---

① 程千帆、莫砺锋、张宏生：《被开拓的诗世界》，上海古籍出版社，1990，第153页。

四句一转层层跃出。自许稷契本怀，写仕既不成，隐又不遂，百折千回，仍复一气流转，极反复排荡之致。"单从意思上说，就是与长安作别的个人生活总结。"生逢尧舜君"便要有所追求，"葵藿倾太阳，物性固莫夺"意味着要坚持自己的原则，欲"独耻事干谒"而不能，酒入愁肠，嗟叹不足，才有"放歌破愁绝"之狷狂放荡，所受压抑应声而出。第二部分是眼下长安之国事忧患。先写自己出发的所闻所见，华清宫里的极乐世界，民众生活的举步维艰，"朱门酒肉臭，路有冻死骨"一句可谓石破天惊，上层和底层的两个世界集中于一个主题上，那就是官僚阶层关心民生责任感的丧失。眼光向下才能看得见普通民众的生存状态，杜甫更是普通民众的一员。第三部分写的正是自己的家庭生活。一路奔波，终于到了奉先，满心盼望的欢聚却转为悲痛，幼子居然饿死，不仅"路有冻死骨"，而且家有饿死儿。从路上到家中，杜甫在归途中完成了省思中的蜕变，以自我之不幸写天下人的不幸，诗圣之精神要义在乎此也。

　　一场动乱的到来打破了和谐与平静，杜甫忙于奔波，在路上的思考抹去了自我不遇的愤激，转而书写民间万象，人生体验的变化让他以自我之遭际反映时代的历史，写成的诗篇便是鲜活的诗史。夔州时期是杜甫在人生后期回忆与反省集中的阶段，那些组诗、排律将过去与现在联接起来，"在这些诗篇里，杜甫对过去理想破灭的怅惘，对现在时局纷乱的忧虑和对未来道路的朦胧希望，都纷纷交织在一起了。"[①]这时的杜甫表达感情更为凝重深沉，贞观之治和开元盛世是他比量的标尺，愈是比较愈是觉出世变的悲凉与绝望，这样的比量当然也为未来留下了些许希望。

---

　　① 程千帆、莫砺锋、张宏生：《被开拓的诗世界》，上海古籍出版社，1990，第220-221页。

"今之视昔"，杜甫的感怀在追忆中呈现了盛衰之际的变态；"后之视今"，我们从中打捞着诗圣的历史记忆。以诗为史，诗歌中情感激荡的叙事格调让历史变得厚重无比，犹如黑暗的河流中漂移的夜航船。诗人站在船上仰望星空，星空划过的每一道弧线都蕴含了生命体的观望姿态，他们的感喟与往事合流，延续着文学的活力。"纵观天宝时期的诗坛，我们感觉到不少诗人似乎从开元盛世的光圈中走了出来，他们慢慢驱散笼罩着他们的幻想式的雾气，而逐渐学会用一双清醒的眼睛来看现实，我们发现他们饱含诗意的眼神中竟如此的忧郁，人们可以感觉到一种深刻的不安。"[①]杜甫便是在不安中告别了开元时代追求的理想，转而将自我融入社会，"感时花溅泪"，一段完全属于自我的旅程结束了。

文学书写是诗人对现世生活的理解，他们因各自境遇的变化而发出言语，令我们想象故事的许多细节。杜甫的独特之处在于将自己置身于时代的洪流中，以大手笔写下乱世之镜像。乱世之镜像里游移着盛世的影子，这个影子隐藏在阳光普照的背景之下，自家的种种苦难融入时代的歌唱，浪漫的个体生活空间被遮蔽了，凸显的是那时花开的绚烂与繁华，繁华背后则是世变中的无边苍凉。

---

① 傅璇琮、倪其心：《天宝诗风的演变》，载傅璇琮《唐诗论学丛稿》，京华出版社，1999，第90—91页。

诗与游：元、白任职长安时期的休闲生活

　　唐代诗人于职务工作之外，喜欢结伴游山玩水，沉醉于山水清音的过程中往往吟诗作赋，唱和不断。虽未必如兰亭雅集之盛，却乐在其中，佳作频出。休闲生活是负重生活的调节剂，一旦在官场陷入低谷，诗人便常常以悠游自然的方式加以消解。毕竟拯救天下苍生或为帝王家出谋划策需要一个认可的过程，逍遥于山川河岳亦使思之弥深，可隐而待发。诗可以群，群体的诗意休闲生活是文学史不可或缺的部分。就大唐而言，初唐之"沈宋"、盛唐之"李杜"、中唐之"元白"、晚唐之"皮陆"皆有共同观花赏月之佳作。元、白共同任职长安的时间并不长，常常相处不久即分别，却从未断绝彼此以诗作唱和往来，直至元稹辞世。

　　正如岑仲勉所说，元稹和白居易的交往，两人相识"起于贞元，迄于大和，事历六朝，始终相得甚深，又皆以诗鸣，故投赠之作，积至十七卷"[①]。元稹和白居易相识在贞元十八年（802）前后，两人诗章酬答三十年，有因贬谪而倾诉者，有因同情而互通者，有因创作而竞赛者，有因闲适而唱和者。两人均经历仕宦迁转，然而，也有同在长安以创作活动叙述休闲生活的作品，这些作品以游赏山水楼榭为主，在不同时期体现出不同的创作风貌。

　　贞元十九年（803）至元和三年（808）是元、白任职长安的第一个

---

① 岑仲勉：《岑仲勉史学论文集》，中华书局，1990，第 154 页。

阶段。两人的仕宦生活开始不久，正在意气风发地向前奔跑。元、白早期的长安休闲生活通常写在追忆性文本之中，往往是经历世事之后的回顾与思考。这一时期的游宴生活具有明显的群体性，不仅是元、白二人而已。贞元二十一年（805）冬，元稹、白居易在长安一起准备科举考试。元稹、白居易、李建、李绅等人一起游览长安盛景，每到一处均有浅斟低唱。白居易《代书诗一百韵寄微之》云："忆在贞元岁，初登典校司。身名同日授，心事一言知。肺腑都无隔，形骸两不羁。疏狂属年少，闲散为官卑。分定金兰契，言通药石规。交贤方汲汲，友直每偲偲。有月多同赏，无杯不共持。秋风拂琴匣，夜雪卷书帷。高上慈恩塔，幽寻皇子陂。唐昌玉蕊会，崇敬牡丹期。笑劝迂辛酒，闲吟短李诗。儒风爱敦质，佛理赏玄师。度日曾无闷，通宵靡不为。双声联律句，八面对宫棋。往往游三省，腾腾出九逵。寒销直城路，春到曲江池。"赏月饮酒、登塔看花、吟诗研理、联句对弈，好一番高雅快活的景象。出入三省、游春曲江，又是何等惬意！元稹《酬翰林白学士代书一百韵》云："情会招车胤，闲行觅戴逵。僧餐月灯阁，醵宴劫灰池。胜概争先到，篇章竞出奇。输赢论破的，点窜肯容丝。"元稹又以夹注的方式叙述了这段难忘的生活。正是这段备考的时期加深了两人的友情。两人"闭户累月，揣摩时事"完成《策林》七十五篇。元稹《赠乐天》是这一时期的作品，诗云："等闲相见销长日，也有闲时更学琴。不是眼前无外物，不关心事不经心。"惬意之情见于言表。两人曾经一起去西明寺看牡丹，元稹当时有诗记之，后来元稹远贬江陵，白居易有《重题西明寺牡丹》，追忆旧游中自然会寓有无限感慨。"春到曲江池"是元、白记忆中最为难忘的图景。

元和四年（809）至元和五年（810）是元、白任职长安的第二个阶段。这是元稹人生的转折阶段。他的御史官生涯为他带来了"直正"的好名声，却也遭受了仕宦、婚姻的双重打击。不过，元稹的长安生活因与白居易、白行简兄弟在一起仍然是相当快乐的。元、白同在长安时，常在曲江相聚，故而因地叙情。白居易去了曲江，便会追忆两人同游曲江的旧事。《曲江感秋（五年作）》云："沙草新雨地，岸柳凉风枝。三年感秋意，并在曲江池。早蝉已嘹唳，晚荷复离披。前秋去秋思，一一生此时。昔人三十二，秋兴已云悲。我今欲四十，秋怀亦可知。岁月不虚设，此身随日衰。暗老不自觉，直到鬓成丝。"曲江是白居易、元稹诗作中追忆的地方，因为此地留下两人同游的记忆，无论是白居易计算元稹从京城到江陵的里程，还是元稹叙述从京城途经各地的所思所想，曲江均是追忆的一个起点。元稹《和乐天秋题曲江》云："十载定交契，七年镇相随。长安最多处，多是曲江池。梅杏春尚小，芰荷秋已衰。共爱寥落境，相将偏此时。绵绵红蓼水，颭颭白鹭鸶。诗句偶未得，酒杯聊久持。今来云雨旷，旧赏魂梦知。况乃江枫夕，和君秋兴诗。"长安城中多胜景，惟有曲江记忆深，梅杏、芰荷皆入笔下。这组诗是一时一地之作，因曲江而叙友谊，追忆同游曲江的休闲生活。元稹不仅与李绅、庾敬休等"数人同傍曲江头"，而且诗作中反复追忆，甚至梦中同游曲江。元和四年，元稹任监察御史。从长安赴东川覆狱，至梁州梦见与李建、白居易同游曲江及慈恩寺。元稹《梁州梦》云："梦君同绕曲江头，也向慈恩院里游。亭吏呼人排去马，忽惊身在古梁州。"诗前有自注云："是夜宿汉川驿，梦与杓直、乐天同游曲江，兼入慈恩寺诸院，倏然而寤，则递乘及阶，邮使已传呼报晓矣。"据说，当天白行简、白居易、李建真的同游曲江，还去了慈恩寺，"遍历僧院，淹留移时"（白行简《三梦记》）。后来，到李建的住处喝酒，白居易写了一首题壁诗，推断元稹当到梁州，诗云："春来无计破春愁，醉折花枝作酒筹。忽忆故人天际去，计程今日到梁州。"显然过去曾有的游赏生活进入梦中，刺激现实的元、白，才会有如此默契的昼思夜梦。白行简特意撰有《三梦记》载录此事，唐五代笔记中也是反复录下这段故事。不过，元稹既可入夜有梦，又能追忆过往。行至嘉川驿，《江楼月》一诗题下标注说："嘉川驿望月，忆杓直、乐天、知退、拒非、顺之数贤，居近曲江，闲夜多同步月。"因望月思步月，又诗云："嘉陵江岸驿楼中，江在楼前月在空。月色满床兼满地，江声如鼓复如风。诚知远近皆三五，但恐阴晴有异同。万一帝乡还洁白，几人潜傍杏园东。"元稹于月夜中回忆在长安与白居易、李建、李复礼、白行简等人游曲江的旧事，一己之孤独中复现大家同游的乐趣。白居易有《酬和元九东川路诗十二首》集中写和元稹使东川的诗作，正如题下标注所说："十二篇皆因新境追忆旧事，不能一一曲叙，但随而和之，唯予与元知之耳。"其中《江楼月》云："嘉陵江曲曲江池，明月虽同人别离。一宵光景潜相忆，两地阴晴远不知。谁料江边怀我夜，正当池畔望君时。今朝共语方同悔，不解多情先寄诗。"一半是追忆曲江之旧事，一半是叙述期待再次同游之情怀。好景不长，元稹因为得罪权贵，分务东台，离开长安而赴洛阳任职。祸不单行，韦丛去世，第二年发生敷水驿事件，元稹被贬江陵，病苦相加，元、白就此天各一方，虽唱和未辍而愉悦不再。

元和十年（815）至长庆二年（822）是元、白任职长安的第三个阶段。这一阶段是元、白仕宦生涯的波动期。元稹回到长安又再度外放，白居易因为武元衡被刺上书而得罪谏官，被贬为江州司马。一度不通音讯，以至于病中的元稹得到乐天被贬的消息为之一惊。《闻乐天谪江州司马》写下了一个黑暗的黄昏中的人生镜像："残灯无焰影幢幢，此夕闻君谪九江。垂死病中惊坐起，暗风吹雨入寒窗。"暗淡的时光，暗淡的夜晚已然来临，暗淡的消息让"垂死病中"的元才子经受了大刺激，一句"暗风吹雨入寒窗"景语中有情语，道尽无限凄凉。不过，这是元、白长安生活中的插曲。元和十年，元稹从贬谪之地被召回长安，两人有过一段相聚的好时光。元稹与白居易、李绅等游城南，元、白马上联诵"新艳小律"，后来追忆此事，元稹作有一首题目极长的诗，题目中追忆了元和十年赛诗的场景和任职翰林的唱和往事。诗云："春野醉吟十里程，斋宫潜咏万人惊。今宵不寐到明读，风雨晓闻开锁声。"白居易《与元九书》中也回忆此事，云："自皇子陂归昭国里，迭吟递唱，不绝声者二十余里。樊、李在旁，无所措口。"昭国里是白居易宅所在地。这是长安城里的一幅绝美的图画：元稹、白居易、樊宗师、李绅即景选题，在唱和穷游中比才气之短长，显然胜出的是元稹和白居易。对于这段生活，白居易有《游城南留元九李二十晚归》云："老游春饮莫相违，不独花稀人亦稀。更劝残杯看日影，犹应趁得鼓声归。"算是这次"迭吟递唱"的袅袅余音。可惜这样的诗酒唱和只是昙花一现，元稹渴望留京的愿望落空，外出为通州司马。这段没有结果的求索是元稹意料之中的事儿，但又到瘴疠之地赴任，令元稹无法接受。行前，元稹留旧文二十轴与白居易，白居易为之送行。元稹有诗《沣西别乐天博载樊宗宪李景信两秀才侄谷三月三十日相饯送》云："今朝相送自同游，酒语诗情替别愁。忽到沣西总回去，一身骑马向通州。"白居易有《十年三月三十日别微之于沣上》云："沣水店头春尽日，送君马上谪通川。"元稹再回到长安已经是元和末期。

元稹从通州到虢州，白居易从江州到忠州，一晃四年过去了，两人从未间断唱和活动。元和十三年（818），李夷简拜相，元稹移虢州长史，他的人生发生了转机。元和十四年（819）冬，因上尊号宪宗宣布大赦天下。据《上尊号赦文》，元稹被召回长安，任膳部员外郎。元和十五年（820），元稹为祠部郎中、知制诰，赐绯鱼袋。元和十五年夏，白居易自忠州被召回，任尚书司门员外郎，后改授主客郎中、知制诰。长庆元年（821），元稹任中书舍人、翰林承旨学士，赐紫金鱼袋；白居易转中书舍人。两人踏上仕宦的坦途，并于长庆二年达到顶峰，元稹拜同平章事，后出为同州刺史。白居易本年外放杭州刺史，两人又一次离开长安。此后，再无在长安共同任职的经历。大和三年（829）岁末，元稹离任浙东观察史，回到长安。此时白居易为太子宾客，已分司东都。第二年，元稹又赴鄂州任职，长安月色只能在两人的诗文中不断地追忆和叙写了。三年看似很短，对于两人来说均是曾经沧海，彼此唱和的作品并不多，反而是离开长安后的追忆之作不少。白居易与元稹酬赠之作里更多的是对工作空间的描写，如白居易《待漏入阁书事奉赠元九学士阁老》云："衙排宣政仗，门启紫宸关。彩笔停书命，花砖趁立班。稀星点银砾，残月堕金环。暗漏犹传水，明河渐下山。从东分地色，向北仰天颜。碧缕炉烟直，红垂佩尾闲。纶闱惭并入，翰苑忝先攀。笑我青袍故，饶君茜绶殷。诗仙归洞里，酒病滞人间。好去鸳鸾侣，冲天便不还。"所写的是白居易所见元稹的翰苑生活，其中"诗仙归洞里，酒病滞人间"回顾的是过往的生活。元稹有《酬乐天待漏入阁见赠》云："未勘银台契，先排浴殿关。沃心因特召，承旨绝常班。颭闪才人袖，呕鸦软举环。宫花低作帐，云从积成山。密视枢机草，偷瞻咫尺颜。恩垂天语近，对久漏声闲。丹陛曾同立，金銮恨独攀。笔无鸿业润，袍愧紫文殷。河水通天上，瀛州接世间。谪仙名籍在，何不重来还。"这是两人游于业的酬赠之作，元、白一直彼此理解、彼此赏识，而今获得理想的工作职位，自然是各司其职，共同享受痛和快乐。科场案的兴起、党争场之形成，他们无法置身事外。政事一忙，笑看风月花草的时间自然少了。或许是遗存文本过少，我们实在难以复原这一阶段他们在长安的休闲生活图景。

此后无论元稹是在同州、浙东，还是鄂州，元、白之间是以诗筒唱和，或因邻郡而时常往来，均过上相对散淡的休闲生活。如尚永亮所论："元白的唱和之作，主要集中在三个时期：一是前已述及的元和五年至十年，二人首次长时间分离，开始批量唱和；二是元和十年至十四年，元白分别谪居通州、江州，唱酬日盛，由此形成文学史上有名的通江唱和现象；三是长庆三年至大和三年，元稹出镇越州，白居易刺史杭州、苏州等地，二人借助诗筒往返酬唱，一时传为佳话。"[①]从文学唱和而言，长安时期的三个阶段并不是元、白创作的高峰期。可是，他们寓居京都均任清职，游遍长安行乐地，每过一段贬谪或者外放的生活就会回到大唐的政治、经济、文化中心，他们安居于此，长安大道周边的一花一草、一车一马、一山一寺都留下了他们追求激情和梦想的印记。

---

① 尚永亮：《元白并称与多面元白》，《文学遗产》2016年第2期。

元稹与裴淑的婚姻及琴诗赠答

　　文人的艺术生活与家庭生活密切相关，感情、故事、人物形象乃至一颦一笑都会一股脑地伴随诗、乐、舞涌入文本。唐代诗人刻意写家庭生活的并不多，元稹当是无比钟情的一位。在元稹的婚恋生活中，读者的记忆重点往往在"崔莺莺"和韦丛的身上。《莺莺传》广泛流传，后世的增补改编，让元稹叙述的风流韵事传遍天下。《遣悲怀三首》被收入唐诗选本而渐次经典化，所产生的影响力自然不小，诗作表达了元稹对亡妻韦丛的深深思念。告别这两段刻骨铭心的婚恋生活，元稹与继室裴淑的感情亦是琴瑟相和，只是我们对此关注较少罢了。

　　元稹的婚姻生活时断时续，先娶韦丛，再纳安氏，后续娶裴淑。贞元十九年（803），元稹与韦丛结婚，元和四年（809）七月，韦丛于洛阳去世，元稹有《祭亡妻韦氏文》追忆韦氏之"仁"。韦丛与元稹乃是"贫贱夫妻"，元稹后悔未能"报答平生未展眉"，夫妇共处于贱贫之境，少有关于艺术生活的记忆。第二年，元稹被贬为江陵士曹参军。元和六年（811）春夏之交，在李景俭的建议下，元稹在江陵买妾安氏。安氏生有二子一女，后均夭折。元和九年（814）之前，安氏于江陵辞世。安氏归元稹之后，与之在江陵受苦多多。元稹并未因安氏出身低而弃之不顾，写有《葬安氏志》，记下了这位与之相伴的苦命女子。

　　元和十年（815）三月，元稹与裴淑结婚。裴淑字柔之，出自河东裴氏。关于元稹与裴淑结婚的时间、地点，学界分歧较多。如陈寅恪认为是元和十二年（817）在通州成婚，卞孝萱认为是元和十一年（816）五月在涪州结婚，周相录认为是元和十年赴通州途经涪州时与裴淑结婚，而吴伟斌则认为元稹是在元和十年冬天到兴元后在兴元续娶裴淑的。元和十年之说较为合理。裴淑最初亦与元稹共患难，元稹刚到通州就身患疟疾，裴淑随其奔走疗疾，后来元稹入京，仕宦通达倒是不假，这期间浮浮沉沉如过山车一般，后半生有能够抚琴赋诗的裴淑陪在身边荣辱与共是难得的福气。

　　与韦丛结婚之际，元稹初入宦途，薪俸较薄，仅能养家糊口而已。韦丛与元稹同甘共苦，以勤俭持家见称。裴淑既曾在元稹患病中与之相伴，又能与之过着抚琴品诗的艺术生活。裴淑善弹琴，往往借助琴音表述心绪。无嗣之忧贯穿了元稹婚后生活的大部分时间，或深或浅，时隐时现，却难以消弭。元和四年，韦丛去世，元稹曾经引发过"邓攸无子寻知命"的无嗣之忧。安氏生子却均早早夭折，元稹再度感喟无嗣之忧。与裴淑在一起，夫妻求子之愿望愈加急切。元和十四年（819），元稹任虢州长史，曾绕道涪州，随裴淑探望亲属。在涪州期间，元稹作有《黄草峡听柔之琴二首》。其一云："胡笳夜奏塞声寒，是我乡音听渐难。料得小来辛苦学，又因知向峡中弹。"诗作夸赞妻子琴艺之高，以己之听音难反衬妻子之技艺高。第二首则切中主题，诗云："别鹤凄清觉露寒，离声渐咽命雏难。怜君伴我涪州宿，犹有心情彻夜弹。"这首诗所写正是盼望子嗣之情。"别鹤"即指《别鹤操》，据崔豹《古今注》："《别鹤操》，商陵牧子所作也。娶妻五年而无子，父兄将为之改娶。妻闻之，仲夜起，倚户而悲啸。牧子闻之，怆然而悲，乃歌曰：'将乖比翼隔天端，山川悠远路漫漫，揽衣不寝食忘餐。'后人因以为乐章焉。"由此看来，《别鹤操》是专咏无嗣之忧的曲子。裴淑因无子抚琴而触动元稹，故而此意绵连不断，借助典故反复吟咏。

裴淑再弹《别鹤操》，元稹已经在浙东观察使任上。元稹《听妻弹别鹤操》云："别鹤声声怨夜弦，闻君此奏欲潸然。商瞿五十知无子，便付琴书与仲宣。"这首诗抒发因听妻子弹琴而引发的无嗣之忧，前两句即写因听弹琴而产生怨情。第三句用典出自《史记·仲尼弟子列传·有若》，诗云："商瞿年长无子，其母为取室。孔子使之齐，瞿母请之，孔子曰：'无忧，瞿年四十，后当有五丈夫子。'已而累然。"司马贞《史记索隐》引《孔子家语》，云："商瞿年三十八无子，其母欲更娶室。孔子曰：'瞿过四十当有五丈夫子。'果然。"第四句据《三国志·王粲传》："（蔡邕）闻粲在门，倒屣迎之。粲至，年既幼弱，容状短小，一座尽惊。邕曰：'此王公孙也，有异才，吾不如也。吾家书籍文章，尽当与之。'"两处用典，前者指向无嗣之忧，后者指向传家学于他人。大意是说：像商瞿一样，我年近五十还没有儿子，只有把书籍文章托付给他人，以传承自家文章风范。元稹以商瞿自比，担忧年过五十尚无子。读此诗当结合元稹和白居易的相关主题的唱酬之作。元、白共叹无嗣之忧的立足点便是立言如何才能不朽。自家编好的文集虽自鸣得意，却没有子嗣传承。元稹写给白居易的诗句说："天遣两家无嗣子，欲将文集与它谁？"（《郡务稍简因得整比旧诗并连缀焚削封章繁委箧笥仅逾百轴偶成自叹因寄乐天》）白居易读罢想到的是如何消解此忧。故而有和诗《和微之听妻弹别鹤操因为揭示其义依韵加四句》，诗云："一闻无儿叹，相念两如此。无儿虽薄命，有妻偕老矣。"这是以夫妻相依为命来消解无子之痛。元稹却依旧难以释怀，又有《酬乐天余思不尽加为六韵之作》，诗云："商瞿未老犹希冀，莫把籝金便付人。"元稹浙东任职期间还有《感逝》，诗云："头白夫妻分无子，谁令兰梦感衰翁。三声啼妇卧床上，一寸断肠埋土中。蜩甲暗枯秋叶坠，燕雏新去夜巢空。情知此恨人皆有，应与暮年心不同。"元稹当时已扬名海内外，人称"元才子"，诗家名望使其忧无嗣而才华之难继。第二年，裴淑生子道护，无嗣之忧就此得以消解。元稹《妻满月日相唁》云："十月辛勤一月悲，今朝相见泪淋漓。狂花落尽莫惆怅，犹胜因花压折枝。"至少从诗句里能看出元稹对妻子的勤苦生育尚能体谅。

裴淑不仅善弹琴，亦工诗，元稹每每与裴淑对话都离不开自己的仕宦迁转。据元稹《酬乐天东南行一百韵并序》序云："通之人莫可言诗者，唯妻淑在旁知状。"裴淑随元稹经历仕宦之迁转，面对地域、职位之变化自然也会产生感情的波动。长庆三年（823），元稹任浙东观察使。从长安到浙东去，裴淑面"有阻色"。元稹《初除浙东妻有阻色因以四韵晓之》云："嫁时五月归巴地，今日双旌上越州。兴庆首行千命妇，会稽旁带六诸侯。海楼翡翠闲相逐，镜水鸳鸯暖共游。我有主恩羞未报，君于此外更何求。"细读此诗，今昔对比中元稹认为当下不仅境况已经好转，职位亦重要得多。况且越州山水甲天下，多有让人惬意之处。大和四年（830），元稹任武昌军节度使、鄂州刺史。刚刚看见转机，元稹一家又要从长安到鄂州，裴淑心情自然不好。据范摅《云溪友议》卷："（元稹）复自会稽拜尚书右丞，到京未逾月，出镇武昌。是时，中门外构缇幕，候天使送节次，忽闻宅内恸哭，侍者曰：'夫人也。'乃传问：'旌钺将至，何长恸焉？'裴氏曰：'岁杪到家乡，先春又赴任，亲情半未相见，所以如此。'立赠柔之诗曰……"这首诗即元稹《赠柔之》，诗云："穷冬到乡国，正岁别京华。自恨风尘眼，常看远地花。碧幢还照曜，红粉莫咨嗟。嫁得浮云婿，相随即是家。"裴淑亦有《答微之》云："侯门初拥节，御苑柳丝新。不是悲殊命，唯愁别近亲。黄莺迁古木，朱履从清尘。想到千山外，沧江正暮春。"夫妻间一赠一答，将彼此心事写出。元稹屡经仕宦风霜，因地域之变化而生沧桑感，妻子嫁给自己也就只好随之迁徙。仕宦之迁转不是裴淑悲恸的直接原因，而是刚刚回到亲旧身边，未及叙叙家长里短就要再度远行，匆匆中挥手道别，实在心有不舍。

元稹与裴淑的生活中有琴有诗，彼此对话中渴望消解负重生活的状态。从元稹、裴淑的诗作中，可见因盼望子嗣而夫妻共存的无嗣之忧，亦可见仕途坎壈而不断迁徙的无奈之意，更能体现出家庭生活与艺术生活的交融。元稹不仅具有为官的"直正"品格，还是一位能够处处体谅妻子的丈夫。既是知音，又是诗侣，裴淑陪元稹一路仕宦迁转，元稹伴裴淑品味喜怒哀乐，两人堪称是灵魂伴侣。

元稹的浙东唱和诗

元稹是中唐时期的一位重要诗人，"元和体""新乐府运动""古文运动"均与之息息相关。研究者多将目光集中在元和、长庆时期，而其浙东任职时期也是文学史图景中不可或缺的组成部分。自长庆三年（823）八月至大和三年（829）九月，元稹任职浙东六载，这六年中他的诗作主要是唱酬往来的产物。

初到浙东，元稹与白居易、李复言为近邻，白居易任杭州刺史，李复言任苏州刺史，元稹为越州刺史、浙东观察使。同在江南，唱酬频繁。李复言即李谅，今存诗两首，与元、白相关者仅《苏州元日郡斋感怀寄越州元相公、杭州白舍人》一首，诗有"旧交邂逅封疆近，老牧萧条宴赏稀。书札每来同笑语，篇章时到借光辉"之句，可知李谅与元、白诗篇往来甚多。白居易《元微之除浙东观察使，喜得杭、越邻州，先赠长句》云："稽山镜水欢游地，犀带金章荣贵身。官职比君虽校小，封疆与我且为邻。郡楼对玩千峰月，江界平分两岸春。杭越风光诗酒主，相看更合与何人。"元稹有《酬乐天喜邻郡》，又有《赠乐天》，反复言说彼此邻郡的伤怀与幸运。《再酬复言和前篇》，李谅的原诗已佚，不然我们或许能够复原出三人相聚的完整图景。而后则是因元稹"夸州宅"而彼此唱和。元稹《以州宅夸于乐天》云："州城迴绕拂云堆，镜水稽山满眼来。四面常时对屏障，一家终日在楼台。星河似向檐前落，鼓角惊从地底回。我是玉皇香案吏，谪居犹得住蓬莱。"白居易

《答微之夸越州州宅》在应和之中劝慰元稹享受会稽山水之美，元稹再作《重夸州宅旦暮景色兼酬前篇末句》《再酬复言和夸州宅》，安居于会稽山水之间，与故人叙旧，书信往来中情绪渐由伤感变为惬意。元稹还有《寄乐天》《戏赠乐天复言》《重酬乐天》《再酬复言》，这些诗作暗含对往事的追忆，往往与当下的生活状态并无直接联系，形成的是时空视域中的今昔对比，从而将青春与老境并置后发出无奈的喟叹。

　　第二次是以创作为中心的唱和活动，是元稹对文学活动的追忆。白居易《与元九书》言："自皇子陂归昭国里，叠吟递唱，不绝声者二十余里。樊、李在傍，无所措口。"这是元和十年（815）的事情，十年后，元稹尚沉浸在"春野醉吟十里程，斋宫潜咏万人惊"的追忆中。春风十里，诗情挥洒，那时的惬意与张扬不再。此刻的追忆虽然不再具有新鲜感，却值得怀念。另一首需要重视的诗作是《酬乐天吟张员外诗见寄因思上京每与乐天于居敬兄升平里咏张新诗》。白居易因读张籍诗有感而发，兴之所至，吟玩罢有所感，转而封寄元稹。元稹诗云："乐天书内重封到，居敬堂前共读时。四友一为泉路客，三人两咏浙江诗。别无远近皆难见，老减心情自各知。杯酒与他年少隔，不相酬赠欲何之。"完全进入了追忆的世界，因诗及人，元宗简、张籍、白居易、元稹，一人已去，两人远离长安。另一个小高潮则是元、白诗筒酬唱，这回是双方传递彼此诗作的唱和活动。白居易《秋寄微之十二韵》有"忙多对酒榼，兴少阅诗筒"，并自注："比在杭州两浙唱和诗赠答，于筒中递来往。"再如白诗《醉封诗筒寄微之》《与微之唱和来去常以竹筒贮诗陈协律美而成篇因以此答》均写以诗筒邮寄的阅读体验。元、白的人生对话以诗歌文本为媒介，这是为文学的人生，也是为人生的文学。只是此一时彼一时，那时关注时事因正直被贬而崇气节风骨，此际则以诗作娱

情，对"歌诗合为事而作"以求"救济人病，裨补时阙"的理想弃之
远矣。

　　第三次则是以元稹、李德裕为中心的唱和活动，集中于对翰苑生活
的追忆。元、李一在浙东，一在浙西。两人均从翰苑退出，自然对过
往的"同事"时光有所追忆。宝历二年（826），李德裕创作《述梦诗
四十韵》，这是一首以忆旧为主旨的长诗。题曰述梦，实则梦回翰苑，
抚今伤昔。李德裕所写的这首诗先以梦中所得六句写逢良时之荣光，再
引出翰林学士之角色，而后以内署中物象写学士院环境及惬意的生活，
得恩赐之荣耀、内庭所见之景象、游戏活动及感旧之情怀。元稹、刘禹
锡均有和诗。李诗多题注，元、刘因之。元稹和诗题为《奉和浙西大夫
李德裕述梦四十韵，大夫本题言赠于梦中诗赋，以寄一二僚友，故今所
和者亦止述翰苑旧游而已次本韵》，将《寄李浙西大夫四首》之命意融
入其中。这首诗先赞李德裕因梦得诗，而后转向两人之唱和交往，题注
云："近蒙大夫寄《觱篥歌》，酬和才毕，此篇续至。"两人之共同点
有二：一是性格上"大夫与稹偏多同直"，二是"稹与大夫，相代为翰
林承旨"。元稹花了大量笔墨写翰苑生活，更侧重写与李德裕、李绅等
人共同参与翰苑活动的细节。如老杜所言"每依北斗望京华"，两人的
企盼是一样的，容身之地并不能容下彼此的理想。这次有明确主旨的唱
和活动还有一个参与者，即刘禹锡。两首唱和诗落在他的手上，刘禹锡
读罢便写下《和浙西李大夫示述梦四十韵并浙东元相公酬和斐然继声》
一诗以纪其事。刘禹锡的纪事诗则侧重称赞元、李唱和之盛事，可以从
侧面佐证元、李之情谊，以及以两人为中心形成的唱和之风气。刘诗先
是围绕李德裕下笔，称颂其门第、家世及才华，再写其在翰苑旧事，最
后专写元、李唱和，并将自我融入其中。刘禹锡以潘、陆并称喻元、李

之交游，正是基于两人分任浙东、浙西之际因唱酬而形成的特殊地位而言。宝历元年（825），李德裕有《霜夜对月听小童吹觱篥歌》，如今仅留残句，元稹、刘禹锡、白居易和之。元稹的《和浙西李大夫听薛阳陶吹觱篥歌》，也仅剩残句。李德裕有《晚下北固山喜松径成阴怅然怀古偶题临江亭》，全诗仅存十一句，元稹、刘禹锡均有和诗，刘诗尚存，元诗仅存两句。这些留下的片断给我们创造了无限的联想空间。这一唱和群体在朝则关怀政事，在野则移情山水。元稹、李德裕发起的唱和活动，一时蔚为风气，对浙东、浙西的文学创作活动发挥了重要的导向作用。

概而言之，元稹浙东时期唱和诗作的内容以日常生活为主，不再如同以往那样关注朝政而刻意讽喻。无嗣之忧、往事之念、故交之情均在唱和活动中体现出来，元稹几经仕宦迁转，这样的主题则一直延续到其生命的终结。人、地、事构成创作的激发因素，元稹从而向当时人物敞开心扉，回到过去或者关注当下，在与亲朋挚友的对话中完成了一次安居于江南胜地的自我心理调适过程。

元和十年前后：激情的归途

阅读中唐文学史，总觉得元和十年（815）是一道坎儿。元稹、柳宗元、刘禹锡从长安被贬出来，在贬地度过第一段艰难的岁月，多年的苦盼终于回来了，可是很快又再度出发进入第二个贬谪周期，这道坎儿是艰苦而漫长的。走过这道坎儿，元稹、柳宗元、白居易、刘禹锡很快就成熟了，青年时期屡经挫折所带来的种种惶惑随之渐渐消除，虽然不敢确定等待自己的是穷途还是通途，却似乎找到了一个突破口，开始相对淡然地对待生活。元和十年，柳宗元、刘禹锡、元稹从贬地回到长安，风尘未落，旋即踏上漫漫长路，白居易过不了多久也踏上赴江州的去程。以长安为中心的离离合合，这其中有仕宦经历的变化，亦有一个心态变化的过程。这个过程与中唐士风关联甚深，开启了因贬谪而创作的文学高峰，也开启了以仕宦推动世风及文风的新时代。

因事获罪：欲将沉醉换悲凉

"永贞革新"是刘禹锡和柳宗元命运发生变化的分界线。对于刘禹锡来说，这是漫漫人生长途中的第一个时间节点，他的路还很长。对于柳宗元来说，则是人生的转折点，他的人生就此被一分为二：一半是通达，一半是坎坷。其中，敷水驿事件是元稹遭遇的一大挫折。元和五年（810），刚刚经受丧妻之痛的元稹因与宦官争厅，由监察御史贬为江陵户曹参军，以直正为政事之宗旨却换来痛苦的贬谪之旅。江陵五年，尽管从时间长度上要比刘、柳短一半儿，却也是处于万般煎熬之中。

元和元年（806），奔赴永州、连州的路上，刘禹锡、柳宗元在思考；元和五年，奔赴江陵的路上，元稹在思考。从京城到贬所的人生落差使得他们面临生命的沉沦，每到一处元稹都有诗作纪事，并寄给白居易，二人于唱酬往来中交流思想，借以消解不平。元稹以《阳城驿》《大庾岭》等为题的作品中都有对自己遭遇的发抒。到达江陵，他与李景俭等人的交游之作中不改自家悲愤的底色，由于丧妻之痛，悲愤中夹杂着挥之不去的哀思。同命者前有交谊深厚的卢子蒙，后有贬地相识的王侍御，元稹的诗作中对韦丛的忆念从未消退。身处瘴疠之地，他们的青葱岁月显得益加残酷，如何度过无数个漫漫长夜？

刘禹锡在赴连州的路上经过江陵，正值韩愈任江陵府法曹参军，他为刘禹锡设宴洗尘。韩愈出示《岳阳楼别窦司直》，这是韩愈写给窦庠的诗作，窦庠有《酬韩愈侍郎等岳阳楼见赠》，刘禹锡读罢韩愈的赠别诗，结合自己的遭遇，文思如滔滔江水贯注而下，写下《韩十八侍御见示岳阳楼别窦司直诗因令属和重以自述故足成六十二韵》。诗中，刘禹锡花费了很大篇幅写岳阳楼之景象，想象韩愈和窦庠话别的场景，而后笔锋一转，自"伊余负微尚，夙昔惭知己"开始自述，从"孤志无依倚"到"独处穷途否"，韩愈与刘禹锡，一个是永贞革新的当政者，一个是永贞革新的观望者，情绪的投入颇为复杂，而今俱为往事。韩愈是淋漓尽致地宣泄，刘禹锡则有所侧重地言说，不能坏了离别的氛围。从江陵再出发，刘禹锡接到了追贬朗州司马的诏令，在朗州，他则以"世道俱颓波，我心如砥柱"自励，与韩愈、柳宗元论道，与还源、元嵩等人论禅，与窦群、窦常唱和，他不断地思考着，他也给杜佑等人写信，期盼能够获得量移。刘禹锡与杜佑的关系很密切，永贞革新前后，他是杜佑的部下，为之起草文字。刘禹锡被贬，杜佑甚为惋惜，给他写信，刘禹锡也企望能够得到杜佑的援手，量移到距离京城较近的地方。刘禹锡还有《上淮南李相公启》《上杜司徒启》《上门下武相公启》《上中书李相公启》等文，可是，"八司马"逢赦亦不在量移之列。这十年中最为凄苦的是丧妻之痛，刘禹锡的妻子薛氏在元和七年（812）病逝，刘禹锡不胜悲痛，写有《伤往赋》及《谪居悼往二首》，"授室九年而鳏"，前途未卜，"牛衣独自眠，谁哀仲卿泣"。元和八年（813），刘禹锡与元稹、窦常酬赠唱和颇为密集。刘禹锡有《酬窦员外使君寒食日途次松滋渡先寄示四韵》《酬窦员外旬休早凉见示诗》《酬窦员外郡斋宴客偶命柘枝因见寄兼呈张十一院长元九侍御》等诗作，都是与窦常酬唱的，还有一首兼及元稹。刘禹锡与元稹交往亦频繁，有《赠元九侍御文石枕以诗奖之》《酬元九侍御赠壁竹鞭长句》《酬元九院长自江陵见寄》等作品。元稹《刘二十八以文石枕见赠仍题绝句以将厚意》云："枕截文琼珠缀篇，野人酬赠壁州鞭。用长时节君须策，泥醉风云我要眠。歌晒彩霞临药灶，执陪仙仗引炉烟。张骞却上知何日，随会归期在此年。"刘禹锡《酬元九侍御赠壁竹鞭长句》诗云："碧玉孤根生在林，美人相赠比双金。初开郢客缄封后，想见巴山冰雪深。多节本怀端直性，露青犹有岁寒心。何时策马同归去，关树扶疏敲镫吟。"盼望"同归"之意自然明晰。第二年底，诏书来了，刘禹锡于兴奋中不免怅惘，来时一家人，还时少一个。湖湘逐客均在回归的路上，大家彼此唱酬，虽经磨砺依然壮志在胸，渴望迎来人生之转机。

柳宗元亦早年丧妻，所娶弘农杨氏乃是杨凭之女，杨氏"柔顺淑茂""端明惠和"，夫妻一起生活仅三年，杨氏二十三岁即因"孕而不育"的妇科病而卒。对于丧妻之痛，柳宗元在《与杨京兆凭书》中言：

"独恨不幸获托姻好，而早凋落，寡居十余年。"又在《祭杨凭詹事文》中言："家无主妇，身迁万里。"信及祭文均写在贬谪时期，故而切身之痛犹深。这段时期，柳宗元给李建写信，一并给萧俛、杨凭等寄书启，值得一提的是李建与刘禹锡、柳宗元都是顾少连知贡举的同门，甚至很可能是同榜进士及第。李建在刘、柳遭遇不幸外贬之际还给他们写信并给柳宗元寄药，德行自是高标。李建后来与元稹、白居易成"生死交"，获得元和士人的众口赞誉。元和六年（811），吕温离世，柳宗元、刘禹锡、元稹均有哭吕衡州之作，此点我们会专门探讨。

元和十年，接到赴京都长安的诏书，永州十年落下了帷幕，柳宗元在这里留下了太多的足迹；朗州十年落下了帷幕，刘禹锡在这里诚惶诚恐地生活了十年；江陵五年落下了帷幕，元稹在这里留下青春的记忆。他们都心有不甘。书信来往，酬唱伴游，切磋学术，这些活动都给麻木而焦虑的他们注入了活力，他们有了更多的机会去深入生活、接近百姓、反思历史。从自怨自艾地倾诉与徘徊到放宽身心地游赏山水，从政治理想的幻灭到用文字书写内心的道统观念，从盼望救赎到诲人不倦，他们完成了自我形象的蜕变过程。从中心到边缘的空间变换，从永贞元年到元和十年的时间冲刷，这些都让刘禹锡和柳宗元逐渐接受了自己的新处境，也适应了现有的身份，尽管柳宗元和刘禹锡并不认同现有的一切。他们努力让心灵安顿下来，开始接受了命运的捉弄，在等待的煎熬中完成了一个思想家和文学家形象的自我书写。拟醉、狂醉，酒入愁肠化作相思泪，用在元稹身上，再恰切不过。时光荏苒，元稹逐渐从丧妻之痛中解脱出来，从沉醉中清醒过来，买妾成家，儿女渐多，日后也证明，相较于丧妻之痛与无嗣之忧，自家所经历的丧子、丧女之痛更深。总之，他们在贬地不仅面临家庭之变故，还有环境、疾病、流言、交游等因素，更重要的是心理接受能力的考验，他们在荒远僻地多经磨难，被囚居感、被弃感、苦闷感油然而生。

纵观三人在贬地的诗作：元稹一直没有走出贬谪的阴影，这点他和柳宗元一样，都无可奈何地面对现实，力求消解苦闷；刘禹锡反倒是逐步安顿下来，既渴望回归京城，又不改旧志，波澜不惊地面对挫折。他们都曾潜心佛典，寻找消解苦痛的法门，亦将用世之志写入诗文，借以传不朽之事业。尽管如此，从第一个贬谪周期来看，他们仍能在个体处在困境之时或多或少地反映出"一种不甘衰败、奋发图强的复兴精神，一种源于忧患而又欲克服忧患、建基于多难兴邦、哀兵必胜信念上的进取精神"[①]。志在用世、积极进取而又敢于批判现实的元和文化精神融入他们的仕宦之旅，或者说，他们亦是元和文化精神的代表。

归心各异：零落成泥碾作尘

元和十年正月，柳宗元、刘禹锡、元稹接到唐宪宗诏书，要他们赶赴长安。这真是一个意外的喜讯，对此，窦巩有《送刘禹锡》，云："十年憔悴武陵溪，鹤病深林玉在泥。今日太行平似砥，九霄初倚入云梯。"刘禹锡接到诏书，写下《元和甲午岁诏书尽征江湘逐客余自武陵赴京宿于都亭有怀续来诸君子》，诗云："雷雨江湖起卧龙，武陵樵客蹑仙踪。十年楚水枫林下，今夜初闻长乐钟。"悲凉与欣喜交加，故而未见特别快意之感。柳宗元则是分外高兴，打点行装，"白日放歌需纵酒，青春做伴好还乡"，觉得又迎来了生命的春天，他写下《朗州窦常

---

① 尚永亮：《贬谪文化与贬谪文学——以中唐元和五大诗人之贬及其创作为中心》，兰州大学出版社，2004，第30页。

员外寄刘二十八诗见促行骑走笔戏赠》，诗云：

> 投荒垂一纪，新诏下荆扉。疑比庄周梦，情如苏武归。
>
> 赐环留逸响，五马助征騑。不羡衡阳雁，春来前后飞。

　　元和十年前后窦常为朗州刺史，乃是刘禹锡的上司，这段时间是刘禹锡与窦常交游密切的时期。好心情往往能捕捉到好风景，接到喜讯的柳宗元将自己"投荒垂一纪"的磨难与失落抛到一边，只想快马加鞭奔向长安这个让他魂牵梦绕的故土。回程的路上，他依然要路过汨罗江，这是他当年凭吊屈原的地方，旧地重来，想想自己写就的《吊屈原文》，此刻柳宗元全然有了新的姿态。看他的诗《汨罗遇风》："南来不作楚臣悲，重入修门自有期。为报春风汨罗道，莫将波浪枉明时。"他肯定了自己生活的时代，也渴望不远处有美好的明天向他招手，等待他的，会是一个什么样的前景呢？柳宗元一定想了很多，也许此时他最想做的，便是挥去往日的阴霾。告别永州，他完成了自己人生中一段忧伤而辉煌的岁月。

　　同样是一纸诏令，贬出意味着远离仕宦通途，召回则意味着希望的点燃，柳宗元似乎看到了希望的来临，为之惊喜不已。回归的路上他有一首《诏追赴都二月至灞上亭》，诗云："十一年前南渡客，四千里外北归人。诏书许逐阳和至，驿路开花处处新。"此诗堪与李白《早发白帝城》媲美，只是缺少一点豪放的气度。时间的久远与空间的距离都昭示了柳宗元对过去的记忆，大发"往事不堪回首"的感慨。此时的欢欣早已驱散一切阴霾，风景这边独好，柳宗元更盼望的是拥有未来的新气象。唐宪宗当政以来，在治理国家上确实有所作为，经济呈现不断复苏的迹象，朝政也趋于平稳，尤其在处理藩镇问题上取得了突破性的进展。眼见自己当年想要解决的一些问题如今已经有了较为理想的答案，面对这样一个"明时"，柳宗元当然不愿错过。可是，他无论如何也想不到，一路欢歌笑语，等来的却依然是一纸再度远行的无情诏令。

在被召回的路上，元稹有一首《题蓝桥驿呈梦德子厚致用》，这首写给刘禹锡、柳宗元、李景俭的诗显然带有同病相怜的意味。诗云："泉溜才通疑夜磬，烧烟余暖有春泥。千层玉帐铺松盖，五出银区印虎蹄。暗落金乌山渐黑，深埋粉堠路浑迷。心知魏阙无多地，十二琼楼百里西。"从政治敏感度来说，元稹的判断无疑要准确一些，他知道此去未必能获得境遇的改变。

元和四年（809），元稹有《褒城驿》，诗云："严秦修此驿，兼涨驿前池。已种千竿竹，又栽千树梨。四年三月半，新笋晚花时。怅望东川去，等闲题作诗。"六年过去，再经此地，感慨遂深。又有《褒城驿二首》，其二云："忆昔万株梨映竹，遇逢黄令醉残春。梨枯竹尽黄令死，今日再来衰病身。"这五年的身心交困带来的只有疾病缠身，元和八年、元和十年，元稹均大病一场，各种苦难化作切肤之痛。得知元稹要回到长安，窦巩有《送元稹西归》一诗，先是诉说元稹"南州风土滞龙媒"的境况，而后庆贺元稹"黄纸初飞敕字来"，接着想象美好的前景，"二月曲江连旧宅，阿婆情熟牡丹开"。这首诗倒是写得明快而单纯，元才子在江陵滞留五载，而今迎来转运之机遇，回到京都旧宅，自然是要迎来绽放理想之时节。

到了京城，元稹有《西归绝句十二首》。这组诗作将过去与当下融为一题，将往事与此际所见之图景形成对比，面对长期贬谪，诏书到来"一半犹疑梦里行"，诗人诉说"一夜思量十年事"的焦虑性体验，十年自然是从任御史官算起，一日将因直正而贬谪的历程过一遍，的确是难以释怀。虽然焦虑不复存在，却也曾历尽沧桑，而今白发早生，不复强健，"今日还乡独憔悴"。感慨过后，就是在京城的现实生活了，元稹与白居易、李绅等人宴游吟诗，度过了一段马上吟诗的惬意时光。另有如《小碎》，诗云："小碎诗篇取次书，等闲题柱意何如。诸郎到处应相问，留取三行代鲤鱼。"这样的作品可见他的心态逐渐放松下来。元稹还写有酬和诗，与多年未见的友朋话旧，如《酬卢秘书》《和乐天刘家花》《和乐天高相宅》《和乐天仇家酒》《和乐天赠恒寂僧》等，这些难忘的文本都是他接下来漫漫贬途中的追忆资本。

梦断魂牵：每依北斗望京华

这些从贬谪之地归来的士子们汇聚于长安，他们带着多年的苦楚各自去见友朋，倾诉这些年的艰辛与感怀，更多的是感慨时光的流逝中人事的变迁。如刘禹锡有《伤独孤舍人》，序中写道："贞元中，余以御史监祠事。河南独孤生，始仕为奉礼郎。有事宗庙郊畤，必与之俱，由是甚熟。及余谪武陵九年间，独孤生仕至中书舍人，视草禁中，上方许以宰相。元和十年春，余祗召抵京师，次都亭日，舍人疾不起。余闻，因作伤词以为吊。"诗云："昔别矜年少，今悲丧国华。远来同社燕，不见早梅花。"在自己被贬的年月里，仕宦顺畅的老友没能等到自己的归来便永远离开了。刘禹锡还有《酬杨侍郎凭见寄二首》，其一云："翔鸾阙底谢皇恩，缨上沧浪旧水痕。疏傅挥金忽相忆，远擎长句与招魂。"其二云："十年毛羽摧颓，一旦天书召回。看看瓜时欲到，故侯也好归来。"杨凭的原作没有保留下来，他是柳宗元的岳丈，柳宗元亦有和作。和作题为《奉酬杨侍郎丈因送八叔拾遗戏赠诏追南来诸宾二首》，其一云："贞一来时送彩笺，一行归雁慰惊弦。翰林寂寞谁为主，鸣凤应须早上天。"其二云：
"一生判却归休，谓著南冠到头。冶长虽解缧绁，无由得见东周。"两人
的酬和诗都是一般情怀，即对离去又归来的共同体悟。刘禹锡另有《征还
京师见旧番官冯叔达》，诗云："前者匆匆襆被行，十年憔悴到京城。南
宫旧吏来相问，何处淹留白发生。""十年憔悴"是刘禹锡对过去十年艰
辛的概括，这样的生活落下的结果就是"白发生"。

　　武元衡是当朝宰相，他与刘禹锡、柳宗元之间始终有那么一层隔
阂。当刘禹锡、柳宗元等人以不屈者的姿态回到京师，显然会响起反对
的声音，对于本朝的臣子来说，这些旧人物的介入是相当不和谐的。刘
禹锡去了一趟玄都观，故地重游，看罢桃花，再看同行诸君子，一首绝
句脱口而出，也是祸从口出。《戏赠看花诸君子》云："紫陌红尘拂面
来，无人不道看花回。玄都观里桃千树，尽是刘郎去后栽。"如此目中
无人还了得，于是就让他陷入绝境，尤其是刘禹锡游玄都观所写下的诗
作中体现的傲然盛气，一定会触动反对者的某根神经。关键问题则在于
召回他们是加以重用还是继续外放呢？最后的结局是官升了，人却离得
更远了。他们刚刚升起的希望之火迅速熄灭，还得离开京城。韩泰出为
漳州刺史，韩晔为汀州刺史，刘禹锡为播州刺史，陈谏为封州刺史，柳
宗元为柳州刺史，他们刚刚从远州回来，就又要出发了。他们要去的是
今天的福建、贵州、广东、广西等地区，距离京城长安十分偏远。刘禹
锡因为作诗讽刺当政者的原因，被派往道路难行、去途艰险的播州，还
要带着八十老母。柳宗元实在不能无视挚友面临的悲惨际遇，他要求和
刘禹锡对调，自己去播州，这些细节体现出了柳宗元的君子品格，能够
勇于牺牲自我来帮助自己的朋友，这件事让我们从中懂得了患难情深的
道理，正因为这样，刘、柳之间的友谊才能遇挫弥坚。这个场景应该写

入史书，这是中唐士人心史的经典片断，也是传统士大夫品格的杰出样本，在仕宦与德行的检验中，元和士风的魂灵再现。

再度从长安出发，他们要到新的去处。与白乐天的十里春风吟诗比赛结束了，玄都观里的桃花依旧，通州的月亮、柳州的风土，还有连州的山水，不管你想不想去看看，都身不由己。临别之际，元稹有《沣西别乐天博载樊宗宪李景信两秀才侄谷三月三十日相钱送》，诗云："今朝相送自同游，酒语诗情替别愁。忽到沣西总回去，一身骑马向通州。"还有《归田》及乐府诗《紫踯躅》《山枇杷》《褒城驿二首》《寄昙嵩寂三上人》《苍溪县寄扬州兄弟》《新政县》《南昌滩》等作品。如《新政县》诗云："新政县前逢月夜，嘉陵江底看星辰。已闻城上三更鼓，不见心中一个人。须鬓暗添巴路雪，衣裳无复帝乡尘。曾沾几许名兼利，劳动生涯涉苦辛。"

一段充满希望的旅程结束了，柳宗元还要重新上路，奔赴新的目的地，比永州还要遥远的柳州，唯一改变的，这次他是一个有实职的刺史。刘禹锡与他一同出发，一路上，他难以抑制内心的失落，如《长沙驿前感旧》写道："海鹤一为别，存亡三十秋。今来数行泪，独上驿南楼。"行至衡阳，两人不得不分开，走向各自的州府，今朝一别，不知何时再见，柳宗元动情地写下《衡阳与梦得分路赠别》一诗，"十年憔悴"换来的是无法接受的"岭外行"，"绿荫不改来时路"，只是由欢欣变为伤感。刘禹锡有《再授连州至衡阳酬柳柳州赠诗》，诗云："去国十年同赴召，渡湘千里又分岐。重临事异黄丞相，三黜名惭柳士师。归目并随回雁尽，愁肠正遇断猿时。桂江东过连山下，相望长吟有所思。"读了刘禹锡的和诗后，柳宗元又写了一首《重别梦得》，诗云："二十年来万事同，今日岐路忽西东。皇恩若许归田去，晚岁当为邻舍翁。"刘禹锡有《重答柳柳州》，诗云："弱冠同怀长者忧，临岐回想尽悠悠。

耦耕若便遗身老，黄发相看万事休。"柳宗元还有一首《三赠梦得》，
诗云："信书成自误，经事渐知非。今日林岐别，何年待汝归。"刘禹
锡有《答柳子厚》，诗云："年方伯玉早，恨比四愁多。会待休车骑，
相随出罽罗。"从三赠三答中可以看出两人对再次外放的态度，更可以
看出柳宗元与刘禹锡之间的友朋情深。此刻的柳宗元觉得自己的人生前
景更加渺茫，或许在此际他真的想就此隐去，与友人一起做个自在的田
舍翁。到达连州，刘禹锡与柳宗元、窦常继续唱和，不知想起朗州的生
活会有何种感慨。还是旧日友朋，只是换了空间，柳宗元已是柳州刺史，
窦常已是夔州刺史，尤其与窦常的交往，朗州往事历历在目。

元和十年的六月二十七日，柳宗元到达柳州；元和十年六月，元稹
到达通州，结果大病一场。他们去的都是人烟稀少而又远离政治、经济
中心地带的区域，在《寄韦珩》一诗中，柳宗元有过描写：

初拜柳州出东郊，道旁相送皆贤豪。

回眸炫晃别群玉，独赴异域穿蓬蒿。

炎烟六月咽口鼻，胸鸣肩举不可逃。

桂州西南又千里，漓水斗石麻兰高。

阴森野葛交蔽日，悬蛇结虺如蒲萄。

到官数宿贼满野，缚壮杀老啼且号。

饥行夜坐设方略，笼铜枹鼓手所操。

奇疮钉骨状如箭，鬼手脱命争纤毫。

今年噬毒得霍疾，支心搅腹戟与刀。

迩来气少筋骨露，苍白潚泪盈颠毛。

君今矻矻又窜逐，辞赋已复穷诗骚。

神兵庙略频破虏，四溟不日清风涛。

圣恩倘忽念地苇，十年践蹈久已劳。

幸因解网入鸟兽，毕命江海终游遨。

愿言未果身益老，起望东北心滔滔。

从京城离别到路上见闻，从柳州风土到自身体验，柳宗元把自己的生活现状书写出来，这其中蕴含着多少伤感与无奈。他实在不能接受与友朋再度分开而又难得音讯的处境，因为已经有过十年的类似残酷的生活了。柳宗元在《送李渭赴京师序》中说："过洞庭，上湘江，非有罪左迁者罕至。又况逾临源领。下漓水，出荔浦，名不在刑部而来吏者，其加少也固宜。前予逐居永州，李君至，固怪其弃美仕、就丑地，无所束缚，自取瘴疠。后予斥刺柳州，至于桂，君又在焉，方屑屑为吏。噫！何自苦如是耶？"文中对二人遭际的叙述痛心疾首，与李渭两次相遇，一在永州，一在柳州，言语之间表现了柳宗元的贬谪心态。命运弄人，给了一份希望而后是更大的失望，每当想起一起被贬的共患难的刘禹锡等人，就会激起他内心不可消解的愁怀。且看他的《登柳州城楼寄漳、汀、封、连四州》：

城上高楼接大荒，海天愁思正茫茫。

惊风乱飐芙蓉水，密雨斜侵薜荔墙。

岭树重遮千里目，江流曲似九回肠。

共来百粤文身地，犹自音书滞一乡。

登上城楼，远眺前方，空旷的荒野延展了诗人茫茫海天般的愁思。急风吹来，水中的荷花已乱，密雨倾盆，斜打在爬满薜荔的墙上。尽力看去，岭上的树木重重,遮住了诗人的视线,江流弯曲,如同九转的愁肠。诗人想到自己被迫来到这个荒蛮之地,与友人音书不通,各自滞留一方。这是初到柳州的柳宗元,一个孤独者的心态呈现,清人贺裳《载酒园诗话又编》云:"柳五言诗犹能强自排遣,七言则满纸涕泪。"永州十年,柳宗元并没有放弃自己的理想,用文章来表达一己之志向与变化之心态。辗转到了柳州,生活境况改变不大,他渐渐接受了残酷的现实,开始适应生活,将自身的情感从激烈转到和缓,并淡然地写入诗中。尤其是元和十年,严重的遇挫让他对自己的前途产生了绝望,这种心理在这些诗作中得到了较为充分的体现。他写给的对象之一便是刘禹锡,到达连州的刘禹锡再度遇见窦群,并与之酬和。元和十二年(817),岳父杨凭卒,柳宗元有《祭杨凭詹事文》,诗云:"此生化作身千亿,散上峰头望故乡。"柳宗元的这句诗或可代表三人共同的心声,只是他们各自的命运都在发生变化。不过,当平淮西的胜利消息传来,他们都会喜上眉梢并诉诸笔下,用世之志被激发起来,如老杜所写"漫卷诗书喜欲狂",个人的命运与国家的兴衰建立起不可分割的关系,这是元和士人往往能置个人穷达于度外的深层原因。

与柳宗元衡阳一别,待到刘禹锡再至衡阳,柳宗元已经病逝,刘禹锡遂写有《重至衡阳伤柳仪曹》,序云:"元和乙未岁,与故人柳子厚临湘水为别。柳浮舟适柳州,余登陆赴连州。后五年,余从故道出桂岭,至前别处,而君没于南中,因赋诗以投吊。"诗云:"忆昨与故人,湘江岸头别。我马映林嘶,君帆转山灭。马嘶循古道,帆灭如流点。千里江蓠春,故人今不见。"三年后,刘禹锡又有《伤愚溪》,序云:"故人柳子厚之谪永州,得胜地,结茅树蔬,为沼沚,为台榭,目曰愚溪。柳子没三年,有僧游零陵,告余曰:'愚溪无复曩时矣!'一闻僧言,悲不能自胜,遂以所闻为七言以寄恨。"其一云:"溪水悠悠春自来,草堂无主燕飞回。隔帘唯见中庭草，一树山榴依旧开。"其二云："草圣数行留坏壁，木奴千树属邻家。唯见里门通德榜，残阳寂寞出樵车。"其三云："柳门竹巷依依在，野草青苔日日多。纵有邻人解吹笛，山阳旧侣更谁过？"柳子在，愚溪为山水胜境，如今"草堂无主"，纵然花开亦无欣赏者，况且残阳、坏壁、野草、青苔，已然是一片萧条肃杀，柳家竹巷无旧日风景。第三首尾联乃是诗眼："纵有邻人解吹笛，山阳旧侣更谁过？"怀念之情溢于言表。因地思人，刘禹锡后来也在怀念元稹的诗作中发过同样的感慨，只是那已是大和时期。

后来，柳宗元早早离开尘世，元稹几经仕宦变动，回到京城，辉煌时得以拜相，却暴卒于武昌军节度使任上，唯刘禹锡以长寿而终。"二十三年弃置身"，回首漫长的贬谪经历，刘禹锡在与白居易聚会中将"到乡翻似烂柯人"的感慨一饮而尽，曾经的贬谪经历依然对生者发生着影响，他们依然留有"脱离谪籍后的心灵烙印"。[①]柳宗元去世，韩愈为之撰墓志铭，刘禹锡写祭文；元稹去世，白居易撰墓志铭，刘禹锡写诗悼念，长寿者往往要独自承受失去挚友的痛苦。元和十年前后，离去—归来—再离去的贬谪之旅让这些正当壮年的士人们告别了气志如神的慷慨往事，他们成长起来，家庭、仕宦都在地域的迁徙中颠簸，"路长人困蹇驴嘶"，苏东坡的体会放在他们的身上再合适不过了。一时之激情换得无限苍凉，柳宗元、刘禹锡、元稹，从一个起点跌落，刚刚看到曙光重又遭遇日暮，不得不踏上又一段人生的穷途。这一个循环周期不仅深深地烙在他们的记忆里，同时还诉诸笔下，深一脚浅一脚，付出的都是成长的代价。

---

① 尚永亮:《唐五代逐臣与贬谪文学研究》,武汉大学出版社,2007,第351页。

窦群与中唐御史官文学群体

唐人选唐诗选本中，《窦氏联珠集》较为特别。《窦氏联珠集》收录窦常、窦牟、窦群、窦庠、窦巩五兄弟诗作，是家族文学文本的唯一遗存。窦氏兄弟当中，窦群讲礼仪而尊孝道，以承续窦氏孝道家风著称，又官位最显，对于中唐政事、文学活动所发挥的作用尤著。

窦群与中唐文人群体的关系较为复杂。自"永贞革新"起，窦群与中唐文士纠葛不断。据《旧唐书·窦群传》，窦群与刘禹锡、柳宗元俱入王叔文集团，因"群不附之"，刘、柳与窦群不协，窦群并不依附之，于是要将窦群贬出，被韦执谊制止。同一集团内因观念不同而产生分歧，窦群渐被疏远。此事又与武元衡有关系，据《旧唐书·刘禹锡传》：

贞元末，王叔文于东宫用事，后辈务进，多附丽之，禹锡尤为叔文知奖，以宰相器待之。顺宗即位，久疾不任政事，禁中文诰，皆出于叔文，引禹锡及柳宗元入禁中，与之图议，言无不从。转屯田员外郎、判度支盐铁案，兼崇陵使判官。颇怙威权，中伤端士。宗元素不悦武元衡，时武元衡为御史中丞，乃左授右庶子。侍御史窦群奏禹锡挟邪乱政，不宜在朝，群即日罢官。韩皋凭藉贵门，不附叔文党，出为湖南观察使。既任喜怒凌人，京师人士不敢指名，道路以目，时号"二王、刘、柳"。

武元衡、窦群均为御史官，且有上下级的关系。刘禹锡、柳宗元追求速进，故而与武元衡发生冲突，窦群卷入其中。时过境迁，元和八年（813），刘禹锡与窦群还有交往，刘禹锡有诗《和窦中丞晚入容江作》，云："汉郡三十六，郁林东南遥。人伦选清臣，天外颁诏条。桂水步秋浪，火山凌雾朝。分圻辨风物，入境闻讴谣。莎岸见长亭，烟林隔丽谯。日落舟益驶，川平旗自飘。珠浦远明灭，金沙晴动摇。一吟道中作，离思悬层霄。"刘禹锡不仅有《答容州窦中丞书》，又代窦群作《为容州窦中丞谢上表》。柳宗元仅有《韦侍郎贺布衣窦群除右拾遗表》，乃是代韦夏卿所作，窦群进入仕途正因得到韦夏卿的赏识。窦群的御史官身份使得他被列入御史官文学群体之中。御史官多以经史之学为背景，以激浊扬清为己任，职事活动与文学活动构成两个世界：职事活动则守道忧民，敢于谏诤弹奏；文学活动则唱酬往来，富有生活意趣。

御史官文学群体以武元衡为首。窦群与武元衡同在御史台任职，武元衡是他的上司。两人有两组唱酬之作。元和六年（811），武元衡有《晨兴赠友寄呈窦使君》，诗云："江陵岁方晏，晨起晒庭柯。白露伤红叶，清飚断绿萝。徇时真气索，念远幽怀多。宿昔东山意，纵横南浦波。有美婵娟子，百虑攒双蛾。缄情郁不舒，丝竹自骈罗。为子歌苦寒，旨酒朱颜酡。鬓发倏云变，功名将奈何。"窦群有酬和之作，即《奉酬西川武相公晨兴见示之作》，诗中叙述与武元衡之情谊，以景见情，复有议论，当在武元衡之上。窦群与武元衡唱和的第二组诗比较特别，诗题较长，诗仅五言四韵。窦群原诗题目为《贞元末东院尝接事今西川武相公于兹三周谬领中宪徘徊厅宇多获文篇夏日即事因继四韵》，此诗乃是与武元衡叙旧，诗云："重轩深似谷，列柏镇含烟。境绝苍蝇到，风生白雪前。弹冠惊迹近，专席感恩偏。霄汉朝来下，油幢路几千。"武元衡酬答诗的题目为《窦三中去岁有台中五言四韵之什未及酬答承领镇黔南途经蜀门百里而近愿言款觌封略间之因追酬曩篇持以为赠》，诗云："在昔谬司宪，常僚唯有君。报恩如皎日，致位等青云。削稿书难见，除苛事早闻。双旌不可驻，风雪路岐分。"两组诗作从追忆的视角写旧情新谊，足见窦群与武元衡的交谊远超"忝列同僚"之范围。

元和时期，窦群与吕温、羊士谔因有身份交集而相交日深。《旧唐书·窦群传》云："宪宗即位，转膳部员外，兼侍御史知杂，出为唐州刺史。节度使于𬱖素闻其名，既谒见，群危言激切，𬱖甚悦。奏留充山南东道节度副使、检校兵部郎中、兼御史中丞，赐紫金鱼袋。宰相武元衡、李吉甫皆爱重之，召入为吏部郎中。元衡辅政，举群代己为中丞。群奏刑部郎中吕温、羊士谔为御史，吉甫以羊、吕险躁，持之数日不下，群等怒怨吉甫。三年八月，吉甫罢相，出镇淮南，群等欲因失恩倾之。吉甫尝召术士陈登宿于安邑里第，翌日，群令吏捕登考劾，伪构吉甫阴事，密以上闻。帝召登面讯之，立辩其伪。宪宗怒，将诛群等，吉甫救之，出为湖南观察使。"《旧唐书·吕温传》亦有记载，主要叙述吕温为柳宗元、刘禹锡所称赏，又与窦群、羊士谔"趣尚相狎"，窦群得李吉甫的提携反而恩将仇报，吕温"奏劾吉甫交通术士"，结果"其事皆虚"，导致吕温、窦群、羊士谔均被贬出。吕温、窦群、羊士谔诸人是御史官组成的一个政治群体，复因交谊日深而形成文学唱和群体。

这一御史官文学群体以创作唱和诗为主。窦群与羊士谔唱酬往来诗作甚多。羊士谔于元和三年（808）所作《窦府君（叔向）神道碑》，乃是应窦群之请而作。据陶敏《羊士谔生平及诗文系年》，窦群与羊士谔定交在贞元三年（787），本年羊士谔在常州为官，窦群居于常州以著书。元和元年（806），窦群有《雪中寓直》一诗，云："寒光凝雪彩，限直居粉闱。恍疑白云上，乍觉金印非。树色霭虚空，琴声谐素徽。明晨阻通籍，独卧挂朝衣。"羊士谔和之，即《和窦吏部雪中寓直》，云："瑞花飘朔雪，灏气满南宫。迢递层城掩，徘徊午夜中。金闺通籍恨，银烛直庐空。谁问乌台客，家山忆桂丛。"诗中"谁问乌台客，家山忆桂丛"之句，乌台即御史台，羊士谔元和元年拜监察御史，从唱和中可知两人仕宦之重合点。羊士谔与窦群的唱酬之作往往从日常生活取材，偶有所思便成诗，一寄一酬中见彼此情怀。元和二年（807），羊士谔有《小园春至偶呈吏部窦郎中》，诗云："松筱虽苦节，冰霜惨其间。欣然发佳色，如喜东风还。幽抱想前躅，冥鸿度南山。春台一以眺，达士亦解颜。偃息非老圃，沉吟闷玄关。驰晖忽复失，壮气不得闲。君子当济物，丹梯谁共攀。心期自有约，去扫苍苔斑。"这是以眼前景主动与窦群对话的作品。窦群"直夜"有感就把自己的诗作寄给羊士谔，羊士谔则有《酬吏部窦郎中直夜见寄》酬之，诗云："解巾侍云陛，三命早为郎。复以雕龙彩，旋归振鹭行。玉书期养素，金印已怀黄。兹夕南宫咏，遐情愧不忘。"元和六年，羊士谔还有《寄黔府窦中丞》，诗作可谓雕琢满眼，云："汉臣旌节贵，万里护牂牁。夏月天无暑，秋风水不波。朝衣蟠艾绶，戎幕偃雕戈。满岁归龙阙，良哉仁作歌。"窦群常常从季节变换中取材，以情境写人，如《雨后月下寄怀羊二十七资州》云："夕霁凉飙至，翛然心赏谐。清光松上月，虚白郡中斋。置酒平生在，开衿愿见乖。殷勤寄双鲤，梦想入君怀。"无论是"冬日晓思"，还是"雨后月下"；无论是正在值夜，还是身在戎幕，二人诗作融入日常生活，撷取片段中蕴含着穿透文字背后的醇厚情思。

窦群与吕温均受啖、赵学派之影响。据刘禹锡《唐故衡州刺史吕君集纪》所述，吕温师从其父吕渭学《诗》《礼》，师从陆质学《春秋》，师从梁肃学文章。又《旧唐书·窦群传》记载："群兄常、牟，弟巩，皆登进士第，唯群独为处士，隐居毗陵，以节操闻。及母卒，啮一指置棺中，因庐墓次终丧。后学《春秋》于啖助之门人卢庇者，著书三十四卷，号《史记名臣疏》。"据《新唐书·窦群传》："从卢庇传啖助《春秋》学，著书数十篇。"可见窦群读书侧重经、史。窦群有节操，讲孝道，苦读书，这些正是窦氏家族家学门风的基本内涵。

窦群与吕温唱和交往的诗作不多，仅存吕温《二月一日是贞元旧节有感绝句寄黔南窦三》，乃是中和节寄赠之作，诗中有"今朝各自看花处，万里遥知掩泪时"之句，念及旧日同事相处之时光，叹惜彼此相见无期，以表达思念之情。

概而言之，御史台官员的文学化是贞元、元和时期一个值得注意的现象。窦群、武元衡、羊士谔、吕温等人形成了一个以御史台为中心的文儒集团，集团成员多有唱酬往来，诗作内容侧重于朝事活动，亦写日常生活。此点学界少有关注，故撰文述及之。

孟郊暮年的洛城记忆

　　东都洛阳是大唐帝国的繁华地，陈子昂、李白、杜甫、韩愈、白居易、刘禹锡、孟郊、李贺、李商隐、杜牧都曾栖居于此。孟郊人生的最后九年是在洛阳度过的。"春风得意马蹄疾，一日看尽长安花。"（《登科后》）登科后的孟郊并没有那么如意，反而长期沉居下僚。元和元年（806），孟郊告别长安，因韩愈的推荐到洛阳任职。孟郊不会想到自己会终老于斯。他的内心或许怀着一丝憧憬，尽管这憧憬如同隔着薄雾的洛城月色，隐隐约约中透着一抹光亮。

山川风景入眼来：孟郊的洛城风景

　　回到洛阳，已经五十六岁的孟郊住进立德坊。立德坊在洛阳城算是重要区域，距离宫城较近。安居立德坊，孟郊有《立德新居十首》纪事。诗人起笔便是立德坊的剪影，站在新居处，只见："立德何亭亭，西南耸高隅。阳崖泄春意，井圃留冬芜。"（《立德新居十首》其一）而后则写眼前景："耸城架霄汉，洁宅涵细缊。开门洛北岸，时锁嵩阳云。"（《立德新居十首》其二）其四云：

　　疏门不掩水，洛色寒更高。晓碧流视听，夕清濯衣袍。为于仁义得，未觉登陟劳。远岸雪难暮，劲枝风易号。霜禽各啸侣，吾亦爱吾曹。

洛水流波，夕阳晚照，潺潺水声中寒意凛凛。诗人安居于此却有满足感。这种满足感一是来自稳定的生活，二是躬耕陇亩的快乐。故而其七曰：

都城多茸秀，爱此高县居。伊洛绕街巷，鸳鸯飞阁间。翠景何的砾，霜飔飘空虚。突出万家表，独治二亩蔬。一旬一手版，十日九手锄。

其八曰：

手锄良自勖，激劝亦已饶。畏彼梨粟儿，空资玩弄骄。夜景卧难尽，昼光坐易消。治旧得新义，耕荒生嘉苗。锄治苟惬适，心形俱逍遥。

在孟郊看来，洛阳城在帝都气象之外，更有意义的在于这是他的谋生之所、栖居之地。从诗中能感受到陶渊明式的自足快乐，这种快乐源于自家的生活体验。

洛城的风景入他眼底的，除了立德新居，还有周边的草木溪流。立德新居周边有寒溪、生生亭。《生生亭》云："滩闹不妨语，跨溪仍置亭。置亭嵃嵲头，开窗纳遥青。遥青新画出，三十六扇屏。"有了生生亭，孟郊的世界便春意盎然。卢仝《孟夫子生生亭赋》云："玉川子沿孟冬之寒流兮，辍棹上登生生亭。夫子何之兮，面逐云没兮南行。百川注海而心不写兮，落日千里凝寒精。"《生生亭》写的是洛城的春天，孟郊写洛城的冬天则有《寒溪九首》。寒溪在哪儿呢？"洛阳岸边道，孟氏庄前溪。"（《寒溪九首》其二）这九首诗着重借溪写人，写尽寒意，体现出"郊寒"的一面。如第一首云：

霜洗水色尽，寒溪见纤鳞。幸临虚空镜，照此残悴身。潜滑不自隐，露底莹更新。谽如君子怀，曾是危陷人。始明浅俗心，夜结朝已津。净漱一掬碧，远消千虑尘。始知泥步泉，莫与山源邻。

　　此诗将寒溪比作君子怀，进而呈现安顿生命之意。"霜""冰""冻""雪""凝"等语词遍布前八首之中，如"霜芬稍消歇，凝景微茫齐。"（其二）"晓饮一杯酒，踏雪过清溪。"（其三）"独立两脚雪，孤吟千虑新。"（其四）"尖雪入鱼心，鱼心明愀愀。"（其六）等等。第九首则写冬春交际尚有暖意，仍有"千里冰裂处，一勺暖亦仁"这样的句子。孟郊"在他那秋月、朔风、寒溪、坚冰组成的冷酷世界里，又时常夹杂着凄凉痛楚"[1]。

　　此外，孟郊还有《济源春》《济源寒食七首》《游枋口》《送淡公十二首》等描写山水风景的诗作。有因一己情怀而选择风景者，如《济源寒食七首》其一云："风巢袅袅春鸦鸦，无子老人仰面嗟。柳弓苇箭觑不见，高红远绿劳相遮。"有因选择风景而夸饰心情者，如《济源寒食七首》其六云："枋口花间掣手归，嵩阳为我留红晖。可怜踯躅千万尺，柱地柱天疑欲飞。"孟郊于洛城风景中依心境而取象，或瞩目日月，或采撷花木，或静观山水，观望中总不能抹去寂寞而寒苦的孤独感。这种孤独感隐映于洛城的花木丛中，自然的写实中呈现出心灵的写真。

　　东坡论定的"郊寒"是如何形成的？我们不能忽视孟郊的人生体验。科场蹭蹬，沉居下僚，衰老无依，家庭生活亦不如意。这些内容诉诸笔下自然就有寒苦之意，而创作风格的自觉追求进一步促动峭寒诗

---

① 戴建业：《孟郊论稿》，上海古籍出版社，2006，第 159 页。

风的形成。故而"孟郊的诗，每因注意于个人的穷愁寒病，且可以追求奇险峭硬的风格，虽横语盘空，而诗境不免局狭寒俭"①。元和四年（809），孟郊丧母，《秋怀十五首》便是守丧期间的作品，属于"奇险峭硬"风格的代表作。洛城的秋景触动了他的情思，秋露、秋月、秋草、秋风之中寒意仍在。其二云：

秋月颜色冰，老客志气单。冷露滴梦破，峭风梳骨寒。席上印病文，肠中转愁盘。疑怀无所凭，虚听多无端。梧桐枯峥嵘，声响如衰弹。

秋月如冰，幽远中视觉世界隐隐有寒意，客居在外的老者倍感孤寂。冰冷的露水滴落，微弱的声音令老客自梦中惊醒；而料峭寒风吹动头发，寒意入骨。这是久居者所处的环境。久病躺在席上已留下痕迹，一个"印"字浮现出无数病中的镜像，愁苦之情在肠中如盘子转动。因身体上的苦痛让自己无端生疑，本无声音却老是觉得听到什么。秋风吹起，梧桐叶枯萎而落下，仿佛琴曲的怨艾之音。读罢此诗，觉得诗人因疾病陷入精神性苦痛而求自拔，话语间有种被生活遗弃的感觉。王建《哭孟东野二首》其一云："吟损秋天月不明，兰无香气鹤无声。自从东野先生死，侧近云山得散行。"秋月与孟郊有着不可分割的内在联系。就所呈现的风格而言，如郝世峰所论："这首诗于冷痛枯瘁之中略见沉郁峭拔，就表现阴郁冷峭的心态而言，堪称典型。"②

当然，孟郊所写的洛阳风景不仅仅有自己，更有所闻所见。有的写饥荒年景，如《感怀八首》其二云："晨登洛阳坂，目极天茫茫。群物

---

① 刘学锴：《唐诗选注评鉴》，安徽师范大学出版社，2020，第1862页。
② 郝世峰：《孟郊诗集笺注》，河北教育出版社，2002，第25页。

归大化，六龙颓西荒。豺狼日已多，草木日已霜。饥年无遗粟，众鸟去空场。路傍谁家子，白首离故乡。含酸望松柏，仰面诉穹苍。去去勿复道，苦饥形貌伤。"有的写洛城晚景，如《洛桥晚望》云："天津桥下冰初结，洛阳陌上人行绝。榆柳萧疏楼阁闲，月明直见嵩山雪。"无论是身处其中，还是看在眼底，孟郊以一支苦涩之笔书写了周边的自然图景和生活图景。元好问《论诗绝句三十首》其十八云："东野穷愁死不休，高天厚地一诗囚。江山万古潮阳笔，合在元龙百尺楼。"从洛城风景书写来看，诗蕴穷愁而思苦奇涩是历代品鉴者准确的判断。

邓攸无子寻知命：孟郊的失子之痛

洛城是孟郊的伤心地。三子夭折，友朋逝去，这些记忆是彼此关联的。王建《哭孟东野二首》其二有言："老松临死不生枝，东野先生早哭儿。但是洛阳城里客，家传一本杏殇诗。"《杏殇九首（并序）》就是孟郊哭儿的诗作，足见此类作品在当时的影响。据诗序，"因悲昔婴，故作是诗。"韩愈有《孟东野失子（并序）》，序中道出孟郊连失三子的事实，"念无后以悲"，故而韩愈作诗劝慰。韩愈《贞曜先生墓志铭》中叙及孟郊无后的事实。贾岛《哭孟郊》云："身死声名在，多应万古传。寡妻无子息，破宅带林泉。冢近登山道，诗随过海船。故人相吊后，斜日下寒天。"亦写出"无子息"的身后境况。

中唐时期，诗文中叙及失子之痛或无嗣之忧的并不鲜见。柳宗元、白居易、元稹、孟郊均有相关作品。孟郊的无嗣之忧与柳宗元不一样，柳宗元是因丧妻在贬谪困境中生发出的。孟郊与元稹有相类之处，元稹先是丧妻，而后贬谪江陵期间，安氏所生之子夭折，进一步引发了无嗣之忧，写有《哭子十首》等作品。据孟郊《杏殇九首》序云："杏殇，花乳也，霜蔼而落。因悲昔婴，故作是诗。"《杏殇九首》其一据此入题，睹物思人，因见"零落小花乳，斓斑昔婴衣"，重感失子之痛，进而滋生失落感，写出"拾之不盈把，日暮空悲归。地上空拾星，枝上不见花"这样一些具有无限意味的句子。失子的后果是剩下"哀哀孤老人，戚戚无子家"，只能"应是一线泪，入此春木心"。自然的春花秋月染上无尽的痛感。如《杏殇九首》其四云：

> 儿生月不明，儿死月始光。儿月两相夺，儿命果不长。
> 如何此英英，亦为吊苍苍。甘为堕地尘，不为末世芳。

生命的短暂与月之明灭联系起来，诗人以直写的方式哀叹生命存在之短暂。进而以花为媒，比兴中书写痛感。如《杏殇九首》其五云：

> 踏地恐土痛，损彼芳树根。此诚天不知，蔼弃我子孙。
> 垂枝有千落，芳命无一存。谁谓生人家，春色不入门。

为什么会这样？难道连老天都"蔼弃我子孙"？诗人将孤独感与春的欣欣向荣一起比较。春天是万木吐绿的时节，花开千朵，争奇斗艳，而自家却未到花开便落地无数。诗云："冽冽霜杀春，枝枝疑纤刀。木心既零落，山窍空呼号。班班落地英，点点如明膏。始知天地间，万物皆不牢。"因失子之痛而悟出天地之理，万物皆因"木心既零落"而生变化。当此际，诗人犹如"病叟无子孙，独立犹束柴"，眼前唯"空遗旧日影，怨彼小书窗"。除了《杏殇九首》，孟郊还有《悼幼子》，似是归葬后写实之作，诗云："一闭黄蒿门，不闻白日事。生气散成风，枯骸化为地。负我十年恩，欠尔千行泪。洒之北原上，不待秋风至。"诗中措词对比鲜明，"黄蒿"对"白日"，"生气"对"枯骸"，"十年恩"对"千行泪"，生死两世界，唯有伤心人。《哭卢殷十首》因思及卢殷而生发自家情感，其四云：

> 登封草木深，登封道路微。日月不与光，莓苔空生衣。
>
> 可怜无子翁，蚍蜉缘病肌。孪卧岁时长，涟涟但幽噫。
>
> 幽噫虎豹闻，此外相访稀。至亲唯有诗，抱心死有归。
>
> 河南韩先生，后君作因依。磨一片嵌岩，书千古光辉。

草木山川，家居什物，这些可观可触的物象都能勾起伤心事。友朋离世带来的眼前景又让诗人想到自我，脱口一句"可怜无子翁"道出诗人的人生痛处。其九又有"嗟嗟无子翁，死弃如脱毛"这样的句子，孟郊的无子之痛已然深入骨髓。元稹与卢载因悼亡而得共鸣，孟郊与卢殷乃是因无子而生同情。

孟郊的失子之痛会令其焦虑不已，无嗣之忧滋生后未能得以消解，故而不平之鸣贯穿其人生暮年。如《老恨》云："无子抄文字，老吟多飘零。有时吐向床，枕席不解听。斗蚁甚微细，病闻亦清泠。小大不自识，自然天性灵。"诗人叹老叹病，而旨在突出"无子"的现实状况。又有《喜符郎诗有天纵》云："念符不由级，屹得文章阶。白玉抽一毫，绿珉已难排。偷笔作文章，乞墨潜磨揩。海鲸始生尾，试摆蓬壶涡。幸当禁止之，勿使恣狂怀。自悲无子嗟，喜妒双喈喈。"《哭卢贞国》云："一别难与斯，存亡易寒燠。下马入君门，声悲不成哭。自能富才艺，当冀深荣禄。皇天负我贤，遗恨至两目。平生叹无子，家事亲相嘱。"香火不续自然会带来身后寂寥。这从韩愈、王建、卢仝、贾岛等人与之往来的诗文中就能一览无余。贾岛《吊孟协律》云："才行古人齐，生前品位低。葬时贫卖马，远日哭惟妻。孤冢北邙外，空斋中岳西。集诗应万首，物象遍曾题。"观此诗命意，"才行"与"品位"不符，贫苦与无子堪悲，诗人最大功业仅仅是留下万首涵咏世间事物的诗篇而已。

洛阳亲友勤相问：孟郊的交游空间

中唐时期的友谊与文学构成一个研究议题。美国学者田安认为友谊形成功利化的交际圈，"书写友情的文本也展示了一群相互依赖的同道如何为实验新的文学风格与理念提供安全的环境。"① 作者试图基于中唐文学交游空间将文学创作现象提升为一种文学交往理论。放眼中唐，刘禹锡与柳宗元、元稹与白居易、韩愈与孟郊乃是交游典范的组合。洛城是孟郊与友朋相聚的地方，在这里，孟郊与老朋友们依然有交游往来。孟郊用诗记录了与友人相聚的过程，这些诗作有着明显的地缘特征。诗题中有"送"有"别"有"寄"，留下了人生行旅中的雪泥鸿爪。

孟郊与韩愈、张籍、卢仝、刘言史、贾岛等人本就交往密切，入驻洛城，交谊自然要延续下去。韩、孟之间，互相切磋诗艺，终孟郊一生两人交游未曾间断。孟郊有《与韩愈李翱张籍话别》《汴州别韩愈》等作品，洛阳时期，有《赠韩郎中愈二首》，第一首述两人交谊之深，

---

① 田安：《知我者：中唐时期的友谊与文学》，卞东波、刘杰、郑潇潇译，中西书局，2020，第3页。

云："何以定交契，赠君高山石。何以保贞坚，赠君青松色。"第二首则写自己的生存样态，云："前日远别离，今日生白发。欲知万里情，晓卧半床月。常恐百虫秋，使我芳草歇。"《忽不贫喜卢仝归洛》有"卢仝归洛船，崔嵬但载书"。又言："书船平安归，喜报乡里间。"《戏赠无本》称许贾岛诗能"诗骨耸东野，诗涛涌退之。有时跧跄行，人惊鹤阿师。可惜李杜死，不见此狂痴"，并以"再期嵩少游，一访蓬萝村。春草步步绿，春山日日暄。遥莺相应吟，晚听恐不繁。相思塞心胸，高逸难攀援"，期盼入洛一见以述衷情。《寄张籍》有"君其隐壮怀，我亦逃名称。古人贵从晦，君子忌党朋"，因有人生选择的认同感，才能找到感怀的切入点。

韩愈、孟郊共同的朋友还有陆畅、卢殷、房武等人。身居洛城，送友南归，孟郊想到皎然、陆羽两位亡友，万千感慨发为五言长篇。元和六年（811）前后，孟郊有《送陆畅归湖州因凭题故人皎然塔陆羽坟》，诗云：

> 森森雪寺前，白蘋多清风。昔游诗会满，今游诗会空。孤吟玉凄恻，远思景蒙笼。杼山砖塔禅，竟陵广宵翁。饶彼草木声，仿佛闻余聪。因君寄数句，遍为书其丛。追吟当时说，来者实不穷。江调难再得，京尘徒满躬。送君溪鸳鸯，彩色双飞东。东多高静乡，芳宅冬亦崇。手自撷甘旨，供养欢冲融。待我遂前心，收拾使有终。不然洛岸亭，归死为大同。

陆畅自洛城归江南，进入老境的孟郊思绪万千，想到了故去的皎然和陆羽，笔下涉及生死话题。韩愈《送陆畅归江南》称许陆畅"举举江南子，名以能诗闻。一来取高第，官佐东宫军。迎妇丞相府，夸映秀士群"。孟郊有《吊卢殷十首》，卢殷也是一位诗人，这十首诗从不同角度入手，倍含真情。如其二云：

唧唧复唧唧，千古一月色。新新复新新，千古一花春。邙风噫孟郊，嵩秋葬卢殷。北邙前后客，相吊为埃尘。北邙棘针草，泪根生苦辛。烟火不自暖，筋力早已贫。幽荐一杯泣，泻之清洛滨。添为断肠声，愁杀长别人。

孟郊与卢殷交往亦与韩愈有关，故而其四云："河南韩先生，后君作因依。磨一片嵌岩，书千古光辉。贤人无计校，生苦死徒夸。他名润子孙，君名润泥沙。可惜千首文，闪如一朝花。零落难苦言，起坐空惊嗟。"其五有"耳闻陋巷生，眼见鲁山君"之句，鲁山当指元德秀。《寄义兴小女子》亦有"我咏元鲁山，胸臆流甘滋"之句。孟郊崇敬元德秀，有《吊元鲁山十首》，与《吊卢殷十首》一起形成孟郊特有的哭吊主题的规模性组诗。孟郊有《哭刘言史》一诗，诗云：

诗人业孤峭，饿死良已多。相悲与相笑，累累其奈何。精异刘言史，诗肠倾珠河。取次抱置之，飞过东溟波。可惜大国谣，飘为四夷歌。常于众中会，颜色两切磋。今日果成死，葬襄之洛河。洛岸远相吊，洒泪双滂沱。

诗人惜诗人，孟郊与卢殷、刘言史等人的苦吟经历相似，《送淡公十二首》写道："意恐被诗饿，欲住将底依。卢殷刘言史，饿死君已噫。"生活寒苦，诗亦寒饥，故而诗人总是围绕孤峭风格与穷愁经历层层展开诗笔。后来，孟郊又在《送淡公十二首》中关注"诗人苦为诗"这个话题，反复吟咏并嗟叹不已。孟郊有《吊房十五次卿少府》，房次卿是指房武，因为韩愈，孟郊结识此人。房武离世，韩愈为之撰写墓志铭。孟郊以诗吊之，诗中以"逢著韩退之，结交方殷勤"叙及结识始末，以"英奇一谢世，视听一为尘。谁言老泪短，泪短沾衣巾"表伤悼之情。朋友圈的重要性在孟郊身后突出出来，彼此因友谊而互助。韩愈《贞曜先生墓志铭》有所叙及："在文章开端和结尾处，韩愈记述了不同的人为孟郊及其家人提供的各种各样的帮助。"①

每次相聚均可入诗，每次别离无限感慨。孟郊入洛乃是投奔郑余庆，与之相关的诗作均是送别，如《寿安西渡奉别郑相公二首》《送郑仆射出节山南》。王涯与孟郊亦有交游，两人一起游昭成寺、枋口、柳溪等风景胜地。这些风景都是孟郊反复吟咏之地，现存有《与王二十一员外涯游昭成寺》《上昭成阁不得于从侄僧悟空院叹嗟》《与王二十一员外涯游枋口柳溪》等。关于昭成寺，《送淡公十二首》亦有言及，诗中有"都城第一寺，昭成屹嵯峨。为师书广壁，仰咏时经过"等诗句。此外，《凭周况前辈于朝贤乞茶》《送魏端公入朝》《严河南》《送卢郎中汀》《送谏议十六叔至孝义渡后奉寄》均是居洛时期所作，洛城风物自然成为友朋送别的书写背景。孟郊一生最多的快乐留在朋友圈，和诗友们一起游洛城、写洛城，满眼风物满是情，迎来送往中的文学创作为他带来了存在感和幸福感。

洛阳城的落日余晖中有过孟郊的影像，他走过的地方已化作诗中风景。这九年里，诗与城俱在，他的诗作一直有洛城风景的融入。这位苦

① 田安：《知我者：中唐时期的友谊与文学》，中西书局，2020，第208页。

吟诗人用五言古诗描述洛城的入眼景象，这些景象里有自己的故事，也有他人的故事。故事在艰涩中开启，读懂的人不会很多。那些承载风景和故事的文本有的早已佚失，有的传播开来，成为洛城古典文化图景中的一道弧线。这道弧线在夜空中很快就划过去了，读者时而还能听见留下的几声喟叹。

哭与被哭：贾岛生前身后的诗性叙事

　　闻一多的《贾岛》是一篇经典之作，文章的开篇就将姚贾诗派与韩孟诗派、元白诗派三方鼎立，并认为："这像是元和、长庆间诗坛动态中的三个较有力的新趋势。"① 我们能够想到：贾岛躲在乐游原东部的住所里，反复打磨五律，偶尔望望南山，却无陶渊明的兴致。他的诗里有朋友的近况，有干谒的篇章，有自我的呓语。城市的繁华在他的笔下几乎没有任何表现。渴望入场，或者说渴望获得仕宦的入门证，考试、考试、再考试，干谒、干谒、再干谒，贾岛的情绪随科场的失意起起伏伏，直至生命的终结。贾岛笔下的友人形象难免融入身世之感；友人、史家、文人笔下的贾岛形象也是各有各的写法。后人借鉴前人的，删删减减中夹杂着各种传说。这些传说不仅仅被采撷入传记中，而且存在"哭"诗中，伴随诗句的铺陈传播开来。

　　中唐时期，诗人贾岛写了几首"哭"诗。这几首"哭"诗与当时诗坛的重要人物有关。贾岛离世之后，又有友朋及后人以诗为之哭。哭逝者是诗歌中不可缺少的内容，哭友人、被友人哭，或者被后人追忆，算是人生结束后的余响，从中能够看出逝者的影像。

---

① 闻一多：《唐诗杂论》，中华书局，2003，第 36 页。

哭友人：自家人生的关注点

长安米贵，偏要执拗地留在长安，年复一年，贾岛有韩愈、张籍、王建等人的唱和，故而留下来了。科场可不是平静的世外桃源，而是士子们出风头的地方。贾岛打算用诗歌叩开柴扉，原东的花开了，他给有地位的诗人写诗，令狐楚、元稹、韩愈、张籍自然是献诗的对象。贞元十七年（801），贾岛在龙门香山寺为僧。正是这个时候，因献诗韩愈而两人订交。接受韩愈的建议，贾岛返乡修习举业。自此，贾岛踏上了漫长的求仕之路。从洛阳到范阳，再到长安；从修习举业到还俗应试，再到谪宦长江主簿，贾岛沉入宦海却不得而入，踏上了追求名利场的漫漫长途。对他而言，这并不是一条通途，而是充满屈辱又无比艰辛的苦路。

自贞元十八年（802）至元和六年（811），贾岛一直在家乡范阳修习举业。元和七年（812），贾岛入长安。韩愈、张籍、王建、孟郊、姚合陆续进入他的生活，其中孟郊、卢仝、张籍等人陆续离世，这些诗友与贾岛的长安时间密切相关，《哭孟郊》《哭胡遇》《哭张籍》《哭卢仝》，每一首诗的背后都有自己的故事。

贾岛为之哭的第一位友人是孟郊。"郊寒岛瘦"是苏轼给出的诗歌风格评价，这样的评价将两人的人生也联系起来了。孟郊一生贫寒，年近五十方进士及第，此后进入宦海却职位低卑。元和九年（814），贾岛三十六岁，孟郊卒。贾岛《吊孟协律》写尽此番境况，诗云："才行古人齐，生前品位低。葬时贫卖马，远日哭惟妻。孤冢北邙外，空斋中岳西。集诗应万首，物象遍曾题。"才高位低，贫而无子，此生遗憾何等深。此刻的贾岛虽然贫寒，却对未来充满希望。贾岛有《哭孟东野》，诗云："兰无香气鹤无声，哭尽秋天月不明。自从东野先生死，侧近云山得散行。"失去师友的悲痛诉诸笔端，借助地域空间而益发沉重。贾岛是孟郊的仰慕者，从《投孟郊》中对孟诗的赞美就可以看出来，而孟郊《戏赠无本二首》也对贾岛有所肯定。

贾岛为之哭的第二位友人是胡遇。大和四年（830），贾岛已经五十二岁了。年轻诗人胡遇去世，贾岛、张籍、朱庆馀均有诗哭之。张籍《哭胡十八遇》一诗主要叙述胡遇早得诗名，亦进士及第，而去世之际"幼子见生才满月，选书知写未呈人"。朱庆馀《哭胡遇》则重在忆旧游，出语情深义重，"每向宣阳里中过，遥闻哭临泪先垂"，写尽无限悲情。而贾岛《哭胡遇》与朱庆馀的意思相近，直写失友之痛状，突出死者之"夭寿"。诗云："夭寿知齐理，何曾免叹嗟。祭回收朔雪，吊后折寒花。野水秋吟断，空山暮影斜。弟兄相识遍，犹得到君家。"

贾岛为之哭的第三位友人是张籍。与孟郊、胡遇相比，张籍仕宦通达，属于成功人士。张籍是中唐诗坛不可忽略的诗人，与韩、孟交深，与元、白却也相知不浅。贾岛有《携新文诣张籍韩愈途中成》一诗，据齐文榜先生的考证，贾岛与张籍早在元和元年（806）即已相识。元和七年（812），贾岛入长安应试，居住在延寿寺，张籍则住在延康坊，彼此相距不远，故而时常走动。贾岛有《酬张籍王建》《张郎中过原东居》，张籍有《过贾岛野居》《与贾岛闲游》，因为知赏，已入官场的张籍与身为举子的贾岛相得甚欢。日本学者松原朗专门就此还原了贾岛在原东居的生活，绘就了一幅以贾岛为中心的诗友交游图。大和年间，贾岛有《宿姚合宅寄张司业》。大和四年春，张籍于长安病逝。贾岛《哭张籍》诗云："精灵归恍惚，石磬韵曾闻。即日是前古，谁人耕此坟。旧游孤棹远，故域九江分。本欲蓬瀛去，餐芝御白云。"与《哭孟郊》《哭胡遇》相比，贾岛的这首诗显得平静一些，诗作充溢着一股祥和的仙气，仿佛张籍去另一个世界祈求长生去了。同时为之哭的还有无可，《哭张籍司业》云："先生抱衰疾，不起茂陵间。夕临诸孤少，荒居吊客还。遗文禅东岳，留语葬乡山。多雨铭旌故，残灯素帐闲。乐章谁与集，垄树即堪攀。神理今难问，予将叫帝关。"

贾岛为之哭的第四位友人是卢仝。大和九年（835），五十七岁的贾岛仍为一介布衣。本年，发生"甘露之变"，好友卢仝因之遇害。贾岛有《哭卢仝》，诗云："贤人无官死，不亲者亦悲。空令古鬼哭，更得新邻比。平生四十年，惟著白布衣。天子未辟召，地府谁来追。长安有交友，托孤遽弃移。冢侧志石短，文字行参差。无钱头松栽，自生蒿草枝。在日赠我文，泪流把读时。从兹加敬重，深藏恐失遗。"按照《唐才子传》所述，卢仝与友人一起在宰相王涯的书馆中欢宴，晚上留宿。孰料"甘露之变"发生，官兵将其捕获，任由卢仝如何争辩都未能躲过厄运，最终被杀。贾岛与卢仝均为"韩门弟子"，卢仝的突然死亡令贾岛思及自身。卢仝贫寒一生，终未获得一官半职。其"平生四十年，惟著白布衣"的命运与贾岛的境遇相仿。此诗作罢，贾岛自己的境遇在对卢仝之死的书写中有所呈现。

孟郊、张籍与贾岛亦师亦友，卢仝则为挚友无疑，他们之间常常以诗对话。离开这个世界后，剩下的依然以诗当哭。此外，贾岛还有《哭宗密禅师》，诗云："鸟道雪岑巅，师亡谁去禅。几尘增灭后，树色改生前。层塔当松吹，残踪傍野泉。惟嗟听经虎，时到坏庵边。"《哭柏严禅师》云："苔覆石床新，师曾占几春。写留行道影，焚却坐禅身。塔院关松雪，经房锁隙尘。自嫌双泪下，不是解空人。"这两首诗的风格与前面的大有不同，这或许就是尘世中的贾岛与方外的贾岛天然的区别。鸟道、野泉、绿苔、石床、松雪、禅房，独立空间的禅语、禅意在这些意象中通向寂灭，笔下的诗性盎然遮蔽了追怀逝者的大悲痛。诚如陈允吉所论："贾岛平生处境迫蹙而作诗特别专挚，其兴趣和创造力的投向，往往集中在表现那些离群索居的狭隘生活场景，今究其作品内确曾被诗人殚思竭虑去精细摹写之情事，大率都是他人生经验里尤能引起自己珍视的东西。"①曾经有过的僧侣生活以及还俗应试生活是他的关注点，故而友朋离世的诗作中自然要围绕彼此交叉的生命体验发抒。

友人哭：科场沉浮的镜像

会昌三年（843）七月，贾岛卒于普州官舍。贾岛身后，为之哭者甚众。友人苏绛所作《贾司仓墓志铭》是现存最早的贾岛传记。关于贾岛的文学才能所记主要包括两个方面：一是擅长五言诗，云："公展其长材间气。超卓挺生，六经百氏，无不该览。妙之尤者，属思五言，孤绝之句，记在人口。"仕宦经历却屡遭挫折，"穿杨未中，遽罹诽谤。解褐授遂州长江主簿。三年在任，卷不释手。"二是创作风格以清淡为主，云："所著文篇，不以新句绮靡为意，淡然蹑陶谢之踪。片云独鹤，高步尘表。长沙裁赋，事略同焉。"按说苏绛是贾岛的挚友，却所叙如此简单。《新唐书》云："累举不中第，文宗时坐飞谤，贬长江主簿。"《唐才子传》则重在叙事，将《新唐书》所叙之事加以细化，韩愈、刘栖楚与贾岛的故事惟妙惟肖。

诗家笔下常常聚焦的是贾岛的"谪宦"境遇，如无可《吊从兄岛》云："谪宦竟终身。"齐己《读贾岛集》云："离秦空得罪。"杜荀鹤《经贾岛墓》云："谪宦自麻衣。"李洞、崔涂、李克恭、曹松均有诗

---

① 陈允吉：《佛教中国文学溯论稿》，上海古籍出版社，2020，第244页。

述及"谪"或"谪宦",可见,贾岛未及第便被迫离开长安而入浊流一事成为身后被关注的焦点。为之伤、为之悼、为之哭,诗句如秋天的雨滴落下来,落在有些干瘪的纸页上。

贾岛病逝,第一伤心人必是姚合。贾岛与姚合并称"姚贾",又有学者将以他们为中心的创作群体称之为"姚贾诗派"。姚合与贾岛是平辈人,两人唱和不断,姚合写及贾岛的诗有十二首,多以《寄贾岛》《别贾岛》《喜贾岛至》《夜期贾岛不至》等命题。贾岛写及姚合的诗有《重酬姚少府》《寄武功姚主簿》《喜姚郎中自杭州回》《送姚杭州》《酬姚校书》《酬姚合》《黎阳寄姚合》《宿姚合宅寄张司业》《夜集姚合宅期可公不至》等诗作。别时怅惘,赋诗言之;相见则喜,赋诗言之;夜宿集会,赋诗言之。贾岛离世,姚合自然是悲戚不已。姚合有《哭贾岛二首》,第一首主要叙及贾岛离世的情感,诗云:"白日西边没,沧波东去流。名虽千古在,身已一生休。岂料文章远,那知瑞草秋。曾闻有书剑,应是别人收。"生前的图景皆已过去,诗名尚在,人则作古,所追求的一切均就此休止。第二首则聚焦于身后事,诗云:"杳杳黄泉下,嗟君向此行。有名传后世,无子过今生。新墓松三尺,空阶月二更。从今旧诗卷,人觅写应争。"人是走了,留在诗家名望,却没有子嗣,留下遗憾。此时的诗人内心久久不能平静,白日墓前送别,夜晚难以入眠。老友已不在,那些留下的诗卷定会传之久远。

贾岛离世,第二伤心人当为无可。据《唐才子传》,贾岛出家为僧,与无可一起在青龙寺,无可称呼贾岛为从兄。张籍、马戴、姚合是他们共同的诗友。贾岛有《送无可上人》《寄无可上人》,无可有《秋寄从兄贾岛》《客中闻从兄岛游蒲绛因寄》。早年同处寺院,而后交谊日深。无可《吊从兄岛》云:"尽日叹沉沦,孤高碣石人。诗名从盖代，谪宦竟终身。蜀集重编否，巴仪薄葬新。青门临旧卷，欲见永无因。"一句"孤高碣石人"道出知之深、情之笃，当初还俗入世，几经浮沉，一代诗人竟然以终身"谪宦"落幕，这是无可最惋惜的，故而反复言之。

贾岛离世，还有一位伤心人是安锜。安锜是贾岛的普州同事。陶敏依据何光远《鉴诫录》的记载，认为当是"崔锜"。[①] 其《题贾岛墓》云："倚恃才难继，昂藏貌不恭。骑驴冲大尹，夺卷忤宣宗。驰誉超先辈，居官下我侬。司仓旧曹署，一见一心忡。"细读此诗，"骑驴冲大尹"指的是贾岛骑驴冲撞刘栖楚的故事，"夺卷忤宣宗"指的是贾岛得罪宣宗被贬官的故事。如果诗作者真的是其同事，那么这是关于贾岛的两个故事的最早记载。作为同事，作者感慨贾岛才华横溢而官位低微也是自然而然的。

贾岛一生钟情于五言律诗，三位诗友用五言律诗哭之乃是普遍的写法。

后人哭：有故事的诗人

晚唐五代的诗人们，读贾岛集也好，过长江县也好，经贾岛旧厅也好，拜贾岛墓也好，均留下了伤悼之作。贾岛的身后，有一批追随者。李洞是贾岛的崇拜者，不仅对贾岛的画像顶礼膜拜，而且刻意学其风格苦吟。所作的诗有三首与贾岛有关，两首五言律诗，一首七言律诗。《赋得送贾岛谪长江》云："敲驴吟雪月，谪出国西门。行傍长江影，愁深汩水魂。筇携过竹寺，琴典在花村。饥拾山松子，谁知贾傅孙。"

---

① 陶敏：《全唐诗作者小传补正》，辽海出版社，2010，第 1298 页。

叙善苦吟的贾岛所过的谪宦生活。又有《贾岛墓》云："一第人皆得，先生岂不销。位卑终蜀士，诗绝占唐朝。旅葬新坟小，魂归故国遥。我来因奠洒，立石用为标。"这首诗聚焦于贾岛科场不得志，因谪宦而入蜀，但其诗才不可忽视。所葬异地，新坟又小，葬地距长安遥远。作者"奠洒"之后立石标记，以便于自己和后来者能找到贾岛的墓地。李洞另有一首《过贾浪仙旧地》，诗云："鹤外唐来有谪星，长江东注冷沧溟。境搜松雪仙人岛，吟歇林泉主簿厅。片月已能临榜黑，遥天何益抱坟青。年年谁不登高第，未胜骑驴入画屏。"这首诗从谪宦写起，以他人"登高第"与贾岛"骑驴入画屏"做对比，突出贾岛的诗人形象。曹松作诗学贾岛，长期困于科场，年过七十才及第。《吊贾岛二首》，其一云："先生不折桂，谪去抱何冤。已葬离燕骨，难招入剑魂。旅坟低却草，稚子哭胜猿。冥寞如搜句，宜邀贺监论。"这首诗叙述贾岛因谪宦带来的坎坷人生，以身后衬生前。其二云："青旆低寒水，清笳出晓风。鸟为伤贾傅，马立葬滕公。松柏青山上，城池白日中。一朝今古隔，惟有月明同。"作者从周边景物写起，故而发语尤有情。李频曾受到姚合的赞赏，与姚贾诗派关联甚深。现存相关的诗作两首，均言及"谪宦"。《过长江伤贾岛》云："忽从一宦远流离，无罪无人子细知。到得长江闻杜宇，想君魂魄也相随。"写出了一位被忽略的诗人形象。《哭贾岛》云："秦楼吟苦夜，南望只悲君。一宦终遐徼，千山隔旅坟。恨声流蜀魄，冤气入湘云。无限风骚句，时来日夜闻。"这首诗写尽了贾岛生前坎坷、身后凄凉的情状。诗人的笔下，因贾岛的境遇所触发的悲感连绵不绝。

与贾岛身份最接近的自然是以齐己、贯休、可止为代表的诗僧群体。如齐己《读贾岛集》云："遗篇三百首，首首是遗冤。知到千年外，更逢何者论。离秦空得罪，入蜀但听猿。还似长沙祖，唯馀赋鵩言。"这里将贾谊与贾岛并置，要说的当是"遗冤"，"离秦""入蜀"便是因此，最后两句说前者以喻后者。齐己还有《经贾岛旧居》，诗云："先生居处所，野烧几为灰。若有吟魂在，应随夜魄回。地宁销志气，天忍罪清才。古木霜风晚，江禽共宿来。"诗人借助旧居的荒芜败落还原了一个曾经居于此的孤独的苦吟者形象。根据贯休《读刘得仁贾岛集二首》则知关于贾岛的诗作仍有佚失。刘得仁有《哭贾岛》，可惜只一联"白日只如哭，黄泉免恨无"存世。不过，贯休"役思曾冲尹"一句讲述的亦是"骑驴冲大尹"的故事。贯休还有《读贾区贾岛集》叹息贾岛的才高命薄。可止亦是唐末五代的一位诗僧，据《宋高僧传》中《可止传》："尤所长者，近体声律诗也。"可止《哭贾岛》云："燕生松雪地，蜀死葬山根。诗僻降今古，官卑误子孙。冢栏寒月色，人哭苦吟魂。墓雨滴碑字，年年添藓痕。"中间两联以"诗僻""官卑""寒月""苦吟"道尽了贾岛曾有过的生命体验。

晚唐五代诗人郑谷、崔涂、杜荀鹤、张蠙等人因个人际遇与贾岛相近，仍围绕诗人谪宦立题。郑谷屡屡下第，直至光启三年（887）方及第。《长江县经贾岛墓》云："水绕荒坟县路斜，耕人讶我久咨嗟。重来兼恐无寻处，落日风吹鼓子花。"诗人经长江县特意拜贾岛墓，诗作采取侧面描写的方式衬托贾岛身后的悲凉，为之"咨嗟"换来的是耕人的惊讶。周边的荒凉破败让诗人投向眼前景，黄昏落日中唯有风吹野花摇曳。崔涂善写律诗，家境贫寒，一生辗转漂泊，亦困于举场，《过长江贾岛主簿旧厅》云："雕琢文章字字精，我经此处倍伤情。身从谪宦方沾禄，才被椎埋更有声。过县已无曾识吏，到厅空见旧题名。长江一曲年年水，应为先生万古清。"杜荀鹤早有诗名，亦长期困于科场，屡试不第，《经贾岛墓》云："谪宦自麻衣，衔冤至死时。山根三尺墓，人口数联诗。仙桂终无分，皇天似有私。暗松风雨夜，空使老猿悲。"李克恭生平因《唐诗纪事》而存，曾为举子，未有及第记载。《吊贾岛》云："一一玄微缥缈成，尽吟方便爽神情。宣宗谪去为闲事，韩愈知来已振名。海底也应搜得净，月轮常被玩教倾。如何未隔四十载，不遇论量向此生。"这是作者仅存的一首诗，"宣宗谪去为闲事，韩愈知来已振名"，讲述了贾岛得罪宣宗被贬宦和韩愈知赏贾岛的故事。张蠙是自晚唐入后蜀的诗人，虽困于场屋，却家境贫寒。所作《伤贾岛》主要写诗人贾岛的孤独，诗云："生为明代苦吟身，死作长江一逐臣。可是当时少知己，不知知己是何人。"上述诗人因自家困塞而将目光投向贾岛，也从另一方面呈现了贾岛的影响。后来人伤悼贾岛，同一位诗人通常是一律一绝，前者叙事，后者抒情，形成惯例的写法中蕴含着对这位诗人一生运蹇的悼惜之情。

孤独者贾岛，生前沉于科场，未中而谪宦，常为友人哭；死后被人缅怀，集中于谪宦，常被后人哭。自中唐至五代，贾岛以哭为诗感慨诗友的离去，诗人们又为贾岛哭，以诗为媒介将自己的生命体验转移到贾岛的身上。这些诗作反而具有了传记的特质，生命的离去并没有让世人忘记贾岛，身灭名在，靠着诗歌，诗人留下了模糊的镜像。

晚唐诗风中的"杜郎俊赏"

　　"盛唐气象"反映的是诗歌的风格特征，"元和诗体"是具有唐诗特色的时代标识。中唐诗人接踵盛唐而又能独具特质实为不易。大家通常以"夕阳西下"比喻晚唐诗歌风貌，"晚唐体"虽然失去了盛世激情的成分，却转向内心情感的深层体验书写并加以拓展。这是时代因素使然，也是诗歌发展趋向的反映。晚唐诗坛依然涌现出了李商隐、杜牧、温庭筠、韦庄等诗人，他们形成了那个时代独特的文学风貌。其中，杜牧就是一位不可忽略的大诗人。

晚唐诗歌的发展趋向

　　从唐文宗大和元年（827）开始，直到唐亡，这段时期通常称为"晚唐"。大唐帝国经过二百年的发展，到了最后的八十年，宦官专政已达极点，藩镇叛乱不可收拾，"牛李党争"此起彼伏，恶劣的政治环境对文学环境产生了重要的影响。重大政治事件对诗人的创作心态产生了直接影响，他们往往置身于党争而仕途坎壈，他们的政治态度与创作风格在不同的人生阶段所发生的变化，与党争息息相关。社会矛盾影响文学家的创作心态，进而影响作品的内容构成。唐文宗大和九年（835）发生了"甘露之变"，宦官当政，士林衰飒，全身远祸成为不得已的选择。此后的晚唐文人也就失却了中唐韩、柳、元、白所具有的用世之志，转向以古论今的喟叹了。"牛李党争"让士人们无所适从，"甘露之变"导致士风日下，所形成的政治环境对诗人的创作心态乃至诗作之主题和创作范式起了决定性影响。总之，政治环境的恶劣让身处仕宦的士人们产生了焦虑感，他们试图远离政治场域，在创作主题方面，诗人们纷纷咏怀古典或者回归自我，体现出创作题材和创作内容的集中化特征。

从文学格局来看，经历了元和时期的创作高峰后，随着政局的动荡，党争已经成为文人进身的一大障碍。士风与诗风的关系愈加密切。如白居易、韩愈等人那样不顾身家的谏诤活动日渐减少，他们渐次收敛锋芒，将生活的主旋律从官场转向了文场。元白、韩柳之后，登上诗坛的是姚合、贾岛等诗人，晚唐启幕，他们已经进入老境，苦吟诗风已然形成。杜牧、李商隐、温庭筠渐次崭露头角，成为诗坛的代表人物，他们奠定了晚唐诗歌的抒情基调。

晚唐近八十年的文学历程可分为前期、后期两个阶段：一个是以"小李杜"和姚贾诗派为主的晚唐前期，一个是呈多元化格局的晚唐五代时期。后一个阶段分为两路：一路接踵"小李杜"，写咏史怀人的感伤之作；一路接踵元、白，写反映民生疾苦的讽喻之作。晚唐诗歌内容不外乎两个方面：一方面是诗人们力图以手中的诗笔描写现实生活，他们不免要以古讽今，借助历代兴亡来反思当下；另一方面，他们回到自身，以富于个性化的手法来写内心之体验，表现出回归自我的创作倾向。晚唐诗人擅长近体，以律诗、绝句见长，李商隐、杜牧是少见的诸体兼擅的大家。

中晚唐交替之际，感伤情调成为文学书写的一个主题，咏史怀古、自身感怀成为一时风气，如用典咏史的抒写意图、借古讽今的表现手法。杜牧、李商隐开启了咏史诗的前奏，诗人们对史事的成败得失加以总结，往往借古讽今，蕴含自家感慨，晚唐的咏史诗作蔚为大观，如胡曾、周昙等人，动辄上百首。

杜牧、李商隐、温庭筠、许浑是中晚唐交际的一批诗人，晚唐诗风的感伤基调已经形成。他们想要施展人生抱负，而又身处矛盾之中，这一点在诗作中得到了充分的展现。诗人们虽然觉得"夕阳无限好"，却也发出了"只是近黄昏"的咏叹。咏史怀古、自我况味成为这一阶段的两个重要的抒写主题，诉诸笔端的还有一份挥之不去的现实关怀。姚合、贾岛是中晚唐交际的另一批诗人，他们崇尚苦吟，创作上呈现出接踵韩愈、孟郊的基本风貌。

皮日休、陆龟蒙、杜荀鹤、聂夷中是晚唐后期的一批诗人，他们的诗作接踵元白新乐府诗歌的讽谏精神，多写民生疾苦，是对中唐士风的回响。郑谷、韦庄、马戴、韩偓等人是又一批晚唐诗人，他们与"小李杜"诗歌风格相类，只是多了更深一层的感伤色彩。

晚唐咏史诗名作甚多，李商隐、杜牧、章碣、胡曾、许浑等人都有大量的作品，咏史组诗更成为晚唐一代的奇观。如袁枚所论："咏史有三体：一借古人往事，抒自己之怀抱，左太冲之《咏史》是也；一为隐括其事，而以咏叹出之，张景阳之《咏二疏》、卢子谅之《咏蔺生》是也；一取对仗之巧，义山之'牵牛'对'驻马'，韦庄之'舞忌'对'莫愁'是也。"究其原因，现实生活的困惑让文人士子们把眼光转向久远的时代，试图在其中撷取资源，代自家立言以传达自己的见识。晚唐诗坛，诗人们对内心世界的抒写拓展要深刻得多，虽然这种深刻依然不免打上了时代的烙印。

"杜郎俊赏"与创作风貌

杜牧（803—853），字牧之，号樊川居士，京兆万年（今陕西省西安市）人。唐代著名学者杜佑是杜牧的祖父，杜牧幼年即受到祖父的影响，博览群籍，对"治乱兴亡之迹，财赋兵甲之事，地形之险易远近，古人之长短得失"（《上李中丞书》）尤为留意。唐文宗大和二年（828）登进士第，又中贤良方正直言极谏科，授宏文馆校书郎。后赴江西观察使沈传师幕，又入淮南节度使牛僧孺幕，关于杜牧的风流韵事，多发生在这个时期。牛僧孺对杜牧甚为知赏，关爱有加。大和九年发生了"甘露之变"，杜牧《李甘诗》有所反映。自大和九年起，先后任监察御史、左补阙、史馆修撰、膳部员外郎、比部员外郎、司勋员外郎、黄州刺史、池州刺史、睦州刺史、湖州刺史等职。大中六年（852），官至中书舍人，本年十二月，病卒。从杜牧的仕宦履历来看，他的文学创作贯穿了整个仕宦生涯，对时政自然非常关注。

杜牧诗、文兼擅，精于书画，对军事亦颇有研究，注过《孙子兵法》。杜牧胸怀理想而常常遇挫，多发不平之意，又具有风流才子的本性，诗风俊逸而有风骨，尤长于近体诗，咏史、言情、写景俱有佳作。因晚年居长安南樊川别墅，故后世称之为"杜樊川"，作品集有《樊川文集》《樊川外集》《樊川别集》。

"杜郎俊赏"的格调源自家世和经历对杜牧的影响。杜牧承袭了祖父杜佑经世致用的思想观念，胸怀大志，为人洒脱放荡，关心时政，研究军事，文才尤高。故而他的诗作见识高远，感慨至深，诗歌风格以神远思深、俊逸轻快见长。杜牧初登诗坛，正值刘禹锡、白居易等人渐入老境，闲适类唱和之作成为主流。杜牧早年的诗歌以写人纪事的古体诗能见特色，如《感怀诗》《张好好诗》《杜秋娘诗》《洛中送冀处士东游》《李甘诗》《冬至日寄小侄阿宜诗》等作品，叙事与议论、抒情相结合，杜牧将所经历的重大事件，因人因事触发的感怀都诉诸笔下。进入唐武宗会昌年间，杜牧以近体诗歌见长，其中以绝句最为出色精妙。

就文学批评观念而言，杜牧轻元、白，而推杜、韩。《读韩杜集》云："杜诗韩笔愁来读，似倩麻姑痒处搔。天外凤凰谁得髓？无人解合续弦膏。"《冬至日寄小侄阿宜诗》云："李杜泛浩浩，韩柳摩苍苍，近者四君子，与古争强梁。"而《陇西李府君墓志铭》就采撷墓主的话批评元、白，云："尝痛自元和以来有元白诗者，纤艳不逞，非庄士雅人，多为其所破坏。流于民间，疏于屏壁，子父女母，交口教授，淫言媟语，冬寒夏热，入人肌骨，不可除去。"杜牧《献诗启》云："某苦心为诗，本求高绝，不务奇丽，不涉习俗，不今不古，处于中间。"可见杜牧对元、白作品的反感还在格调不高的一面。

纵观杜牧的诗歌创作，从诗体来说，以律、绝见长；从内容来说，以咏史、言情、写景见长。杜牧诗歌的特色，有以"俊逸"目之，有以"绚烂"目之，因书写内容之变化呈现出风格的差异。贺裳认为："杜紫薇诗，惟绝句最多风调，味永趣长，有明月孤映，高霞独举之象。"（《载酒园诗话又编》）杨慎认为："律诗至晚唐，李义山而下，惟杜牧之为最。宋人评其诗豪而艳，宕而丽，于律诗中特寓拗峭以矫时弊，信然。"（《升庵诗话》卷五）

杜牧接受中古咏史诗的写法，其咏史诗以思想性与抒情性相融合为特色，思、史、诗相得益彰。从班固开始，咏史诗就成为一种不可或缺的题材，有借助咏史进行道德说教者，有借助咏史批判现实者，有借助咏史表达情怀者。杜牧的咏史诗能够使用所撷取的意象来传达情感与思想，他往往透过特定的意象将自己的想法表达出来。这些题材在杜牧的诗作中都有所体现，如"千里莺啼绿映红，水村山郭酒旗风。南朝四百八十寺，多少楼台烟雨中"（《江南春》）。"烟笼寒水夜笼纱，夜泊秦淮近酒家。商女不知亡国恨，隔江犹唱后庭花"（《泊秦淮》）。"长空澹澹孤鸟没，万古销沉向此中。看取汉家何事业，五陵无树起秋风"（《登乐游原》）。这些均是传唱一时的名作。从眼前景想到历史兴亡，杜牧的咏史诗通常在咏史之际发思古之幽情，如《题宣州开元寺水阁》云："六朝文物草连空，天淡云闲今古同。鸟去鸟来山色里，人歌人哭水声中。深秋帘幕千家雨，落日楼台一笛风。惆怅无因见范蠡，参差烟树五湖东。"秋雨斜阳、落日楼台之景语融入鸟语人声，一切景语皆情语，诗人将眼前景、心中情与所生发的历史感融为一体，可谓情深而意长。

杜牧善于在咏史诗中表达个人的独特之见，可称之为"翻案"诗。诗人常常以古为鉴提出自己的见解。如《题乌江亭》评论项羽的兵败垓下，在历史学家的眼里，垓下之围是项羽刚愎自用的结果，出于"胜者王侯败者寇"的成见，多数认为这是恶因结出的苦果，项羽实在是罪有应得。杜牧不一样，他坚持不能拘泥于一时成败，要向前看。诗中写道："胜败兵家事不期，包羞忍耻是男儿。江东子弟多才俊，卷土重来未可期。"杜牧的对话对象是项羽，胜败乃是兵家之常事，能够忍得一时方能成大器。不要觉得无颜见江东父老，江东多才俊，卷土重来还是有机会的。这首诗既富于想象，也极具推理性，以抒发议论而咏史。与《题乌江亭》相比，《赤壁》更自有特色，那就是在怀古之情中生发出想象力。这首诗作于唐武宗会昌四年（844），此时的杜牧任黄州刺史，黄州有赤壁之地，但并不是当年赤壁之战的那个战场。经行此地的诗人大约无法抑制自己的思古情怀，故而借此地而生彼意，指"桑"说"槐"罢了。诗的前两句从细节写起，情致顿生。作者在赤壁的沙中顺手捡起了一支折断了的铁戟，于是，磨洗一下，仔细辨认，由物及地，此赤壁一下子就穿越时空，引发了诗人的联想。赤壁之战是我国战争史上一次以少胜多的范例，以三万多人对抗曹操的二十万军队，孙刘联军最后以火攻取得了胜利。杜牧在想象了这番图景以后，做出了一个大胆的设想。假如不是这样呢？如果曹操取胜会怎么样呢？多情的诗人并没有关注那些英雄们的命运，而是将笔触落到了美女的身上。"东风不与周郎便，铜雀春深锁二乔。"如果不是当时的东风助周郎的一臂之力，那么"二乔"恐怕早已经住在曹操的铜雀台了。史识独具，作翻案文章，而着上"春深"二字又能透露出女性的幽怨。贺贻孙认为："牧之此诗，盖嘲赤壁之功出于侥幸，若非天与东风之便，则国破家亡。唯借'铜雀春深锁二乔'说来，便觉风华蕴藉，增人百感，此正风人巧于立言处。"（《诗筏》）读来启人深思，含议论于自家情韵之中。

杜牧诗作善于言情，以概括而能入微见长。深情是此类诗作共同之特质，伤春伤别成为重要的书写主题，如"多情却似总无情，唯觉樽前笑不成。蜡烛有心还惜别，替人垂泪到天明"（《赠别》）。"落魄江湖载酒行，楚腰纤细掌中轻。十年一觉扬州梦，赢得青楼薄幸名"（《遣怀》）。"繁华事散逐香尘，流水无情草自春。日暮东风怨啼鸟，落花犹似坠楼人"（《金谷园》）。再如《九日齐山登高》云："江涵秋影雁初飞，与客携壶上翠微。尘世难逢开口笑，菊花须插满头归。但将酩酊酬佳节，不用登临恨落晖。古往今来只如此，牛山何必独沾衣。"感慨苍茫而富有情怀。李商隐《杜司勋》云："刻意伤春复伤别，人间惟有杜司勋。"宋代诗人周紫芝以李贺、李商隐与杜牧相比较，云："唐人以诗名家者甚多，独以李长吉、李义山、杜牧之为诡诡怪奇之作。牧之诗其实清丽闲放，婉转而有余韵，非若义山之僻，长吉之怪，隐晦而不可晓也。"（《风玉亭记》）

杜牧的写景诗也有自己的特点。虽有如《洛阳长句》这样的长诗，却以近体诗为主。可分为三类：一是纯写眼前风物，如《清明》云："清明时节雨纷纷，路上行人欲断魂。借问酒家何处有？牧童遥指杏花村。"层层布景，处处设色，以人物问答为中心，展现出一幅江南的杏花烟雨图。《山行》云："远上寒山石径斜，白云生处有人家。停车坐爱枫林晚，霜叶红于二月花。"《商山麻涧》云："云光岚彩四面合，柔柔垂柳十余家。雉飞鹿过芳草远，牛巷鸡埘春日斜。"二是神与物游，如《秋夕》云："银烛秋光冷画屏，轻罗小扇扑流萤。天阶夜色凉如水，卧看牵牛织女星。"这是一首宫怨诗，一句一景，以景写情，余味悠长，以"秋夕"的实景写出了女主人公的内心感受。再如《寄扬州韩绰判官》云："青山隐隐水迢迢，秋尽江南草未凋。二十四桥明月夜，玉人何处教吹箫。"《题扬州禅智寺》云："雨过一蝉噪，飘萧松桂秋。青苔满阶砌，白鸟故迟留。暮霭生深树，斜阳下小楼。谁知竹西路，歌吹是扬州。"动静相合，情景交融，的确是佳作。三是写景中寓有现实关怀的作品，如《早雁》云："金河秋半虏弦开，云外惊飞四散哀。仙掌月明孤影过，长门灯暗数声来。须知胡骑纷纷在，岂逐春风一一回？莫厌潇湘少人处，水多菰米岸莓苔。"会昌二年（842）八月，回鹘乌介可汗率众南犯，劫掠河东一带，难民纷纷南逃，杜牧托物以寄托愤慨之情，以写雁飞之实景而喻人民之流离，进而体现出忧世忧生之情怀。

用语新奇高妙是杜牧诗歌的一个特色，如"大热去酷吏，清风来故人"（《早秋》）。方回《瀛奎律髓》卷十二云："大暑如酷吏之去，清风如故人之来。倒装一字，便极高妙。晚唐无此句也。"再如"霓裳一曲千峰上，舞破中原始下来"（《过华清宫》），借助曲调之进程传达兴衰之感。杜牧《答庄充书》云："凡为文以意为主，气为辅，以辞采章句为兵卫，未有主强盛而辅不飘逸者，兵卫不华赫而庄整者。"以这段话评论他的诗歌也是恰当的。杜牧作诗以意为主，言为尽意，又能含不尽之意见于言外。

杜牧是横跨中晚唐的一位重要诗人，诗风既有清丽雅致的一面，又有豪爽奔放的一面，还有谲怪奇迈的一面。《新唐书·杜佑传》所附《杜牧传》云："牧于诗，情致豪迈，人称'小杜'，以别杜甫云。"他先是被称为"小杜"，后与李商隐齐名，并称"小李杜"。

李商隐的诗世界

了解人是读懂诗的一个条件。是必备条件还是有效条件呢？接受美学认为作品出来则作者可以消失了。这个说法有道理，文本放在那儿，读者在那儿，生活放在那儿，要作者干什么？失去作者及其周边万象，文本的多义性就有了，怎么读看你的眼光。可是，这个人写了这首诗，这首诗是这个人写的。他的喜，他的悲，他的笑，他的泪，都会充溢在文字中间。你忽略也好，你记得也好，背景板就立在那里，不会消失。除非，有意忽视。

读唐诗，要背。背下来慢慢理解，有一天你去了诗人的创作地，会有所领悟；有一天你经历了世事变迁，会逐渐明白，所谓的阅读只是认识而已，要做到理解乃至共情，还有很长的路要走。就怕走着走着，你想换频道，不想再次走过这条熟悉又陌生的巷道。这个巷道的风景值得看的地方还有很多，你只是走马观花，并未停下来细细品赏。品赏需要时间，需要空闲，需要打量瞳孔里的风景。岁月的纹路晃呀晃，晃掉许多人的期待和憧憬。

李商隐就是需要你慢慢读才会懂的诗人。李商隐（约813—858），字义山，行十六，号玉溪生、樊南生，怀州河内（今河南省沁阳市）人。年十六，著《才论》《圣论》。弱冠，以文谒令狐楚，得其知赏，与其诸子游，授之骈体章奏法。大和三年（829），时任天平军节度使的令狐楚辟之为巡官。开成二年（837），因令狐绹的推荐进士及第。后入泾原节度使王茂元幕为掌书记，茂元欣赏其才华，于是将女儿许之为妻。当时"牛李党争"相当激烈，李商隐遭到牛党的排斥，令狐绹也认为他"忘家恩"，这也注定了他的半生坎坷。开成四年（839），李商隐通过了吏部的考试，授秘书省校书郎，调弘农县尉。会昌二年（842），以书判拔萃，任秘书省正字。大中元年（847），郑亚辟之为支使兼掌书记，后又入幕多年，大中十二年（858），回郑州闲居，卒。李商隐和杜牧合称"小李杜"，与温庭筠合称为"温李"。与同时期的段成式、温庭筠皆以骈文著名，因都在家族里排行十六，故当时号称"三十六体"。李商隐诗构思新奇，风格多样，尤其是一些"无题诗"难索确解，故为之作注者少，元好问有"诗家都爱西昆好，只恨无人作郑笺"（《论诗绝句》）之咏。李商隐后半生在"牛李党争"的夹缝中求生存，就此蹭蹬一生。

抒情诗是李商隐诗歌的主体部分，也是体现义山特色的部分。在唐代诗人中，李商隐以"无题"系列独树一帜，元好问说"只恨无人作郑笺"，想做的人应该不少，但是这些诗作实在是很难作出具有明确意义的解释。葛兆光《唐诗选注》认为："他是晚唐最好的诗人，在他的诗里有六朝骈文的用典精巧绵密细丽，有杜甫近体诗的音节嘹亮顿挫抑扬，有李贺乐府诗的炼字着色瑰丽新颖，但这些语言技巧被他融汇在他所擅长的扑朔迷离、朦胧含蓄的氛围中，以一种一唱三叹、回环往复的章法把诗意组织成了迷宫般的语义结构，来表现心灵深处难以言说的感受。"以语言的朦胧多义来表达内在感受成为李商隐诗歌的一大特色，由此形成了纯情化特征，这类作品更注重主观性，注重表达心理体验。如《无题》云：

昨夜星辰昨夜风，画楼西畔桂堂东。身无彩凤双飞翼，心有灵犀一点通。隔座送钩春酒暖，分曹射覆蜡灯红。嗟余听鼓应官去，走马兰台类转蓬。

　　来是空言去绝踪，月斜楼上五更钟。梦为远别啼难唤，书被催成墨未浓。蜡照半笼金翡翠，麝熏微度绣芙蓉。刘郎已恨蓬山远，更隔蓬山一万重。

　　相见时难别亦难，东风无力百花残。春蚕到死丝方尽，蜡炬成灰泪始干。晓镜但愁云鬓改，夜吟应觉月光寒。蓬山此去无多路，青鸟殷勤为探看。

　　"无题"诗多为爱情诗，只是想去寻找本事却很难。如以"相见时难别亦难"开题的这首诗，诗的首联下笔就着力渲染离情别意，相见很难而离别更是令人伤感，以"相见""离别"写出经营爱情的辛苦，"相见时难"写出了两人的爱情因地域或者人事多有波折，"别亦难"则突出难舍难分的离别场景，以至于诗人夸张地描写"东风"因之"无力"，"百花"为之凋零。中间两联当为对句，写彼此之间的用情之深。颔联则以"春蚕""蜡炬"两个意象来烘托彼此的情感，这一联主要写别情，西曲歌辞有《作蚕丝》云："春蚕不应老，昼夜常怀丝。何惜微躯尽，缠绵自有时。"义山"春蚕"一句或从此化出，写思念之情。"蜡炬"一句则更见用情之深，可与杜牧"蜡烛有心还惜别"并称名句，只是义山写情切，牧之写情深。颈联则由宏观之书写而转入特定的场景，一"晓"一"夜"两个时间，诗人选取两个瞬间的片段。诗句是写日常生活中的常见图景：晓来对镜，只恐鬓毛渐白，有的是相见无期的煎熬；清宵独处，即使吟成诗句，月色下也只有逼人的寒意。尾联则化有形为无形，"蓬山""青鸟"看出用典的功夫。这是一首别后追忆的作品，以"别"为关键词展开全篇。这首诗写爱情并没有疑问，但会不会由写爱情进而寄托其他呢？霍松林先生认为："男女关系与君臣、朋友关系可以相通，故爱情诗亦不排除某种寄托。"可另为一解。

"无题"以外，李商隐的诗作中还有为数不少的以咏物抒怀为主的作品，这类作品往往托物寓怀，含不尽之意见于言外。因为卷入"牛李党争"，一生坎壈，李商隐将复杂情感寄托于物象。与"无题"一样，李商隐善于摹物言情，用典精工。此类作品以比喻、象征等手法为手段，春花秋月、鸣蝉飞蝶俱入笔下，如《霜月》《落花》《蝉》《柳》《离亭赋得折杨柳二首》等作品，物中有我，以我观物，有形之物传递人之情感，可谓传神之作。这类作品又能在咏物的基础上，观照自我，富有情韵。李商隐擅长表现以自我为中心的情感世界，《锦瑟》就是代表作：

> 锦瑟无端五十弦，一弦一柱思华年。
>
> 庄生晓梦迷蝴蝶，望帝春心托杜鹃。
>
> 沧海月明珠有泪，蓝田日暖玉生烟。
>
> 此情可待成追忆？只是当时已惘然。

这首诗因物起兴，将情致与典故、景象结合起来。解说纷纭，有认为写令狐楚家青衣者，如刘攽、胡震亨、吴乔等人；有认为是悼亡诗者，如朱彝尊、钱良择、何焯、陆昆曾、姚培谦等人；有认为是自伤自况者，如查慎行、胡以梅、徐夔、汪师韩、姜炳璋、张采田等人；有认为是忧国者，如吴汝纶等人。可谓"一篇《锦瑟》解人难"。

咏史诗是李商隐诗作中的一大类，作品多而质量高，如《嫦娥》《贾生》《韩碑》等，能够体现自家叙事与抒情结合之特色。如《隋宫》云：

紫泉宫殿锁烟霞，欲取芜城作帝家。

玉玺不缘归日角，锦帆应是到天涯。

于今腐草无萤火，终古垂杨有暮鸦。

地下若逢陈后主，岂宜重问《后庭花》。

如果隋炀帝遇见陈后主会怎么样呢？诗人沿着这样的疑问上溯。与隋炀帝相关的往事就会一一陈列出来，一句"锦帆应是到天涯"便把诗意说尽。笔下蕴含深情，字里行间皆有诗人的思考。李商隐远承齐梁之徐庾，近学杜甫，故而王安石说："唐人知学老杜而得其藩篱者，惟义山一人而已。"

政治诗也是李商隐诗歌的重要一类。李商隐生当中晚唐之际，所谓"牛李党争"风生水起，他也因仕宦和婚姻卷入其中，令狐楚的知遇之恩，令狐绹的荐举之情，王茂元的赏识之意，让其徜徉两端而难以取舍，体现出言外之意，故而才有各类诗作中诸多的难解之谜。大和九年（835），发生了"甘露之变"，李商隐有《有感二首》《重有感》等作品。

李商隐在唐代称得上是一位大家。清人吴乔就认为，李、杜、韩之后，"能别开生路，自成一家者，惟义山一人"（《围炉诗话》卷三）。他的七言律诗多受杜甫的影响，被认为"直入浣花之室"（薛雪《一瓢诗话》），当然也有人因为爱之深而认定"唐人无出其右者"（田雯《古欢堂集杂著》）。

李商隐和杜牧被称为"小李杜"，两人都以描写爱情和咏史之作著称，不过，杜牧要比李商隐大十岁，而且出身不同，成长之路径也不同，这就呈现出写作风格上的自然差异，在俊爽飘逸与朦胧深沉之间各有所长。

经典篇

丛林中树影婆娑，曲径通幽
黄叶落了一地，与风同行
人与树同行，中间的路与黄叶忽远忽近

我想听你唱歌，唱唱点缀于文本之间的故事
故事随歌声扩散，一粒石子在湖面舞蹈
一个圈儿，一个圈儿

涟漪要与这个世界一起归向平静
心跳过速，心跳过缓
音符停止，黄叶飘零
夜掩盖了季节变换的影像

《春江花月夜》

再绚烂的风景也会成为过去，青春时光遂成为文人墨客的追忆主题，初唐尤其如此。刘希夷的作品整体上呈现出这样的特点，读其《公子行》，"繁华子"与娼家的香艳生活写得细致入微、兴味盎然，可是在世人看来，任他如何宏阔繁华的场面都不能改变个人行为"千秋万古北邙尘"的结局。毛先舒评此诗"风流骀荡，有飘云回雪之致"，这些令当时的少年们心驰神往的生活的确被刘希夷写活了。感慨人生也好，珍惜青春也罢，刘希夷笔下的人物都在慨叹"岁月令人老"。

从现存史料来看，我们对刘希夷了解不多。他上元二年（675）进士及第，擅写从军闺情之作，《正声集》选有他的作品。他不到三十岁就英年早逝了。关于他的死，还有一个故事。据韦绚《刘宾客嘉话录》，刘希夷《代悲白头翁》中有"年年岁岁花相似，岁岁年年人不同"，其舅宋之问酷爱此两句，知道这句诗并未传布就想要据为己有，而希夷不肯，于是宋之问就以土袋"压杀之"。① 刘肃《大唐新语》里面也大加渲染，大意是说刘希夷作了"今年花落颜色改，明年花开复谁在"后觉得不祥，补了"年年岁岁花相似，岁岁年年人不同"，亦觉不祥，不久为人所害。因诗害人或者以诗为谶的传说虽不可信，通过笔记广为传播却让刘希夷的这首诗影响深远。古代要夸一个人有文采或者才思枯竭，总要编出一些故事，《本事诗》《本事词》之类的著作也就产生了。读之

---

① 陶敏等：《全唐五代笔记》，三秦出版社，2012，第1429页。

有趣却未必都有可信度。不过，这首诗的作者还真的有争议，宋之问也被认为是一个有其名的可能作者。

评论者很愿意把《代悲白头翁》与《春江花月夜》放在一起比较。相比之下，这首诗更注重将不同时期的人生面相呈现出来，表达个体对人生的理解，不再将文字集中于场面描写，而是相对简单的对应性书写。全诗如下：

洛阳城东桃李花，飞来飞去落谁家。洛阳女儿惜颜色，坐见落花长叹息。今年花落颜色改，明年花开复谁在。已见松柏摧为薪，更闻桑田变成海。古人无复洛城东，今人还对落花风。年年岁岁花相似，岁岁年年人不同。寄言全盛红颜子，应怜半死白头翁。此翁白头真可怜，伊昔红颜美少年。公子王孙芳树下，清歌妙舞落花前。光禄池台文锦绣，将军楼阁画神仙。一朝卧病无相识，三春行乐在谁边。宛转蛾眉能几时，须臾鹤发乱如丝。但看古来歌舞地，唯有黄昏鸟雀悲。

诗人将洛阳女儿与白头翁放在一起，从相似之处展示人生的残酷性。作品很明显分为两个部分，第一部分以洛阳女儿为中心，将花与人对应起来，与容颜不再形成对照。起句以比兴引出人物，妙龄少女见落花而叹息，引出花开之际的绚烂多彩，诗人随后以花开花落引出主人公叹息时间的流逝，"洛城东"的人还会来吗？花前的人还在吗？从而以"年年岁岁花相似"的景象生发出"岁岁年年人不同"的喟叹，这种想法人人心中都有，却未必人人能够道出来。写到这里，诗人笔锋一转，完成了入题的书写意图。"全盛红颜子"你还在叹息什么？真正应该怜惜的是"半死白头翁"，想当年芳树下留下了他的身影，清歌妙舞中有他的击掌赏识，这一切是多么美好啊！可是，一旦面临衰老，成为社会的边缘人，变化的一切都会让当事人难以承受。"卧病"取代"行乐"，"鹤发"换了"娥眉"，古代那个红火的歌舞地，只剩下黄昏之际鸟雀的悲鸣了。整首诗以个人之慨叹贯穿全篇，"寄言"二句是内容转换的一个节点，因内容转换而人物登场，诗境也随之发生意象的变化，以无涯之岁月写有限之人生。乔知之《赢骏篇》亦写士人求进的各个阶段，命意与这首诗相近，可供对读。

这是一首"叙情长篇"，而不是叙事诗，全诗以抒情为主而有叙事的元素，以故事情节表达情感，如出场的"洛阳女儿"和"白头翁"，读罢作品，仿佛有两个人在和你倾诉，他们的身上都有许多故事隐映在文本的字里行间。这也就是接受美学中的填空效应吧，作者未必如是写，读者可作如是读，诗作读起来朗朗上口，更像是唱词，唱叹结合又有婉转变化。这首诗有三个值得注意的阅读点：一是题目乃代言的一种，取代"白头翁"抒发人生阶段变化的感伤之意；二是通篇采取了对比的写作手法，以花与洛阳女儿相对、以洛阳女儿与白头翁相对、以白头翁的青年与老年相对；三是借鉴了乐府歌辞的形式和写法又有创造性，以意象的变化写人生的变化，读来余音袅袅，韵味无穷。

借事言情即以抒情为中心的文本演绎具有宏观性的故事，抒情方式与叙事手法结合起来，在意象叙事中表达抒情的指向。一首好诗有意境是必须的，自然也与人事密不可分。可是仅仅如此还不够，有了故事才会更耐读。隋炀帝就写过一首《春江花月夜》，诗云："暮江平不动，春花满正开。流波将月去，潮水带星来。"纯粹是写景的，读来也很美，但是格局小，眼光窄，目之所及写下来只能算是弹丸之地的小风景，有眼光却无故事。时至初唐，尤其经过了社会秩序的重建，贞观之治使得社会风气为之一变，也带来了诗风的渐变，可说是风骨气象始备。半个世纪以后，风韵已具的初唐诗歌在体裁上开始创新多变，题材也不断扩展，擅写歌行和古体的诗人更是群星璀璨。张若虚、刘希夷、陈子昂、王勃、卢照邻、骆宾王等等，都有经典之作。所以，闻一多才会在《宫体诗的自赎》一文中情不可抑地发出走向盛唐的呼唤。

　　关于张若虚这个人，生卒年都已难以查考了。只知道他做过兖州兵曹之类的小官儿，与贺知章、张旭、包融并称为"吴中四士"，诗名要比仕途的成就大许多。王闿运认为《春江花月夜》"孤篇横绝，竟为大家"，"孤篇压倒全唐"不免有过誉之嫌。清代贺裳认为："《春江花月夜》，其为名篇不待言。细观风度格调，则刘希夷《捣衣篇》诸篇类也。"（《载酒园诗话又编》）倒是切合实际，只是把这篇作品与《捣衣篇》联系起来可能又低估了张若虚的创造力。刘希夷的《捣衣篇》写秋季女子思念远人的情怀，主题单一而直接，与《春江花月夜》的外展型书写截然不同。《春江花月夜》全诗如下：

春江潮水连海平，海上明月共潮生。

滟滟随波千万里，何处春江无月明。

江流宛转绕芳甸，月照花林皆似霰。

空里流霜不觉飞，汀上白沙看不见。

江天一色无纤尘，皎皎空中孤月轮。

江畔何人初见月，江月何年初照人。

人生代代无穷已，江月年年只相似。

不知江月待何人，但见长江送流水。

白云一片去悠悠，青枫浦上不胜愁。

谁家今夜扁舟子，何处相思明月楼。

可怜楼上月徘徊，应照离人妆镜台。

玉户帘中卷不去，捣衣砧上拂还来。

此时相望不相闻，愿逐月华流照君。

鸿雁长飞光不渡，鱼龙潜跃水成文。

昨夜闲潭梦落花，可怜春半不还家。

江水流春去欲尽，江潭落月复西斜。

斜月沉沉藏海雾，碣石潇湘无限路。

不知乘月几人归，落月摇情满江树。

作为一首乐府诗，除音乐性以外，叙事性是不可不说的特色，徐祯卿的《谈艺录》、许学夷的《诗源辨体》等书中都有过乐府以叙事为主的观点。故而董乃斌等学者特意在中国文学叙事传统的研究中将乐府专列为独立的一章，只是在分类中仅仅注重以故事为中心的乐府文本，抒情为主体的作品没有专门归纳和研讨。其实，像《春江花月夜》这样的文本，正是在宏观故事的轮廓中抒情和说理的。纵观全诗，"春"是所演绎故事的大背景，春来春去构成了全诗的时间节点；"江"是实在的意象，贯穿全篇；"花"则是"春"的点缀，在诗中时隐时现；"月"则是诗的灵魂，月下的故事张扬地书写主题；"夜"则是故事的小背景，注重环境的渲染。春江、春花、春月、春夜是诗歌的四个必备意象，从这个角度可以看出题目与作品的紧密联系。仅仅写这些只是具有了景象，还很难见出人情，"人"才是这首诗的核心角色，一对有情人让意象产生了意义。诗歌文本中并没有作者的影子，他只是一个抒情空间和叙事空间的创造者，笔下的人物和意象在自然流动。以情为本、以景抒情是这首诗的特质。在作品中，具体的自然意象成为人类活动的大背景，有情人的离别情怀扩张为人类的大情怀。以大背景写大情怀，这是张若虚高出隋炀帝的地方。

由虚到实是这首诗的演进规律。这是一个幽静恬美的夜晚，潮水浩瀚无垠，仿佛与大海连在一起。这时，一轮明月升起来了，月光映照着广阔的海面。哪一处江水不在月光之下呢！江水曲曲弯弯绕过花草丛生的原野，月光倾泻在花树上，像撒上了一层洁白的霜。江天一色，只有一轮孤月那样分明。写到这里，诗人情不自禁地心旷神怡，他联想翩翩：是谁最先在这江畔凝望月亮？这江畔的月光又在何时照到了谁的身上？人一代一代地传下去，谁也不知这轮明月为谁而存在，只能沿着月色看江水无尽地流动。写到这里，诗人只是在特殊情境下展开个人的思考，以虚写为主，并没有实在的故事发生。接下来就不一样了。白云一片一片飘浮着，清风浦经受不了那么多的愁思，游子早已乘舟远去，明月楼中想念的人啊，月光下倾诉着无尽的思念。楼上的月徘徊，人也徘徊，月光撩起的一种思念无论如何也挥之不去。远方的游子也在期待早日归来，盼望中双方经受着煎熬……伴随着江水的流动，春天就要过去了，月也要西落了，不知谁会迎着落月归来，月光把一腔幽情带入了满江树影之中。

从抒情的角度说，这就是一首春天的告别曲。春天来了，各种物象呈现出生机，对于人来说，青春则焕发出益然的光彩。可是，一旦春天过去，就会暗淡下来。如王观词里所说"若到江南赶上春，千万和春住"（《卜算子》），能赶上吗？那只有寻找回来的世界了。从叙事的角度说，这演绎了一个相思的爱情故事。从思想上说，是把自然的变化与人生的变化结合起来思考人生的意义。故而闻一多在《宫体诗的自赎》中说："这里一番神秘而亲切的、如梦境的晤谈，有的是强烈的宇宙意识，被宇宙意识升华过的纯洁的爱情，又由爱情辐射出来的同情心。"话止于此，闻先生并不甘心，他进一步评论此诗"这是诗中的诗，顶峰上的顶峰"。溢美之词，无以复加，这是进入文本语境中不能自抑的真心话儿。青春的故事往往是最值得怀念的，《红楼梦》里有一首《秋窗风雨夕》，在题目及范式上模仿了《春江花月夜》。原诗如下：

秋花惨淡秋草黄，耿耿秋灯秋夜长。已觉秋窗秋不尽，那堪风雨助秋凉。助秋风雨来何速！惊破秋窗秋梦绿。抱得秋情不忍眠，且向秋屏挑泪烛。泪烛摇摇爇短檠，牵愁照恨动离情。谁家秋院无风入？何处秋窗无雨声？罗衾不奈秋风力，残漏声催秋雨急。连宵脉脉复飕飕，灯前似伴离人泣。寒烟小院转萧条，疏竹虚窗时滴沥。不知风雨几时休，已教泪洒窗纱湿。

从内容上来说，这首诗写的是林黛玉"秋日的私语"，父母双亡、寄人篱下，黛玉又属于敏感而富于诗性之人，秋窗已有秋声阵阵，风雨更倍增凄凉，又值秋夕夜至，触发了她的伤感之怀。整首诗围绕不尽的时间流逝抒发自己的心灵体验。与《春江花月夜》比较，至少有两点区别：一是所写的季节不同，春秋之别在于生机与萧瑟。二是所有的内涵不同，《春江花月夜》是诗人的作品，有整体之构思；而《秋窗风雨夕》则是叙事主人公抒发一时之感慨的文本，此人面临此境，表述情怀而已。《秋窗风雨夕》已经融入叙事文本之中，成为林黛玉内心体验的诗意书写，易与部分读者产生共鸣，有固定的阅读人群；而《春江花月夜》具有永恒之主题，属于所有阅读者，具有意义阐释的无限性。不同的书写时代，不同的接受语境，文本的书写季节、诗人心境也不一样，一言以蔽之，独立的抒情文本与依附于叙事文本的作品也自然就格调迥异了。

《长安古意》

长安大道连狭斜，青牛白马七香车。

玉辇纵横过主第，金鞭络绎向侯家。

龙衔宝盖承朝日，凤吐流苏带晚霞。

百尺游丝争绕树，一群娇鸟共啼花。

游蜂戏蝶千门侧，碧树银台万种色。

复道交窗作合欢，双阙连甍垂凤翼。

梁家画阁中天起，汉帝金茎云外直。

楼前相望不相知，陌上相逢讵相识？

借问吹箫向紫烟，曾经学舞度芳年。

得成比目何辞死，愿作鸳鸯不羡仙。

比目鸳鸯真可羡，双去双来君不见？

生憎帐额绣孤鸾，好取门帘帖双燕。

双燕双飞绕画梁，罗帷翠被郁金香。

片片行云着蝉鬓，纤纤初月上鸦黄。

鸦黄粉白车中出，含娇含态情非一。

妖童宝马铁连钱，娼妇盘龙金屈膝。

御史府中乌夜啼，廷尉门前雀欲栖。

隐隐朱城临玉道，遥遥翠幰没金堤。

挟弹飞鹰杜陵北，探丸借客渭桥西。

俱邀侠客芙蓉剑，共宿娼家桃李蹊。

娼家日暮紫罗裙，清歌一啭口氛氲。

北堂夜夜人如月，南陌朝朝骑似云。

南陌北堂连北里，五剧三条控三市。

弱柳青槐拂地垂，佳气红尘暗天起。

汉代金吾千骑来，翡翠屠苏鹦鹉杯。

罗襦宝带为君解，燕歌赵舞为君开。

别有豪华称将相，转日回天不相让。

意气由来排灌夫，专权判不容萧相。

专权意气本豪雄，青虬紫燕坐春风。

自言歌舞长千载，自谓骄奢凌五公。

节物风光不相待，桑田碧海须臾改。

昔时金阶白玉堂，即今惟见青松在。

寂寂寥寥扬子居，年年岁岁一床书。

独有南山桂花发，飞来飞去袭人裾。

——《长安古意》

卢照邻（约634—686），字昇之，号幽忧子，幽州范阳（今河北省涿州市）人。两《唐书》有他的传记。十余岁时，游学南下，师从曹宪、王义方等学习经史，聪敏好学，擅长写文章。二十岁时进入仕途，做了邓王李元裕府典签，总览书记，颇受李元裕的爱重。后来李元裕为寿州刺史、襄州刺史，卢照邻都随之至任所。其间他曾经出使益州、庭州等地。龙溯中，卢照邻迁益州新都尉，秩满后留在蜀中，放旷诗酒，与王勃相互酬唱。后离蜀入洛，咸亨三年（672）染上了风疾，痛苦不堪，赴长安从孙思邈问医，上元二年（675）前后，又入太白山养疾，因服玄明膏不精而中毒，遂罹痼疾。永隆二年（681），转洛阳龙门山学道服饵，与朝士名流们多有书信往来。垂拱元年（685）移寓阳翟具茨山下，病越来越重，于是，自己预先定好墓地，偃蹇其中。垂拱二年（686）前后，实在不堪疾病折磨，自沉颍水而死。卢照邻工骈文、诗歌，杨炯称之为"卢照邻人间才杰，览清规而辍九攻"（《王勃集序》），与王勃、杨炯、骆宾王以文词齐名海内，称"王杨卢骆"，亦号"初唐四杰"。卢照邻原有文集二十卷，已佚。现存卢诗是明人的辑本，通行的笺注本有任国绪《卢照邻集编年笺注》、祝尚书《卢照邻集笺注》、李云逸《卢照邻集校注》等。

初唐诗风多多少少还带着宫体诗的味道，虽然也有作品呈现出不同的气象和风骨，却没有达到一扫颓废之音的程度。"初唐四杰"的出场确实为诗坛带来了一股清新的气息。正如闻一多所言，他们"年少而才高，官小而名大"，在当时虽非主流却把诗歌创作的题材"从宫廷到市井""从台阁移至江山与塞漠"，他们最大的功劳正在"破坏"和"建设"两个方面，卢照邻则被归为建设者。[①]"用铺张扬厉的赋法"所完成的代表作正是《长安古意》，卢照邻借汉都长安人物来写唐都长安的种种现实，正是以"古意"而写今事，讽喻之笔彰显了融入其间的批判精神。卢照邻以他开阔的视野，如同一位站在长安城头俯瞰的大写意画家，满怀忧愤之情，细致地观察着眼前的一切，一幅长篇巨制就这样铺排开来。富丽的辞藻中展示着"生龙活虎般腾踔的节奏"。[②]

这首诗依内容可以分为三个部分。自开篇至"娼妇盘龙金屈膝"是

---

① 闻一多：《唐诗杂论》，中华书局，2003，第29页。
② 同上书，第13页。

全诗的第一部分，主要是写权贵阶层寻欢作乐、穷奢极欲的生活场景。长安大道纵横交错，香车宝马络绎不绝，驶入的目的地却是一致的，不是公主宅第就是王侯住所。几多欢爱，几许快意，在花鸟蜂蝶的点缀之下，在千门、银台、复道、画阁的舞台之中，诸多上层人物粉墨登场了。这里面有歌儿舞女、妖童娼妇、豪门公子、近卫军人、权贵将相，她们精心打扮，他们尽情享乐。这里提供了人物登场的空间，刚刚拉开演出的序幕。

从"御史府中乌夜啼"到"燕歌赵舞为君开"是全诗的第二部分。以娼家为中心，描写各色人物在风月场的生活图景。值得注意的是，这一部分所提及的地名和官名。"御史府中""廷尉门前"的冷冷清清陪衬了"娼家桃李蹊"，从杜陵到渭桥，从南陌到北里，王孙公子们会同侠客"相逢意气为君饮"，红尘歌舞中感受醉生梦死，尤其"汉代金吾千骑来"一句渲染了骄奢淫逸生活的诱惑力。

最后一部分则从歌舞场转向了权力场。写那些显赫人物风光之际自以为不可一世，其实这一切很快就会灰飞烟灭。过去的"金阶白玉堂"终将不复存在，只有剩下的青松见证着沧海桑田的变换。诗人特意在末两句拈出"扬子居"与"白玉堂"对比，两种生活之间应该寄寓了他的人生感悟。说来说去，到这段才烘托出书写的主题，那就是当繁华落尽，醉生梦里的往事自然烟消云散，个人无法逃脱"一人吃一个，莫嫌无滋味"的命运。

读这首诗，应该将它放在初唐同类篇章中比对，刘希夷《代悲白头翁》在主题上与之相近，以一个人的辉煌与落寞突出了"年年岁岁花相似，岁岁年年人不同"的主题。落花之中叹息的洛阳女儿、"曾经依稀美少年"的公子，都要面临"颜色改"的未来。谁也不能阻遏时间的脚步。张若虚的《春江花月夜》以花、月、夜构成了春天的景象，"扁舟子"和"明月楼"中的思妇也是在时光的流动中送走春天。《长安古意》也是这样的主题，富贵如浮云，终将逝去。而从写作风格来说，此诗显得抑扬起伏，大气磅礴，既体现了唐帝国繁荣的一面，也对骄奢淫逸的生活进行了无情的批判。故而胡应麟认为这首诗"七言长体，极于此矣"（《诗薮》）。如此看来，思想性与艺术性的统一是此诗的特色。

《赠卫八处士》

　　讲故事的人不一定置身于故事之外，或许就是当事人自己。杜甫可以算作唐代诗人中最善于讲述自己的故事者。一次偶然的相见往往因为世事的变迁就会让经历者恍如隔世，诉诸笔下自然会意味深长。《江南逢李龟年》就是一个很典型的例子。过去生活在承平时代，老杜和李龟年时常相见，"岐王宅里""崔九堂前"都曾留下"相见欢"的场景，一场变乱过后，"此身虽在堪惊"，江南风景虽好，两人心境却不同了，此刻的相逢让人嘘唏不已。七绝由于字数的限制总会留下很多空白让读者自己去填充，时空跨度中很少有具体的故事细节。古体就不同了，同样的相逢，《赠卫八处士》就布上了鲜活的叙事场景。全诗如下：

　　　　人生不相见，动如参与商。今夕复何夕，共此灯烛光。

　　　　少壮能几时？鬓发各已苍！访旧半为鬼，惊呼热中肠。

　　　　焉知二十载，重上君子堂。昔别君未婚，儿女忽成行。

　　　　怡然敬父执，问我来何方。问答乃未已，驱儿罗酒浆。

　　　　夜雨剪春韭，新炊间黄粱。主称会面难，一举累十觞。

　　　　十觞亦不醉，感子故意长。明日隔山岳，世事两茫茫。

　　此诗作于乾元二年（759），杜甫已经被贬为华州司功参军，他在从洛阳返回华州任所的途中去拜访老朋友卫八，归家后有感而作。我们能够感受到一次相逢对于杜甫的震撼，诗人无法释怀时空变幻所带来的生活图景，更对于乱离相逢有着彻骨摧心的体会。于是，过去与现在、理想与现实、友情与心境都在不同的时间维度中呈现出来，诗人遂不能自已而又有节制地叙述了一次相逢的过程。"安史之乱"的爆发改变了无数人的命运，杜甫则从怀才不遇的境地挣脱出来，逃出长安奔赴肃宗的行在，被授予右拾遗官职，开始了仕途生涯。可惜好景不长，因为房琯罢相事件牵连自身，离开了长安而到华州任职。虽然两京已经收复，但仍然战乱不断，读了"三吏""三别"即可了解其现实处境。其实，这只是杜甫坎坷人生的一个途中阶段，种种经历让他对人生产生了深入的思考倒也是事实，这些思考未必会直接写出来，但会融入其对生活的点滴书写之中。

这首诗读起来非常流畅，如查慎行所说："感今怀旧，如风行水上，自然成文。"一个"变"字引领全诗，岁月之变迁让大家都有了不同的变化。二十年不见，当初俱为少年，而今儿女满堂，由自由独身变为组建家庭，这是人生之面相；当初生活无忧无虑，而今经过乱世洗礼，从"裘马轻狂"的少年到鬓发苍苍的中年，彼此都有了成人阶段的生活体验。在老杜的笔下，直面现实徐徐写来，有层次而又不枝不蔓。按照仇兆鳌的分析，全诗可分为三个部分："首叙今昔聚散之情"，二十年了，天各一方。烛光之下，感慨不已。年少之乐，已成往事。多少友朋，已经不在。前途黯淡，与你相逢。思来想去，犹自唏嘘。能够想象到的是：此时的诗人，坐在卫八的家里，看着眼前的情景，思绪被打开了。诗人接着"次言别后老少之状"，把目光聚焦于卫八的家庭。这部分依然以今昔之别开启，当初你还没有结婚，现在已经儿女成群了，他们见到我很高兴，问我从哪里来。我们之间的对话还没有结束，宴席已经摆好了。春韭、黄粱自然简单，可是彼此的情谊甚深。主人说乱世相逢很难，要喝得尽兴啊。这段虽是写主方却融入了自我的感受，叙事直接而简洁。"末感处士款待，因而惜别也"，最后这部分内容与第二部分实为一体，从意思的承接来看，二、三不可分开，全诗共分为两段即可。酒过三巡，依然不醉，本身就体现出了感慨之深、兴奋之情和惜别之意，想到明日又要分开，个人之生活自然会蕴含了社会风貌的变化。"两茫茫"将双方的情感体验诉说出来了。苏东坡《江城子·乙卯正月二十记梦》有"十年生死两茫茫"一句，正因为与老杜之感慨相类，不过一个与友人别，一个念亡妻逝，但抒情主体之沧桑感则是一致的。

因事叙情是在人物之间的空间离合中注重叙事细节的写法。人之常情看起来简单，写出来却不容易。与老杜感慨相近的作品并不少，只是体裁不同，写出来效果自然会有区别。就经过世乱而感慨来说，李益《喜见外弟又言别》与之相近，诗云："十年离乱后，长大一相逢。问姓惊初见，称名忆旧容。别来沧海事，语罢暮天钟。明日巴陵道，秋山又几重。"经过一场动乱再见面时，问起姓名才知道双方还是亲人，于是梳理记忆从中想起了彼此小时候的模样。说话之间大家不免都很伤感，因为明日还要就此别过，各自启程。就今昔感慨来说，窦叔向《夏夜宿表兄话旧》差可近之，诗云："夜合花开香满庭，夜深微雨醉初醒。远书珍重何曾达，旧事凄凉不可听。去日儿童皆长大，昔年亲友半凋零。明朝又是孤舟别，愁见河桥酒幔青。"酒过三巡，忆及旧事，"青春已过乱离中"，从儿童到长大，亲友多已离去，更显得此时亲情的可贵。只是刚刚相聚又要分开，一种孤独感油然而生。

从主题史研究来说，相见与别离这一主题的作品因容易触发诗人的内心情愫往往在文字上呈现出容易读懂的特点，又因为这是人类的一个永恒的主题，既可以写出个性又容易产生情感共鸣，影响力自然也要大一些。如果说"三吏""三别"写的是所见所闻，体现的是诗圣的悲悯情怀，那么《赠卫八处士》则从亲身体验出发透过细节描写表达出了个体的忧患意识。一千多年过去了，读者展卷开来，诗中所描述的场景依然如在目前。归结一下，可以说是：写相见之情溢于言表，含不尽之意见于言外。这应该就是文学经典的魅力所在。

　　总而言之，诗歌文本之中都包含有叙事因子，因事生情，宇文所安就专门以《追忆》为题研究中国古典文学中的往事再现，已经开启了集中研究的序幕。《追忆》一书以杜甫《江南逢李龟年》为例的分析，就展示了抒情文本的叙事空间。借题说事、借事言情、场面叙事也仅仅是诗歌叙事性特征的三个层面，将中国文学的叙事传统和抒情传统结合起来，本来就是中国文体史和文学史的发展趋势，值得我们深入探究下去。

《咏怀古迹》之三

　　走下盛唐的杜甫便成为一位漂泊的行者，每每经过古迹自然诉诸笔下。《咏怀古迹》之三是杜甫晚年写作的组诗中的一首，主要写的是王昭君，落笔之际自然地以王昭君的故事写出自家的人生感慨。由历史上的人事想到当下的图景，由他人的旧事观照自己的故事自不可免。历史上的人事要有一个传播的过程，道听途说或者郢书燕说，都会影响诗人的思考。

　　《咏怀古迹》之三诗云：

> 群山万壑赴荆门，生长明妃尚有村。
> 一去紫台连朔漠，独留青冢向黄昏。
> 画图省识春风面，环佩空归月夜魂。
> 千载琵琶作胡语，分明怨恨曲中论。

　　此诗是诗人于大历元年（766）写于夔州。因此地想起昔日的佳人，于是历史图景中相关的人事浮出水面，故事经过梳理融入了诗人自身的情感体验。王昭君被称为古代的四大美女之一，可是她的美貌并没有被及时发现，自然也没有给她带来好运，最终她远赴异国他乡，从此再未归来。

　　王昭君的故事从一开始就呈现出了男性的书写视角，在史传文本中还算保留了史事的基本面貌。据《汉书·元帝纪》："赐单于待诏掖庭王嫱为阏氏。"《汉书·匈奴传》云："单于自言愿婿汉氏以自亲。元帝以后宫良家子王嫱字昭君赐单于。单于欢喜，上书愿保塞上谷以西至敦煌，传之无穷，请罢边备塞吏卒，以休天子人民。"结合《汉书》所载，基本史实是：王昭君本为汉元帝的宫女之一，也称明妃。汉元帝竟宁元年（前 33），匈奴呼韩邪单于来朝，求美人为阏氏以和亲，昭君自请嫁匈奴。入匈奴后，生一男，呼韩邪死，前阏氏子代立，求归。成帝命从胡俗，复为后单于阏氏，生二女。王昭君最终死在匈奴，昭君墓在今内蒙古呼和浩特南。

就此而言，故事并不复杂，从官方到了民间，传说演绎下来，就大不一样了。如东晋孔衍《琴操》中的解题部分就讲述了一个较为离谱的故事，王昭君的怨妇形象呼之欲出。王昭君是齐国王襄之女，因其貌美而被选入宫，待了五六年，被无视后不饰装扮而进一步为汉元帝所忽略。正值单于使者来朝贺，昭君心有怨怒，精心打扮出场而闪耀其中。汉元帝欲以一女赐单于，昭君自愿前往，元帝悔之晚矣。昭君至匈奴，心思不乐，情系故土。儿子继位为单于，欲娶母，昭君吞药自杀。这个故事有两点值得注意：一点是昭君的怨狂，成为"自请"的原因；二是昭君再为阏氏的改编，因恐乱伦而自杀的结局变化。乐府诗《昭君怨》则以韵语述说远嫁异域的情怀，颇有些"身在虏营心在汉"的倾向。《琴操》所提供的叙事框架和抒情指向对后来的诗歌、小说、戏曲都有不小的影响。

写着写着，王昭君远嫁匈奴的过程更加复杂起来，"小人当道"成为她没被皇帝及时宠幸的重要因由。托名为葛洪的《西京杂记》"画工弃世"条云："元帝后宫既多，不得常见，乃使画工图形，案图召幸之。诸宫人皆赂画工，多者十万，少者亦不减五万。独王嫱不肯，遂不得见。匈奴入朝，求美人为阏氏。于是上案图，以昭君行。及去，召见，貌为后宫第一，善应付，举止优雅。帝悔之，而名籍已定。帝重信于外国，故不复更人。乃穷案其事，画工皆弃市，籍其家，资皆巨万。"这段故事显然是横生枝节了，毛延寿等画工的出场降低了汉元帝的负面影响，从画图到真人，这个变化也衍生了"小人"与"美人"关系的确立。毛延寿更是成了名垂千古的唾骂对象，只有王安石这位"拗相公"为之声援，这都是后话了。

石崇的《王明君辞（并序）》中的"序"改变了一个背景，《汉书》中匈奴并不强盛，而这里则"匈奴盛"，和亲就成为迫不得已的选择了。"辞"则反复叙说远嫁后的思乡之情，这与我们安土重迁的观念有关，也让大家觉得昭君出塞是件很悲催的事情。

以上是杜甫之前关于王昭君故事的大致轮廓，现在我们再来看杜甫的这首诗。首联显然是因地及人，引出话题。颔联则以"紫台"与"朔漠"对举，突出王昭君在汉胡两地身份之变化，感念她客死异域的结局。颈联确定了主旨，上句承《西京杂记》之故事，以一个片段生发思考；下句则道出其结局的内涵，即"归汉"的渴望。尾联强化主题，由《昭君怨》生发出逢时不遇的主题。这首诗融入诗人最深的体会之处是颔联，思及自身的漂泊想到同样生于此地的昭君，老杜必然生发出无限感慨。"一去"与"独留"表现出强烈的孤独感，紫台到朔漠昭示着路途的遥远，黄昏下的青冢隐映出无限凄凉，行路者心态的变化蕴含其中，为阅读者提供了一个敞开的思想空间。性别不同，遭遇相同，这也是男性文学家书写"香草美人"意象的渊源，屈原、司马迁、曹植、陆机、杜甫、温庭筠等人莫不如此。颈联重在写事儿，由事儿牵连出王昭君的故国之情，可算是全诗最为关键的句子，具有议论之特色，这里包含了对昭君出塞原因的思考、对昭君命殒异域的思考，承上又能启下。这也符合七律的特征，中间两联既能对仗工稳，又成为全诗的核心部分，具有了承、转的书写意义。这样，首联起、颔联承、颈联转、尾联合，自然联接，符合规矩又不着痕迹，这也是杜甫被称为诗圣的一个支点，即圣于诗者，是从艺术技巧而言的。至于他是诗人中的圣人，大概是从思想层面命名的，杜甫有责任感、有担当。这告诉我们：具有悲天悯人情怀者才可能成为大诗人。

李白也写过《王昭君》，诗云："昭君拂玉鞍，上马啼红颊。今日汉宫人，明朝胡地妾。"抓住细节写离别，以胡汉之分写离别之意，新意无多。老杜之后，在诗歌中以王昭君为主题的自然不少，如储光羲《明妃曲》其三云："日暮惊沙乱雪飞，傍人相劝易罗衣。强来前殿看歌舞，共待单于夜猎归。"篇幅甚短却含不尽之意见于言外。王叡有《解昭君怨》，诗云："莫怨工人丑画身，莫嫌明主遣和亲。当时若不嫁胡虏，只是宫中一舞人。"句中亦有自己的见解，远赴他乡反而改变了沉寂皇宫的命运，只是还存在着汉室和胡虏的区别。接踵了杜甫的议论色彩而能自出机杼的自然是王安石，虽然他的《明妃曲》也接踵老杜说明妃"可怜着尽汉宫衣""只有年年鸿雁飞"，着眼处却并不在此。"意态由来画不成，当时枉杀毛延寿""君不见，咫尺长门闭阿娇，人生失意无南北"，这些句子见出了王荆公独特的视角，前一句是说天生丽质的王昭君岂是画工能模仿出来的，神韵天成只能见真面目方可下断语；后一句则超越地域、超越种族道出了女性共有的现象，盛极必衰是一个永恒的真理。至此，昭君出塞与文姬归汉虽是两种结局却合二为一了，虽然一个是因和亲而去的，一个是被掳掠而去的。

　　元明杂剧中写王昭君的也不少，最有名的自然是马致远的《汉宫秋》。这部作品结合诸家之长铺排了凄凉的底色，渲染了老杜诗的颈联书写，他给了汉元帝后悔的机会，也及时"发现"了王昭君的美貌，可是在强大的匈奴面前只好忍痛割爱，昭君也就成了牺牲品。成了牺牲品的昭君在汉番交界的黑龙江里投水而死，这又让她成了马致远心目中的大汉烈女。而汉元帝在冷冷清清的汉宫中梦见昭君，在鸿雁哀鸣的背景下杀了匈奴送回的毛延寿，就此为整部戏曲定了调。我们听到的《汉宫秋月》与马致远的《汉宫秋》颇有联系。再往后我们不妨一下子跳到现代文学，郭沫若以一己之思缔造了一个追求个性解放的王昭君，让人怎么读怎么觉得不是那回事儿，叛逆是叛逆了，既不能复原历史现场，也没有活画出真实的昭君，更像是把王昭君男性化为作者本人了。曹禺《王昭君》则中规中矩，以民族融合为主题，王昭君与文成公主合体了，俨然是民族友好的使者，气象格局自是宏大，怕也是在发挥着集体主义的高格调。总之，男性文人们从不同的角度入手，在各自的时代都活画出了自己理解的王昭君形象。

　　再回到《咏怀古迹》，面对历史的遗迹，杜甫有感而发，王昭君从诗圣的记忆中打捞出来，又在读者的心目中走了一遭。王嗣奭《杜臆》云："因昭君村而悲其人。昭有国色，而入宫见妒；公亦国士，而入朝见嫉，正相似也，悲昭以自悲也。"诗人未必如是，读者自可作如是观，读者不断地更换，故事也就不断地流传开来了。"咏怀古迹"的行为还在延续，正是这些旧痕迹激活了我们的历史记忆，他们虽然只剩下了遗址，而我们试图依靠遗址来复现想象中曾有过的生活图景。话说回来，千年以来，每个男性文人心中都有一个王昭君形象，可以重叠，也可以独在，只有王昭君躺在历史的册页中，她的故事千百年来任凭后人解读，汉宫还是胡地不再重要，他乡也早已成为故乡了。

《渔翁》

柳宗元写有一些纯粹的山水田园之作，只是并不占主体。山川风景见我心，柳宗元的山水诗有二十多首。在永州时期，作《界围岩水帘》《再至界围岩水帘，遂宿岩下》写界围景色；作《湘口馆潇湘二水所会》写潇、湘二水汇合处的景色；作《南涧中题》写永州袁家渴西南的石涧；作《游石角过小岭至长乌村》，以生动的诗笔，刻画了长乌村幽谧、旖旎的田园风光。显然诗人并不是祥林嫂式的呓语者，而是倾听自然的知音者。在描写自然山水的诗作中，柳宗元常常以幽境写孤寂之情。他的古体诗境界凄冷，表现出一种寂寞凄清的格调，这种格调在他的山水诗中表现得尤为突出。如上面所举《再至界围岩水帘，遂宿岩下》一篇，"古苔""青枝""阴草""翠羽""素彩""激浪""寒光""幽岩""新月""夜星"，诸多意象组合起来构成一个清冷幽凄的意境，岩下风景与《渔翁》之幽冷异曲同工，而更显幽然。在这样的语境中，诗人的心境可想而知。

入深幽之境，注重以色彩感营造孤寂之情境也是柳宗元古体诗的特色。他喜用绿色、白色等冷色，让清冷的色调与幽峭的境界相互映衬，是诗人表现孤寂凄清之境的手段。如《江雪》云："千山鸟飞绝，万径人踪灭。孤舟蓑笠翁，独钓寒江雪。"诗人在一片空无中茫然垂钓，"孤舟""蓑笠"正是远离尘世的形状，孤独中执守的是什么呢？是对生命的一种期待，对往事的一种追忆，还是在清冷中守着的一份梦想？

而这些梦想在现实面前如此脆弱，只有"寒江雪"能够烘托出诗人走向荒芜的生命感悟。刘永济《唐人绝句精华》评议："此诗读之便有寒意，故古今传诵不绝。"尘世中织就的蛛网遍布角落，一不小心就被罩在头上。冲破尘网的念头不见得人人都有，但是渔樵与官场却成了两个对应的世界。从屈原《渔父》、庄周《渔父》开始，一场拉锯战便无止无休。张耒《夏日三首》云："久判两鬓如霜雪，直欲樵渔过此生。"庄子的《渔父》是假借渔父之口要说服孔子，相传屈原的《渔父》也是渔父要说服屈原。这类作品在当时很是流行。渔父任意而行，遵循自然之理，而孔子、屈原则以己意行事，未"与天地相俯仰"。这里面有三个不同：两个渔父不同，孔子与屈原不同，庄子与孔子不同。变浊为清，清浊分明，乃是孔子和屈原的不同；与浊流相混，沿清流以进，乃是两个渔父的不同；立于道，顺于道，乃是孔子和庄子的不同。孔子本人出身寒微，祖上曾经荣耀。往昔的贵族身份让他追慕远古的君子之风，君子之风自然蕴含贵族之气象。鲁迅所说的"先前阔"往往为后人立法，从孔夫子到曹雪芹莫不如此。理想既然不能践行世上，那就写在纸上。言语、文学正是德行、政事的另一种体现方式。柳宗元则要从"独钓"的境遇中走出来，"独"不可免，冰封的江面上虽无所获，却可以把视角投向天空，独赏是另一种境界。

柳宗元把自己比作"渔翁"，在逍遥中被迫享受孤独，但是他能在孤独中找到快乐吗？在"渔翁"式的生活中，他寻求着可能的心灵寄托。如《渔翁》云：

渔翁夜傍西岩宿，晓汲清湘燃楚竹。

烟销日出不见人，欸乃一声山水绿。

回看天际下中流，岩上无心云相逐。

这是一个理想的生活状态，也是一种形象设计。"此中有真意，欲辨已忘言"，"渔翁"找到了远离红尘的"桃花源"，但能够真正逃离仕宦生涯的凄苦吗？正如《柳州二月榕叶落尽偶题》云："宦情羁思共凄凄，春半如秋意转迷。山城过雨百花尽，榕叶满庭莺乱啼。"雨后的"山城"、凋零的"百花"、"满庭"的落叶、"乱啼"的黄莺，这春深之景，因融进了诗人的宦情羁思而充满萧瑟的秋意，摇曳着幽怨的情思。这位渔翁"夜"傍西岩宿，"晓"则自助生活，与山水为伴，远离尘嚣。苏轼认为后两句可以删去，其实未必，后两句恰恰是柳宗元孤芳自赏的人生化境。这是柳宗元对自己谪居柳州的写照。高海夫先生对《江雪》《渔翁》有着独到的解读。他说："如果说《江雪》是对这种处境傲然的蔑视，《渔翁》则是对它超然的解脱：前者是现实的表现，后者乃是内心的向往；前者实，后者虚。与此同时，两诗的意象创造也不同，前者于冰天雪地的背景中突出其孤傲独立，重在静态的刻画；后者于青山绿水的环境里表现其悠然自得，重在动态的描写。"[1]柳宗元的幽郁悲愤，不仅表现在他的感怀之作、赠答之章上，也表现在他的写景之作中。他的山水诗大部分以写景抒怀为主，饱含孤寂之意，如《柳州二月榕叶落尽偶题》之"宦情羁思共凄凄"，《法华寺石门精室三十韵》之"拘情病幽郁"，《游朝阳岩遂登西亭二十韵》之"谪弃殊隐沦"，《登蒲洲石矶望横江口，潭岛深迥，斜对香零山》之"隐忧倦永夜"，《构法华寺西亭》之"窜身楚南极"等等，都使人感到即使在游览山水之时，诗人也背负着由仕途失意带来的心理负担。再如《自衡阳

---

① 高海夫：《高海夫文集》，三秦出版社，2007，第418页。

移桂十馀本植零陵所住精舍》云："谪官去南裔，清湘绕灵岳。晨登蒹葭岸，霜景霁纷浊。离披得幽桂，芳本欣盈握。火耕困烟烬，薪采久摧剥。道旁且不愿，岑岭况悠邈。倾筐壅故壤，栖息期鸾鸑。路远清凉宫，一雨悟无学。南人始珍重，微我谁先觉。芳意不可传，丹心徒自渥。"大自然跃动的生机在柳宗元的笔下成为凄冷心境的对照，物象中隐映了自我的书写，颇得比兴之法。

柳诗众体兼备，但其创作宗旨仍在塑造孤独者的形象。柳宗元的古体诗和近体诗表现出不同的追求路向，古体诗风格与陶渊明、谢灵运相近，近体则接踵盛唐。贬谪生活形成了柳宗元对今昔生活的双重观照。对过去的反思，对当下的不满，对未来的迷茫都跃然纸上。柳宗元的诗歌中确实弥漫着悲剧感，"其诗无论是吊友人、叹己身，还是咏山水、赋闲居，都表现了不同程度的不平之鸣。"①刘克庄《后村诗话》说："韩、柳齐名，然柳乃本色诗人。自渊明没，雅道几熄，当一世竞作唐诗之时，独为古体以矫之，未尝学陶和陶，集中无言凡数十篇，杂之陶集，有未易辨者。其幽微者可玩而味，其感慨者可悲而泣也。"刘克庄不仅肯定了柳诗在唐诗中的独特之处，也指出柳诗在元和之际的特质。到了宋代，人们才开始重视柳宗元的诗歌，但关注点还在柳诗学陶的一面。如马自力所说："韦柳的意义则在于继承和发展天宝诗风的积极因素，并直接参与和影响了中唐诗风的转变。"②苏轼是最早高度评价柳诗的人。他在《书黄子思诗集后》说："李、杜之后，诗人继作，虽间有远韵，而才不逮意；独韦应物、柳宗元发纤浓于简古，寄至味于淡泊，非余子所及也。"苏门弟子张耒认为"退之作诗，其精工乃不及子厚"，

---

① 马自力：《中古文学论丛及其他》，商务印书馆，2013，第122页。
② 同上书，第123页。

算是比较后得出的结论。就诗体来说，宋人对柳宗元的五言古诗评价较高，杨万里说："五言古诗，句雅淡而味深长者，陶渊明、柳子厚也。"严羽亦云："若柳子厚五言古诗，尚在韦苏州之上，岂元、白同时诸公所可望耶？"此后，柳宗元的诗作逐渐成为唐诗史中不可或缺的一道风景。

《遣悲怀三首》

元稹在他创作的文学文本当中讲述了自己曾经有过的往事，通过对往事的追忆表达他内心的情感。《遣悲怀三首》的第一首，全诗是这样写的：

谢公最小偏怜女，自嫁黔娄百事乖。

顾我无衣搜荩箧，泥他沽酒拔金钗。

野蔬充膳甘长藿，落叶添薪仰古槐。

今日俸钱过十万，与君营奠复营斋。

《遣悲怀三首》是元稹悼念亡妻韦丛（字成之）所写的三首七言律诗。韦氏是太子少保韦夏卿的幼女，二十岁时嫁与元稹。七年后，即元和四年（809）七月九日，韦氏去世。第一首可称为"你和我"，以述韦氏之贤惠为主。追忆妻子生前的艰苦处境和夫妻情爱，并抒写自己的抱憾之情。悼亡诗正如颜延之所说"抚存悼亡，感今怀昔"。这首诗则先怀昔而后感今。我们先看首联，"谢公最小偏怜女，自嫁黔娄百事乖"，一、二句引用典故，以东晋宰相谢安最宠爱的侄女谢道韫借指韦氏，以战国时齐国的贫士黔娄自喻。京兆韦氏乃唐之高门士族，元稹与韦丛在一起正是"忍情"之结果。韦丛去世后，元稹写下很多诗来怀念她，其中最有名的是大家熟悉的"曾经沧海难为水，除却巫山不是云"，从中可以看出他对韦丛的感情是相当真挚的。很多学者都在质疑这是不是真的，"曾经沧海难为水，除却巫山不是云"，就是说除了韦丛以外，他心中不会再有其他人了。元稹对他的婚姻是怎样理解的呢？"谢公最小偏怜女"指的是谢道韫，当年谢安非常喜欢他的这个侄女，谢道韫非常有才华，这里是拿谢道韫来比韦丛。韦丛出身于京兆韦氏家族，中唐之际，关中士族的地位非常高，有一个谚语叫"城南韦杜、去天尺五"，是说长安城南有两姓人家：一姓韦，一姓杜。这两个姓氏在当地的地位非常高。元稹娶了韦丛以后，韦丛跟他过了七年的贫苦生活。元稹《祭亡妻韦氏文》云："况夫人之生也，选甘而味，借光而衣，顺耳而声，便心而使。亲戚骄其意，父兄可其求，将二十年矣，非女子之幸耶？逮归于我，使知贫贱，食亦不饱，衣亦不温。然而不悔于色，不戚于言。他人以我为拙，夫人以我为尊……"元稹家里生活特别艰难，所以他说"自嫁黔娄百事哀"，黔娄是春秋时期的一个贫士，说"你嫁给我了从此就跟我受罪了"。诗的中间两联说的就是当时有多穷，给我缝衣服，没钱喝酒，她把头上的金钗卖了。讲了这些事，最后元稹说了一句话，"而今俸钱过十万"，现在我有钱了，可是你已经不在了。患难夫妻，昨是而今非。元稹所娶一为韦丛，一为裴淑，俱为大姓女。"王谢堂前燕"一旦"飞入寻常百姓家"，就会过上清苦生活。"百事乖"，任何事都不顺遂，这是对韦氏婚后七年间艰苦生活的概括，起到引领下文的作用。意谓"你屈身嫁入我家，与我同甘共苦，却事事不能顺心"。中间这四句接着说，"看到我没有可替换的衣服，就翻箱倒柜去搜寻；我身边没钱，死乞白赖地缠她买酒，她就拔下头上金钗去换钱。平常家里只能用豆叶之类的野菜充饥，她却吃得很香甜；没有柴烧，她便靠老槐树飘落的枯叶以作薪炊。"这几句写日常生活中的衣食之事，用笔干净，既写出了婚后"百事乖"的艰难处境，又能传神写照，活画出亡妻贤惠的形象。尾联"今日俸钱过十万，与君营奠复营斋"。其时元稹任监察御史，分务东台，也算是人生得意之时，心怀理想，欲为"直正"之官。一年以后就因房式事件得罪权贵，后又与宦官争厅，被贬为江陵府士曹参军。末两句，诗人从对往事的追忆状态中回到现实：而今自己虽然享受厚俸，却再也不能与你一道共享，只能用祭奠与延请僧道超度亡灵的办法来寄托自己的情思。首尾两联，一生一死，两相对照，益增几分伤悲。

《遣悲怀三首》的第二首是写"我和你"，诗云：

> 昔日戏言身后意，今朝都到眼前来。
>
> 衣裳已施行看尽，针线犹存未忍开。
>
> 尚想旧情怜婢仆，也曾因梦送钱财。
>
> 诚知此恨人人有，贫贱夫妻百事哀。

从"百事乖"写到"百事哀"，虽写眼前景而重在昔日情。起句衔接第一首之语意，从日常生活的一个细节写起。两人在一起的时候，开玩笑地假设安排身后事，不想而今成为现实。人已仙逝，而遗物犹在。为了避免见物思人，便将妻子穿过的衣裳施舍出去；将妻子做过的针线活仍然原封不动地保存起来，不忍打开。"空床卧听南窗雨，谁复挑灯夜补衣"（贺铸《凤栖梧》），诗人无法摆脱对妻子的思念，每当看到妻子身边的婢仆，也引起自己的哀思，因而对婢仆也平添一种爱怜的感情。白天事事触景伤情，夜晚梦魂飞越冥界相寻。梦中送钱，近乎荒唐，却是因痴情而得梦的表现。元稹悼亡诗写梦者为数不少，还有如

《江陵三梦》《梦成之》等等。末两句，从"诚知此恨人人有"的泛说，落到"贫贱夫妻百事哀"的特指上。夫妻死别，固然是人所不免的，但对于同贫贱共患难的夫妻来说，一旦永诀，则更为悲哀。元稹在《叙诗寄乐天书》中说"不幸少有伉俪之悲，抚存感往，成数十首，取潘子《悼亡为题》"。末句从上一句之泛说再推进一层，着力写出自身丧偶不同于一般的悲痛感情。

第三首则只剩下"我"了，书写自我的心理状态。诗云：

> 闲坐悲君亦自悲，百年都是几多时。
> 邓攸无子寻知命，潘岳悼亡犹费词。
> 同穴窅冥何所望，他生缘会更难期。
> 惟将终夜长开眼，报答平生未展眉。

首句"闲坐悲君亦自悲"，承上启下。以"悲君"总括上两首，以"自悲"引出下文。为什么"自悲"呢？由妻子的早逝，想到了有限的人生。人生百年，又有多长时间呢？诗中引用了邓攸、潘岳两个典故。邓攸心地如此善良，却终身无子，这难道不是命运的安排？潘岳《悼亡诗》写得再好，对于死者来说，又意义何在？诗人以邓攸、潘岳自喻，透露出无嗣之忧。接着从绝望中转出希望来，寄希望于死后夫妇同葬和来生再做夫妻。但是，再冷静思量，这仅是一己之幻想。诗情愈转愈悲，不能自已，最后逼出一个无可奈何的办法："惟将终夜长开眼，报答平生未展眉。"诗人仿佛在对妻子表白自己的心迹：我将永远永远地想着你，要以终夜"开眼"来报答你的"平生未展眉"。终身不娶乃是一时之誓言，并没有兑现。故而陈寅恪先生认为元稹对韦丛的感情言过其实。元稹的无嗣之忧就体现在《遣悲怀》的第三首。元稹怎么说啊？"闲坐悲君亦自悲"，说"我想起你时为你伤感，可是我自己也挺伤感。""百年都是几多时"，说"人生已经走到现在了，以后会怎么样呢？"他用了两个典故："邓攸无子"和"潘岳悼亡"。邓攸是三国时的一个人物，他的儿子和侄子一起逃命的时候必须留下一个，他把他的儿子放弃了，留下了侄子，最后导致他终身无子。此时的元稹，韦丛已经去世了，他们没有儿子。他又提到潘岳悼亡，潘岳是西晋时期非常有名的诗人，潘岳流传到今天的诗最有名的就是三首怀念他妻子的悼亡诗。悼亡这个题材从潘岳开始才有的，写得情深意切。接下来元稹说什么呢？他说"同穴窅冥何所望，他生缘会更难期"，什么时候能和你在一起呢，大家猜也能猜到是什么时候。"唯将终夜长开眼，报答平生未展眉。""我多么希望你还活着啊，因为你跟我在一起未展眉，每天都为了柴米油盐而奔波，过着艰苦的日子。"其实元稹《遣悲怀》这三首诗都是非常有名的作品，最感人的是第二首。第二首大概意思就是：想当年我们有过一次约定，说将来假如我先走了你要怎么生活，没想到今天就成了现实。我想把你的衣物送出去，送前我都反复地看上几眼，那其中有你的影像。所以说想起共度艰辛岁月，真正体会到"贫贱夫妻百事哀"的含义。《遣悲怀三首》把作者内心的情怀，妻子离开后的痛感与思念写出来了。悼亡题材到宋代依旧非常有影响，苏轼《江城子·乙卯正月二十记梦》就是以"十年生死两茫茫"起句的那首，一句"纵使相逢应不识，尘满面，鬓如霜"道尽世事沧桑。贺铸《鹧鸪天》也是悼亡之作，写道："重过阊门万事非，同来何事不同归？梧桐半死清霜后，头白鸳鸯失伴飞。原上草，露初晞，旧栖新垅两依依。空床卧听南窗雨，谁复挑灯夜补衣！"末两句写当年留下的一个人生片段，借以怀念他的妻子，感人至深。

　　概括说来，元稹的《遣悲怀三首》，一个"悲"字自"心怀"涌出，进而贯穿始终。前两首悲对方，从生前写到身后；末一首悲自己，从现在写到将来。字字出于真情而发自肺腑。诗人善于将人人心中所有、人人口中所无之情，用极其质朴感人的语言表现出来。诸如"昔日戏言身后意，今朝都到眼前来""诚知此恨人人有，贫贱夫妻百事哀""闲坐悲君亦自悲，百年都是几多时"等，言浅而意深。再如"泥他沽酒拔金钗"的"泥"字，末两句中的"长开眼"与"未展眉"，都是不加修饰的本色语言，状难写之景如在目前，写难言之情跃然纸上。写情之中有叙事，诗人的至性至情得以呈现，因而成为古今悼亡诗中的绝唱。

《连昌宫词》

　　一座唐玄宗、杨玉环未曾到过的宫殿，为何成为元稹的关注点？元稹的想象力并不强，却以坐落在河南宜阳县的连昌宫作为李、杨的栖居地，创造了一个独立的叙事空间。《连昌宫词》借助老人之口完成了对李、杨故事的再造过程，这首诗完成于元和十二年（817）末或元和十三年（818），就在当年或前一年，平淮西尘埃落定，吴元济伏法，淄青等地归顺，战事结束便意味着一个区域和平生活的到来。元稹在平淮西结束的背景下，以"努力庙谟休用兵"来表达自己对战事的论评。

　　《连昌宫词》可分为两个独立的叙事单元。诗作开篇就引出"宫边老翁"，以老者的叙述构成了一个独立的叙事单元。这个叙事单元包含三个部分：第一部分渲染安史之乱前的盛世景象，这部分内容以"上皇"与"太真"的奢靡生活为中心，琵琶、念奴、李谟、吹管、撷笛构成一组意象群；百官队仗、杨氏诸姨构成一个对举盛况展示，意味着一个盛世的巅峰状态，这个巅峰状态在755年戛然而止。于是，连昌宫之图景为之一变："明年十月东都破，御路犹存禄山过。驱令供顿不敢藏，万姓无声泪潜堕。"第二部分的这四句诗点到为止，并没有像杜甫那样刻意描画安史之乱的万象，而是一带而过。第三部分透过老者的叙述展示了连昌宫人去楼空渐为废墟的凄凉景象。这部分内容也可以一分为二：一是集中写"两京定后"连昌宫的命运，无人顾及而宫门久闭。二是因"去年敕使因斫竹"，老者终于有机会带人一览残境，这座无人打理的宫殿早已是"荆榛栉比""尘埋粉壁",今昔对比令人潸然泪下。连昌宫的未来呢?"自从此后还闭门,夜夜狐狸上门屋。"

第二个叙事单元则是作者的独立思考过程。这个过程先由一问一答引出:"我闻此语心骨悲,太平谁致乱者谁。"这是作者发出的质问,问罢老翁就要回答:"姚崇宋璟作相公,劝谏上皇言语切。燮理阴阳禾黍丰,调和中外无兵戎。长官清平太守好,拣选皆言由相公。开元之末姚宋死,朝廷渐渐由妃子。禄山宫里养作儿,虢国门前闹如市。弄权宰相不记名,依稀忆得杨与李。庙谟颠倒四海摇,五十年来作疮痏。"上述诗句将开元、天宝一分为二,世风为之一变。问答之后,引入作者对当下的思考:"今皇神圣丞相明,诏书才下吴蜀平。官军又取淮西贼,此贼亦除天下宁。年年耕种宫前道,今年不遣子孙耕。老翁此意深望幸,努力庙谟休用兵。"元稹所以写《连昌宫词》,与连昌宫的地理位置相关,这里正是平淮西的战地,这个战地如今终于恢复平静了,老百姓需要休养生息,未来就需要"努力庙谟休用兵"。元稹在创作《连昌宫词》的过程中,采取了将战事"并置"的写法,以连昌宫为关键词联结起来,安史之乱与平淮西被放在同一个层面书写。这里存在叙事的偏向,元稹并没有直面战争,而是隐没战场及战事本身,以连昌宫的今昔之变烘托出和平与战时、战后的区别,主要侧重于描写安史之乱的影响来突出战争的残酷性,"卒章显其志",结尾以平淮西战事的胜利发出渴望"休兵"的议论。实际上,整首诗是以平淮西触发的感想,元稹是将历史语境落在连昌宫的空间之内来设计这首诗的。

以安史之乱为书写背景,《连昌宫词》的比较对象是《长恨歌》。元和元年(806),白居易从校书郎贬盩厔尉,仙游寺在盩厔,王质夫、陈鸿家在此,三人一起去仙游寺,有感于李、杨的故事。据陈鸿《长恨歌传》："王质夫举酒于乐天前曰：'乐天深于诗，多于情者也。试为歌之，如何？'乐天因为《长恨歌》。"歌成，使陈鸿作《长恨歌传》。为什么要写呢？《长恨歌传》有所透露，云："意者，不但感其事，亦欲惩尤物，窒乱阶，垂于将来者也。歌既成，使鸿传焉。世所不闻者，予非开元遗民，不得知。世所知者，有《玄宗本纪》在。今但传《长恨歌》云尔。"宋人笔记中多有称赞《连昌宫词》者，如洪迈《容斋随笔》"古行宫诗"条云："白乐天《长恨歌》《上阳人》歌，元微之《连昌宫词》，道开元间宫禁事，最为深切矣。"而后专列"连昌宫词"条以比较《长恨歌》《连昌宫词》之优劣，云：

> 元微之白乐天，在唐元和长庆间齐名。其赋咏天宝时事，《连昌宫词》《长恨歌》皆脍炙人口，使读之者情性荡摇，如身生其时，亲见其事，殆未易以优劣论也。然《长恨歌》不过述明皇追怆贵妃始末，无他激荡，不若《连昌词》有监戒规讽之意。……其末章及官军讨淮西，乞"庙谟休用兵"之语，盖元和十一二年间所作，殊得风人之旨，非《长恨》比云。

洪迈将两篇作品加以比较，以能否"监戒规讽"为前提。宋人张邦基、明人胡震亨皆以"箴讽"立论。宋人张邦基《墨庄漫录》卷六云：

> 白乐天作《长恨歌》，元微之作《连昌宫词》，皆纪明皇时事也。予以为微之之作过白乐天之歌：白止于荒淫之语，终篇无所规正；元之词乃微而显，其荒纵之意皆可考，卒章乃不忘箴讽，为优也。

明代胡震亨《唐音癸签》卷十一文云："或问《长恨歌》与《连昌宫词》孰胜？余曰：'元之词微著其荒纵之迹，而卒章乃不忘箴讽；若白作止叙情语颠末，诵之虽柔情欲断，何益劝戒乎？'"贺裳《载酒园诗话》、潘德舆《养一斋诗话》中的论说与之相类。宋人潘淳《潘子真诗话》则将《津阳门诗》《长恨歌》《连昌宫词》放在一起比较，认为"稹之叙事，远过二子"。诸家评论的着眼点均是乐府诗的讽喻功能，言说史事而指向当下。明人王世贞《艺苑卮言》认为《连昌宫词》胜于《长恨歌》："非谓议论也，《连昌》有风骨耳。"算是为数不多的从文学风格上得出结论的。两篇作品写作时间不同，一篇元和元年，一篇元和十二年，《长恨歌》乃是白居易早年之作品，《连昌宫词》乃是元稹中期之作品。陈寅恪《元白诗笺证稿》认为《连昌宫词》是元稹受白居易《长恨歌》、陈鸿《长恨歌传》之影响，"合并融化唐代小说之史才、诗笔、议论为一体而成"，所蕴含的讽喻之意或与所处语境有关，"但《连昌宫词》末章之语，同于萧俛、段文昌'消兵'之说，宜其特承穆宗知赏，而为裴晋公所甚不能堪。"这两篇诗作的创作时间，一在《胡旋女》之前，一在《胡旋女》之后，从时间维度上构成了不同的观察点。在新乐府运动的背景下，凸显了元白乐府诗创作的特殊性，即融入以张籍、王建、李绅等人形成的创作群体之中，文学创作之讽喻意义彼时被凸显的乃是趋同之风尚。

如果要分析元稹对待安史之乱的态度变化，可将元和初期《胡旋女》《柘枝舞》等作品与《连昌宫词》比对。《胡旋女》讽喻之意或来自李绅原作，此乃唱和活动之通例。不过，结合两人关于安史之乱的诗文，因思世乱而抗拒胡音之用意始终未变。元白的文学世界是丰富多彩的，既在创造的文本中关注个体当下的生活，又将政事与文学结合而落笔。元白刻意讽喻的作品主要集中于元和时期，此后稍有涉及，故而未能衔接上以安史之乱背景下的述往事为主题之书写过程。《长恨歌》《胡旋女》《连昌宫词》均涉及李、杨故事，立意不同，所描述的故事图景亦不同。白居易《长恨歌》以叙事而落在叙情一端。《胡旋女》乃是因乐舞之域外而突出文化之纯粹性，有帝王为乐舞所惑之用意，而迷惑唐玄宗的是安禄山和杨玉环。《连昌宫词》则从今昔对比入手，以李、杨纵情欢娱场面铺排与乱后之荒凉形成两幅不同的画面，强化期盼消兵之愿望。《连昌宫词》是因平淮西胜利而触动元稹生成的文本，反对战事、追求和平乃是书写的主题，今昔对比是采取的写作手法，这也是《连昌宫词》堪称经典的必备条件。如此说来，平淮西便是元稹创作的时代背景，这个背景使得元稹将连昌宫作为地理空间，将安史之乱作为时间节点，将平淮西之功成作为立论的一个基点，两者结合则侧重于战事与民生之关联性，这是我们阅读《连昌宫词》不可忽略的前提。

《琵琶行》

白居易被贬为江州司马的间接原因是武元衡被刺事件。元和十年（815）六月三日，武元衡遇害，裴度亦重伤。可以想象的场景：这一时节天亮得有些晚，武元衡刚刚走出居于靖安坊的宅子，便遭到刺客的迎头一击。或许揣在怀里的奏章还带着体温，或许有些内容还在打腹稿，或许吟诗的雅兴刚要被一触而发，一个鲜活的生命瞬间便停止了思考。武元衡之死引发朝廷震恐，历来主和的萧俛、钱徽等人便再次发声，而唐宪宗和裴度征讨之意已定。白居易本是太子官，任太子左赞善大夫，宫官不应当先于谏官言事，武元衡之死干卿何事？他却上书要求尽快抓捕刺客，于是，遭到本当言事者的记恨。大事面前依然不能放下一己之私，这是中古士大夫的通病。白居易的母亲因看花坠井而死，其写有《赏花》及《新井》诗，被认为"甚伤名教"。据白居易《与杨虞卿书》：

去年六月，盗杀右丞相于通衢中，迸血体，磔发肉，所不忍道。合朝震栗，不知所云。仆以书籍以来，未有此事。苟有所见，虽畎亩皂隶之臣，不当默默，况在班列，而能胜其痛愤耶？故武丞相之气平明绝，仆之书奏午入。两日之内，满城知之，其不与者，或语以伪言，或陷以非语，皆曰："丞、郎、给、舍、谏官、御史？尚未论请，而赞善大夫何反忧国之甚也！"仆闻此语，退而思之，赞善大夫诚贱冗耳，朝廷有非常事，即日独进封章，谓之忠，谓之愤，亦无愧矣！谓之妄，谓之狂，又敢逃乎？以此获辜，顾何如耳，况又不以此为罪名乎！

　　白居易认为自己是因言获罪，进言的原因则是平淮西导致武元衡之死，"素恶居易者"则借他事以陷之。两《唐书》对这件事均有所叙述，据《旧唐书》本传："九年冬，入朝，授太子左赞善大夫。十年七月，盗杀宰相武元衡，居易首上疏论其冤，急请捕贼以雪国耻。宰相以宫官非谏职，不当先谏官言事。会有素恶居易者，掎摭居易，言浮华无行，其母因看花坠井而死，而居易作《赏花》及《新井》诗，甚伤名教，不宜置彼周行。执政方恶其言事，奏贬为江表刺史。诏出，中书舍人王涯上疏论之，言居易所犯状迹，不宜治郡，追诏授江州司马。"《新唐书》所叙述的内容与《旧唐书》一致，只是在语言的重构中发生了叙事角度的变化。如本传所云："明年，以母丧解，还，拜左赞善大夫。是时，盗杀武元衡，京都震扰。居易首上疏，请亟捕贼，刷朝廷耻，以必得为期。宰相嫌其出位，不悦。俄有言：'居易母坠井死，而居易赋《新井篇》，言浮华，无实行，不可用。'出为州刺史。中书舍人王涯上言不宜治郡，追贬江州司马。既失志，能顺适所遇，托浮屠生死说，若忘形骸者。"武元衡遇刺事件发生之前，白居易就屡屡上言，言平淮西之事，相关的主要有两件事：一件是李师道出钱为魏徵孙赎故第之事，另一件是派中人吐突承璀率师讨王承宗之事。如果将这些言事的内容相互结合起来考察，则不难得出一个结论，即白居易是征讨淮西的支持者阵营中的一员，这一点与韩愈的立场是一致的。元和十年七月，白居易最终被以不孝的罪名先是贬为江州刺史，王涯认为白居易不宜治郡，再贬为江州司马。白居易在《与杨虞卿书》《与师皋书》中叙及此事，仍难以遏制愤激之情。

《琵琶行》是如何炼成的？元和十一年，白居易已在江州任上，有一次在浔阳江头送客，听见水上传来琵琶声，这不是普通的琵琶声，而是"铮铮然有京都声"，这是江州与长安所建立的音乐和文学的空间。白居易以强烈的主题意识叙述与琵琶女从相识到共鸣的过程，先是听音，"铮铮然有京都声"乃是因地域之关系而选择见面，这是琵琶女第一次弹琵琶；"移船相近邀相见，添酒回灯重开宴"之后第二次弹琵琶展示的主要是技艺，当然任何技艺均与心境、情境有关；因技艺引出彼此追忆身世之后，琵琶女第三次弹琵琶则建立在彼此相知的基础上，带来"江州司马青衫湿"的特殊效果。白居易与琵琶女的对话在琵琶声中徘徊不已，其中曲江宴饮、雁塔登临历历在目，留下的还有富有血腥画面的武元衡遇刺事件。白居易听琵琶带有自己的主观情绪，这种情绪是琵琶女激发出来的，循音而见人，听音而知人，知人而思己，琵琶女声名的时过境迁唤起白居易强烈的自我比较意识。陈寅恪引及"同是天涯沦落人，相逢何必曾相识"诗句时认为："则既专为此长安古倡女感今伤昔而作，又连绾己身迁谪失路之怀。直将混合作此诗之人与此诗所咏之人，二者为一体，真可谓能所双亡，主宾俱化，专一而更专一，感慨复加感慨。"[①]细读《琵琶行》，构成七个比较的层面：江州的风物环境与长安的国际都市构成一个比较的层面；难听的本地俗曲俚音与阳春白雪的琵琶声构成又一个比较的层面；流落江州"老大嫁作商人妇"的琵琶女与长安当红的自己构成一个比较的层面；居于长安曲江宴饮的白居易与身处江州的自己构成一个比较的层面；知晓琵琶女身世的白居易与仅仅听音的白居易构成一个比较的层面；琵琶女的当红与白居易的长安生活构成一个比较的层面；琵琶女的流落江州与白居易的贬谪江州构

---

① 陈寅恪：《元白诗笺证稿》，商务印书馆，2017，第 49 页。

成一个比较的层面。外媒的触动往往会拨响诗人的心弦，因平淮西而导致武元衡被刺，白居易就此贬谪江州，这是一个背景元素；琵琶女的出现令白乐天思及被贬的情境，于是，琵琶女、琵琶将江州与长安连接起来，江州与长安将琵琶女与白居易联系起来。实际上，白居易与琵琶女的地位并不对等，而是搭建了一个对话的平台。文学经典的动人之处就在于间接文本的特质，事在诗中却并没有直说，而是仅仅作为背景蕴含于作者、琵琶女的追忆之中若隐若现，所起的作用便是激发出白居易的贬谪情结。

《琵琶行》中并无直指平淮西战事的诗句，白居易虽然以地域之对比暗含追忆旧事的内涵，关于帝京却无一言，"我从去年辞帝京，谪居卧病浔阳城"，起笔将琵琶女当年的受宠与"老大嫁作商人妇"加以对比不同，白居易截断众流，没有叙述自己贬谪江州的原因。施补华《岘佣说诗》便认为白居易这段自叙"又嫌繁冗"，其实这段繁冗的叙述中才能写出同病相怜之意，叹谪居之沦落，"辞帝京"之原因檃栝其中，意到笔随而令人浑然不觉。不过，白居易隐而不发还是有原因的，此次贬谪的直接原因是不孝，尽管理由牵强却难以辩解，一旦写在纸上还会无端增加政敌；而间接原因则是武元衡遇刺后的越职上书，此事更无法以诗笔言之，还会增加因言获罪的可能性。于是，与《长恨歌》中"杨家有女初长成"一样，白居易直接叙述身居江州的"迁谪意"，言意不言事是一种源自潜意识的自觉选择。

武元衡之死对平淮西战事的走向发生了重要的影响，促使唐宪宗、裴度下定决心，持续一年的平淮西战事正式提速。当此际，贬谪在外的刘禹锡、柳宗元怀着复杂的心情写下《古东门行》《代靖安佳人怨》等诗作，这些抒情文本仅仅是平淮西进程中的一个前奏，这个前奏指向的究竟是一战到底还是中途退却？可以说，因坚持平淮西导致武元衡被刺杀，而武元衡之死影响到了本不相干的白居易，这件事促动他勇敢地越职上书，因之被触怒的谏臣们另辟蹊径寻找贬斥白居易的机会，他们从白居易的诗作中找到可攻击的要点，白居易猝不及防地被击中，只好离开长安，奔赴心目中那遥不可及的江州。江州地僻方知长安米贵的缘由，因琵琶女的介入由人及己，琵琶声中倾听入神的白居易想必是在平淮西战事的刀光剑影中体味着"青衫湿"的内涵。就文学接受史而言，无论是在中唐，还是在后世，《琵琶行》均是以平淮西为特殊创作背景的文学经典，只是武元衡之死仅仅是平淮西第一阶段的一个轩然大波，白居易因此被贬，复因此遇到已在京城过气的琵琶女，两人聚于江州，沦落中互诉身世之感而产生共鸣，遂而生成被称为"叙情长篇"的抒情文本，在后世的阅读过程中因性别、身世之对话而产生极佳的接受效果，进而渐次经典化，成为千年来一直传颂不衰的文学经典。

《雁门太守行》

黑云压城城欲摧，甲光向日金鳞开。

角声满天秋色里，塞上燕脂凝夜紫。

半卷红旗临易水，霜重鼓寒声不起。

报君黄金台上意，提携玉龙为君死。

　　《雁门太守行》是唐代诗人李贺创作的一首拟乐府诗。《雁门太守行》系乐府旧题，汉乐府《相和歌·瑟歌》三十八曲之一。早期的古辞讲述洛阳令王涣少好任侠，后因折节读书而博学的过程。直到梁简文帝萧纲才开始叙述边地征战之事。

　　关于这首诗的写作时间主要有三种说法：

　　一是元和二年（807）前后。刘衍认为是元和二年前作；[①] 闵泽平认为是元和二年秋；[②] 刘学锴结合李贺干谒韩愈一事，认为这首诗作于元和三年（808）之前。

　　二是元和四年（809）。吴企明结合成德节度使王士真死后其子王承宗自立为留后一事，认为这首诗描写的是："叛军围城、守军固守待援的战事，当在元和四年秋冬。这是唐王朝正义之师在易定地区所进行的一场平叛战争，李贺时在长安，闻知事变后，赋本诗，歌颂平叛战争中

---

① 刘衍：《李贺诗校笺证异》，湖南出版社，1990，第20页。
② 闵泽平：《李贺诗全集》，崇文书局，2015，第16页。

英勇赴国难的将士们。"①后进一步论证，认为当在元和四年冬。②

三是元和九年（814）。姚文燮认为诗作于元和九年冬，李贺为讨振武军作。

李贺以此诗干谒国子博士韩愈。据张固《幽闲鼓吹》："（李贺）以歌诗谒韩吏部，时吏部为国子博士分司，送客归，极困，门人呈卷，解带旋读之。首篇《雁门太守行》曰：'黑云压城城欲摧，甲光向日金鳞开。'却援带命邀之。"王谠《唐语林》云："李贺以歌诗谒韩愈，愈时为国子博士分司，送客归，极困。门人呈卷，解带，旋读之。首篇《雁门太守行》云：'黑云压城城欲摧，甲光向日金鳞开。'却缓带，命迎之。"王定保《唐摭言》及《太平广记》所记与之相差无多。

关于这首诗的主要内容，学术界尚有争议。诗作第二句就有异文，"甲光向日金鳞开"《乐府诗集》作"甲光向月金鳞开"。王得臣、范梈、曾益、姚文燮、沈德潜均以"日"解诗，王琦则以"月"解诗。沈德潜评"黑云"两句："阴云蔽天，忽露赤日，实有此景。字字锤炼而成，昌谷集中独推老成之作。"吴企明《李长吉歌诗编年笺注》即采用后者。清人王琦认为："此篇盖咏中夜出兵，乘间捣敌之事。"而"寒云浓密"中"至云开处逗漏月光，与月光相射，有似金鳞。此言初出兵之时，语气甚雄壮。'角色满天'，写军中之所闻；'塞上胭脂'，写军中之所见。'半卷红旗'，见轻兵夜进之捷。'霜重鼓寒'写冒寒将战之景，末复设为誓死之词，以报君上恩礼之隆，所以明封疆臣子之志也"（《李长吉歌诗》）。叶葱奇《李贺诗集疏注》云："首二句说黑云高压城上，城象立刻就要摧毁一般；云隙中射出的日光，照在战士

① 吴企明编选《李贺集》，凤凰出版社，2014，第47页。
② 吴企明：《李长吉歌诗编年笺注》，中华书局，2012，第121页。

们的盔甲上，闪现出一片金鳞，这是描绘敌兵压境、危城将破的情景。三四两句中，'角声满天'，是说日间的鏖战；'燕脂夜紫'，是说战血夜凝，是描写激战后退去的光景。五六两句是形容撤退时，军旗半卷，鼓声不扬。结尾两句是表明寸土必争、奋死抗敌，以尽忠报国之意。"① 马茂元、赵昌平的观点与众不同，认为："描写一位激昂慷慨，逆境奋战，誓死疆场的英雄。诗以热烈的礼赞和深沉追念的心情，塑造出十分具体而动人的人物形象。……末二语以'报君黄金台上意'作结，正反映作者幻想投笔从戎，建功立业，但又得不到统治者赏识的'英雄无主'的悲哀。由于他把见危授命、临难捐躯的义勇行为，归之于个人的感恩图报，从而削弱了作品的思想意义。"② 刘衍认为："首两句写敌军临境，战士迎敌；三四句言白天至夜晚战斗悲壮激烈；五六句写援军寒夜进军；七八句写战士誓死报国。"③ 吴企明与刘衍的观点接近，认为首句写叛军攻城，次句则写守城将士严阵以待；三四句写战斗激烈的氛围；五六句写援军冒着严寒、星夜行军的情景；最后两句写战士慷慨赴难的决心和誓死报国的精神。④

朱世英接踵杨慎、杜诏等前贤的观点，进而认为："从有关《雁门太守行》这首诗的一些传说和材料记载推测，可能是写平定藩镇叛乱的战争。"⑤ 朱氏鉴赏文字的开篇列出李光颜率部于元和四年、元和九年平叛藩镇的事例，与李贺的创作时间不符。朱世英解读中提出："诗共八句，前四句写日落前的情景。首句既是写景，也是写事，成功地渲染

① 叶葱奇：《李贺诗集疏注》，人民文学出版社，1959，第 26 页。
② 马茂元、赵昌平选注《唐诗三百首新编》，商务印书馆，2020，第 328 页。
③ 刘衍：《李贺诗校笺证异》，湖南出版社，1990，第 22 页。
④ 吴企明选编《李贺集》，凤凰出版社，2014，第 47-48 页。
⑤ 俞平伯等编《唐诗鉴赏辞典》，上海辞书出版社，2004，第 1085 页。

了敌军兵临城下的紧张气氛和危急形势。次句写城中的守军，以与城外的敌军相对比。三四句分别从听觉和视觉两方面铺写阴寒惨切的战地气氛。后四句写驰援部队的活动。"刘学锴不同意这种观点，认为："概括地说，应该是写一次虚拟想象中的讨伐河北藩镇的出征情景，时间是从傍晚到次日黎明前。"①

刘学锴认为："开头两句，写出征将士集结城下待发。"而"孤立地抽出这一句，也许可以理解为强敌压境，危城将破。但联系全诗，则明显可见这种理解与实际不符，因为下面并没有接着写敌我双方在城下惨烈的战斗"。"第二句则将画面由黑云低压的城头移向列阵整装待发的战士。""三四句写行军途中的情景，上句写所闻，下句写所见。""上句境界开阔，声调高亢；下句色彩浓烈，情感凝重，表现的也正是出征将士复杂的情感心绪。"②

霍松林梳理创作背景后，认为："但李贺的这首诗，显然不是任何一次战役的简单模写，而是在提炼素材的基础上通过艺术想象创造的一种杀敌报国、浴血奋战的典型情境。"具体解读中认为："一二两句写围城与反围城的战斗，构成一个完整的意义单位。以下六句写乘胜追杀，直至兵临易水，誓与敌军决一死战，又是一个完整的意义单位。"就艺术独创性而言，认为："意象新奇，色彩浓艳，想象力丰富，是李贺诗歌的突出特点。"这首诗"几乎每一句都构成一个鲜明而新奇的意象；每一个意象，又都是从自然、人事的不同方面筛选有特征性的景物、事物融炼而成的。……在这里炼字、炼句、炼意所起的作用很值得

---

① 刘学锴：《唐诗选注评鉴》，安徽师范大学出版社，2020，第 2143 页。
② 同上书，第 2144 页。

重视"①。与霍松林的观点相近，刘学锴认为诗作并非实写，而是根据现实处境进行的艺术想象和文学虚构，全诗"首尾呼应，从天上到地下，从周围的空气、气温到声音、色彩，处处充满浓烈的气氛……尽管诗中色彩繁富浓烈，用语峭奇瘦硬，但给人的整体印象却是阴暗、低沉、惨淡中透出悲壮、刚烈，这种阴刚式的美感，正是李贺所独具的"②。

总体来说，学者们观点一致的地方是：这首诗描写了一次平叛战事。因"日""月"之别，加上阅读感受的差异，至于是从傍晚到黑夜，还是从白天到夜晚，则见仁见智。诗作前两句渲染出征的氛围，三四句写行军的所见所闻，五六句叙述出征部队到达作战前线的情状，最后两句则仍然就近取景，表达战士慷慨出征，愿报君恩、战斗到底的决心。一场塞上战事终于就要开始了。易水当指河北藩镇所在区域，黎明时分，红旗与浓霜的对比渲染了大战在即的氛围。诗人善于使用比喻、借代等修辞手法，引用《易水歌》烘托场面的悲壮，以霜重鼓寒映衬，最后一句拈出燕昭王重金招士的典故以提振士气。诗人善于因抒发情感基调着墨设色以营造悲壮的氛围，金色、紫色、胭脂色、红色、白色、黄色，次第排出，整首诗遣词造句求新求奇，构成一幅以战事书写为中心多彩交织的叙事图景。如沈德潜论李贺"依约《楚辞》，而意取幽奥，辞取环奇"（《唐诗别裁集》卷八）。叶葱奇亦认为此诗"意境非常苍凉，语气非常悲壮，很像屈原《九歌》中的《国殇》。杜牧说贺诗是'骚之苗裔'，所见甚确。集中像这一类的诗实在都是胎息《楚辞》，而很能得其神理的"③。

---

① 霍松林：《从〈雁门太守行〉看李贺诗的艺术创造性》，载《霍松林选集·论文集》，陕西师范大学出版总社有限公司，2010，第402–410页。

② 刘学锴：《唐诗选注评鉴》，安徽师范大学出版社，2020，第2146–2147页。

③ 叶葱奇：《李贺诗集疏注》，人民文学出版社，1959，第26页。

《金铜仙人辞汉歌》

李贺受六朝乐府的影响，他的歌诗文本出现了诸多的六朝人物。这些六朝人物出现在李贺的作品中，不仅仅是用事而已，而且成为书写主题。与李白、杜甫等人不同，李贺以丰富的联想和想象力重在捕捉人物心事，从中见出自己的情感体验。这其中值得注意的就是"角色诗"。何谓"角色诗"？按照蒋寅的理解，角色诗是"专以描摹口吻为工的各种拟代依托之作"，"一首抒情诗的抒情主体'我'可能不是作者本人而是一个虚构的人物。在这种情况下，作者可以说是在扮演一个角色，是在替角色抒情。"①

据杜牧《李贺集序》："贺能探寻前事，所以深叹恨今古未尝经道者，如《金铜仙人辞汉歌》《补梁庾肩吾宫体谣》，求取情状，离绝远去笔墨畦径，间亦殊不能知之。"这是关于李贺诗作的最早评价，述及"探寻前事"提及的诗作有两篇——《金铜仙人辞汉歌》《还自会稽歌》。这两首诗均可称为角色诗。此外，《追和柳恽》《苏小小墓》亦是写六朝人事的角色诗。角色诗的题材比较广泛，有拟古或为古人代言的，也有就当下人事而言的。在李贺的笔下，则是以拟古为主，所写的多是六朝故事，代言的则有人有物，不限于写人一端也。

代物言情的代表作就是《金铜仙人辞汉歌》。关于诗歌的创作时间，刘学锴采纳了朱自清的系年，取元和七年（812）李贺因病辞奉礼郎

---

① 蒋寅：《古典诗学的现代诠释》，中华书局，2003，第161页。

归昌谷时。[①]吴企明认为作于长安任职三年内。[②]到底哪个时间更符合长吉心事呢?

诗云:"茂陵刘郎秋风客,夜闻马嘶晓无迹。画栏桂树悬秋香,三十六宫土花碧。魏官牵车指千里,东关酸风射眸子。空将汉月出宫门,忆君清泪如铅水。衰兰送客咸阳道,天若有情天亦老。携盘独出月荒凉,渭城已远波声小。"诗前有序,云:"魏明帝青龙元年八月,诏宫官牵车西取汉孝武捧露盘仙人,欲立致前殿。宫官既拆盘,仙人临载,乃潸然泪下。唐诸王孙李长吉遂作《金铜仙人辞汉歌》。"据《三国志·魏书》:"徙长安铜人承露盘之类于洛,铜人重不可致,留于灞城。"本是一件寻常事,江山已改,自然有变。任昉《述异记》则增加了人性化因素,云:"魏明帝取汉武帝捧露盘仙人,即拆盘,临行泣下。"伤心者自有怀抱,长吉因史事作歌,营构想象之空间为铜人代言,当有言外之意。

李贺《金铜仙人辞汉歌》是一篇名作。刘辰翁评曰:"此意思非长吉不能赋,古今无此神妙。神凝意黯,不觉铜仙能言。奇事奇语,不在言。读至'三十六宫土花碧',铜人泪堕已信。末后三句可为断肠。后来作者,无此沉著,亦不忍直言其妙。"(《吴刘笺注评点李长吉歌诗》卷二)这首诗通过金铜仙人辞汉故事写汉武帝祈求长生的虚妄,借以表达一种关乎国家命运的隐忧,又蕴含自伤身世之感。全诗构思神妙,取材新颖,想象奇特,语言全篇采取拟人化手法,以金铜仙人为陈述主体展开铺叙。前四句、后四句用韵,形成歌诗的整体感。诗作前四句写汉宫荒废后的秋季景象,后八句写离开汉宫的历程。刘学锴认为前

---

① 刘学锴:《唐诗选注评鉴》,安徽师范大学出版社,2020,第 2172 页。

② 吴企明:《李长吉歌诗编年笺注》,中华书局,2012,第 166 页。

两句"写汉武帝的幽灵夜间在汉宫出没","茂陵"是汉武帝的陵墓，"刘郎"乃是戏称，或是唐代对刘姓士人的通称，"秋风客"乃是因为汉武帝有《秋风辞》。"茂陵刘郎秋风客"一句，三词指向一人，堪称奇句。三四句写汉宫无主的荒凉景象，画栏旁，桂花开，宫门开，苔藓生。魏官来搬运了，新址在千里之外。要出东门，秋风刺眼，回想汉月照在宫中，铜人被拆卸下来之际流下清泪。清人王琦分析此两句写出金桐汉人的寂寞孤独和蕴含的易代之悲。后四句写上车行路的情景，咸阳道上秋兰遍布，草木有情到天若有情，升华为"天亦老"的慨叹。这是一次情感迸发，而后回到铜人身上，离开长安渐去渐远，第二次写到月亮，烘托"携盘独出"的荒凉景象，"渭城已远"既是空间距离，又是以《渭城曲》写离别意；更妙的是以诉之听觉的"波声小"印证"渭城已远"，绵长的情感体验呼之欲出，极具余音袅袅的韵味。史承豫评曰："结得渺然无际，令人神会于笔墨之外。"铜人离开居于都城中心的旧地不知飘向何方，无处安顿自己，故而长吉因史事进入想象之空间，似乎完成了自我与铜人的角色转换，设身处地地完成了一次文化记忆中的伤别离。故而此诗当作于因病辞奉礼郎归昌谷时，现实处境与历史图景的交融中别有心绪在焉。

历代论者颇为称许"天若有情天亦老"一句，如司马光曰："李长吉歌'天若有情天亦老'，人以为奇绝无对，曼卿对'月如无恨月长圆'，人以为无敌。"（《温公续诗话》）这是因"爱"而对句。黄周星曰："'天亦'句老天有情，亦当潸然泪下，何但铜人。"（《唐诗快》）这乃是因钟情而赏析。钟惺曰："'天若有情天亦老'，词家妙语。"（《唐诗归》卷三十一）沈德潜曰："'天若有情天亦老'，奇句。"（《唐诗别裁集》）这是因锤炼而称之。秦少游《水龙吟》化之入词，贺铸《小梅花》亦取原句，毛泽东《人民解放军占领南京》则有"天若有情天亦老，人间正道是沧桑"，这是因爱而夺之，采撷过来用以翻出新意。方世举则称许"渭城已远波声小"一句，以"仙笔"誉之，这是"天若有情"在地上的反馈，景语中遍布情语，读来既觉时间在流逝，又觉空间在延伸，当此际，必要告别旧日常见的星辰大海，却也若即若离。

这首诗以奇思妙想营造叙事情境，书写易代之悲，在唐代咏史题材诗作中别具一格。诗人因代物而入境，穿越时空，史事、诗才融入细致入微的体验中，以铜人自喻，敏感心理与主观感受相互融合，抒情如作画，情感随画境铺展，画中之情绵延不绝，六朝旧事栩栩如生。《金铜仙人辞汉歌》乃李贺不可多得的代表作之一。

《李凭箜篌引》

吴丝蜀桐张高秋，空山凝云颓不流。

江娥啼竹素女愁，李凭中国弹箜篌。

昆山玉碎凤凰叫，芙蓉泣露香兰笑。

十二门前融冷光，二十三丝动紫皇。

女娲炼石补天处，石破天惊逗秋雨。

梦入神山教神妪，老鱼跳波瘦蛟舞。

吴质不眠倚桂树，露脚斜飞湿寒兔。

这是诗人李贺创作的一首音乐诗，作于任职奉礼郎期间。朱世英认为："此诗大约作于元和六年（811）至元和八年，当时，李贺在京城长安，任奉礼郎。"[1] 吴企明认为："此诗当是李贺在长安三年作，当时他在太常寺任职，有机会听到李凭演奏，故作本诗。"[2] 刘学锴认为："诗约作于元和五年（810）秋诗人在长安任太常寺奉礼郎时。"[3] 张立敏认为："诗歌作于元和五年至八年（810—813），李贺在长安奉礼郎任上。"[4] 陈允吉、吴海勇认为："本篇诗人在长安任奉礼郎期间，时当元

---

[1] 俞平伯等编《唐诗鉴赏辞典》，上海辞书出版社，2013，第1080页。
[2] 吴企明：《李长吉歌诗编年笺注》，中华书局，2012，第336页。
[3] 刘学锴：《唐诗选注评鉴》，安徽师范大学出版社，2020，第2129页。
[4] 张立敏校注《李贺诗集》，中州古籍出版社，2011，第21页。

和六年或七年深秋的一个晚上。"①（按：据吴企明《李贺年谱新编》，则李贺任奉礼郎是在元和五年五月，元和七年暮春，因病辞官，归昌谷。则此诗大约作于元和五年至元和七年之间，刘学锴的系年亦在可取的范围。）

这首诗常常被放在唐人音乐主题的诗作中加以比较。方世举认为："白香山江上琵琶，韩退之颖师琴，李长吉李凭箜篌，皆摹写声音至文，韩足以惊天，李足以泣鬼，白足以移人。"②黄周星《唐诗快》则突出李贺的想象力，认为："本咏箜篌耳，忽然说到女娲、神姬，惊天入月，变眩百怪，不可方物，真是鬼神于文。"无名氏云："由箜篌轻轻掣起，淡淡写落，跌出李凭，顺手摹神，何等气足。一结正饵蕴藉无限。"如此高的评价，恰恰展现出李贺营造意境的创造力。

李凭是梨园弟子，御前乐师，杨巨源有《听李凭弹箜篌歌》，诗云："听奏繁弦玉殿清，风传曲度禁林明。君王听乐梨园暖，翻到云门第几声。花咽娇莺玉漱泉，名高半在御筵前。汉王欲助人间乐，从遣新声坠九天。"顾况有《李供奉弹箜篌歌》，诗云："国府乐手弹箜篌，赤黄绦索金锴头。早晨有敕鸳鸯殿，夜静遂歌明月楼。起坐可怜能抱撮，大指调弦中指拨。腕头花落舞制裂，手下鸟惊飞拨剌。珊瑚席，一声一声鸣锡锡；罗绮屏，一弦一弦如撼铃。急弹好，迟亦好；宜远听，宜近听。左手低，右手举，易调移音天赐与。大弦似秋雁，联联度陇关；小弦似春燕，喃喃向人语。手头疾，腕头软，来来去去如风卷。声清泠泠鸣索索，垂珠碎玉空中落。美女争窥玳瑁帘，圣人卷上真珠箔。大弦长，小弦短，小弦紧快大弦缓。初调锵锵似鸳鸯水上弄新声，入深

---

① 陈允吉、吴海勇：《李贺诗选评》，上海古籍出版社，2011，第138页。
② 吴企明：《李长吉歌诗编年笺注》，中华书局，2012，第336页。

似太清仙鹤游秘馆。李供奉，仪容质，身才稍稍六尺一。在外不曾辄教人，内里声声不遣出。指剥葱，腕削玉，饶盐饶酱五味足。弄调人间不识名，弹尽天下崛奇曲。胡曲汉曲声皆好，弹著曲髓曲肝脑。往往从空入户来，瞥瞥随风落春草。草头只觉风吹入，风来草即随风立。草亦不知风到来，风亦不知声缓急。爇玉烛，点银灯；光照手，实可憎。只照箜篌弦上手，不照箜篌声里能。驰凤阙，拜鸾殿，天子一日一回见。王侯将相立马迎，巧声一日一回变。实可重，不惜千金买一弄。银器胡瓶马上驮，瑞锦轻罗满车送。此州好手非一国，一国东西尽南北。除却天上化下来，若向人间实难得。"

李贺诗的前四句写高秋之时李凭在京城弹箜篌，声音激越，响遏行云，江娥、素女为之悲戚；接着昆山玉碎、凤凰叫、芙蓉泣露、香兰笑，四个意象之动态构成箜篌的音色婉转，而后烘托艺术效果，京城的气候因之变暖，帝王听了为之动容而欣赏赞叹。引人入境之后，诗人极力渲染箜篌的艺术感染力，下笔突然改变节奏，化静为动，挥动彩笔转入神仙世界。女娲炼石补好的一角天空突然石破天惊，秋雨潇潇，一片苍茫；而后仿佛梦入仙山听李凭教神女弹奏，老鱼、瘦蛟随着音乐翩翩起舞。如此精妙的音乐真是惊天地而又泣鬼神呐。知音的吴质拖着孱弱多病的身躯听得陶醉入神，倚在桂树下彻夜不眠，月兔任凭露水打湿而浑然不觉。这美妙的音乐令整个世界为之倾倒啊！

箜篌有大箜篌、小箜篌，横箜篌、竖箜篌等，王琦从"二十三丝"推断李凭所弹是竖箜篌。王琦侧重分析诗作与音乐的关系，云："当是初弹之时，凝云满空；继之而秋雨骤作；泊乎曲终声歇，则露气已下，皓月在天，皆一时之实景也。"而一旦融入了李贺的联想和想象则"似景似情，似虚似实"。吴正子则认为弹箜篌常常意有所指，曹植《箜篌引》言但存交情及时行乐，李白《箜篌引》叹交道衰薄，而李贺"始终但咏箜篌之音耳"。姚文燮认为李贺借此自伤不遇，陈允吉则认为诗中"吴质不眠倚桂树"以多病且知音者吴质自比，有叹多病无知音者也。总之，诸家各有各的理解，均从身世之感入手去探寻长吉的心灵世界。

倾听音乐，往往产生共鸣。诗人运用多种艺术表现手法，拟物、通感、比喻中展示密集的意象，情景交融，虚实结合，描写演奏效果或动或静均以乐声为引领。而入乐的过程也是情感流动的过程，写罢《李凭箜篌引》，李贺也就完成了一次情感的洗礼。神话传说入乐既为音乐找到了发挥想象的叙事空间，也令阅读者进入一个具有节奏感的抒情空间。诗人用富有跳跃性的思维将诸多物象以奇思妙想串联起来，旨在叙述李凭弹箜篌的感人魅力，也把自我的一部分呈现出来。一曲听罢，仍有神话介入而生成的境外之境向诗人内心深处延伸。

《韩碑》

元和天子神武姿，彼何人哉轩与羲。

誓将上雪列圣耻，坐法宫中朝四夷。

淮西有贼五十载，封狼生貙貙生罴。

不据山河据平地，长戈利矛日可麾。

帝得圣相相曰度，贼斫不死神扶持。

腰悬相印作都统，阴风惨澹天王旗。

愬武古通作牙爪，仪曹外郎载笔随。

行军司马智且勇，十四万众犹虎貔。

入蔡缚贼献太庙，功无与让恩不訾。

帝曰汝度功第一，汝从事愈宜为辞。

愈拜稽首蹈且舞，金石刻画臣能为。

古者世称大手笔，此事不系于职司。

当仁自古有不让，言讫屡颔天子颐。

公退斋戒坐小阁，濡染大笔何淋漓。

点窜《尧典》《舜典》字，涂改《清庙》《生民》诗。

文成破体书在纸，清晨再拜铺丹墀。

表曰臣愈昧死上，咏神圣功书之碑。

碑高三丈字如斗，负以灵鳌蟠以螭。

句奇语重喻者少，谗之天子言其私。

长绳百尺拽碑倒，粗砂大石相磨治。

公之斯文若元气，先时已入人肝脾。

汤盘孔鼎有述作，今无其器存其辞。

呜呼圣王及圣相，相与烜赫流淳熙。

公之斯文不示后，曷与三五相攀追。

愿书万本诵万遍，口角流沫右手胝。

传之七十有二代，以为封禅玉检明堂基。

　　《韩碑》与平淮西战事之间隔着两篇《平淮西碑》。唐宪宗元和十二年（817）十月，宰相裴度统军讨平淮西吴元济。平淮西战事结束，宪宗下诏让曾担任行军司马的韩愈撰《平淮西碑》，核心要义在于以国家中心观突出君相合一而取得胜利。可是，有人认为韩愈将战事之胜利归功于裴度，并未突出李愬之功。因此"谗之天子"，经过一番争斗，宪宗下令磨碑，又令翰林学士段文昌重新撰写碑文勒石，其中因由或与藩镇再起有关。先后两篇《平淮西碑》，一散一骈，一出自战地见证者，一出自职司学士官。在中国文学史上，韩、段二碑并立其中，均堪称经典，而两《碑》之优劣则成为一桩文学公案。正是涉及这桩公案，李商隐《韩碑》一经问世，便引出千载以来的大量评议。据苏轼转述，宋人有诗云："淮西功业冠吾唐，吏部文章日月光。千载断碑人脍炙，不知世有段文昌。"陈寅恪亦曾以此事相比。

　　《韩碑》重新讲平淮西故事，也是关于一个文学事件的文艺评价。这首诗的写作时间难以详考，按照刘学锴先生的意见，最早也应在开成四年（839）裴度卒后。黄世中则认为当作于大中二年（848）返京后。

《韩碑》叙议结合，叙中有论，而论从事出。从叙事的角度看，《韩碑》主要叙述了两个密切关连的事件：一是宪宗主导下裴度统军讨平淮西藩镇，一是韩愈奉命撰写《平淮西碑》，而后者引发推碑重撰的余响。平淮西战事是中唐削藩的关键之战，也是"元和中兴"局面形成的一个前提。中唐文人围绕"平淮西"的前前后后，创作了一批优秀的文学作品。而无论是当时还是此后，唐人关于推碑事件却极少提及。刘禹锡《刘宾客嘉话录》、罗隐《说石烈士》有所评议，只是围绕斯文斯事之片断而已。李商隐《韩碑》则重塑关于平淮西的历史记忆和文化记忆，通篇之中态度鲜明，围绕如何理解韩愈《平淮西碑》而立论，实际上是一个人的文本阐释史。

因文成诗，以诗论文，《韩碑》是在讲故事的过程中抛出所持的崇韩观点。《韩碑》层次分明而笔力雄健，以论举事而叙事有度。诗作首尾呼应，诗的开头一段八句，叙平叛战争的缘起；最后一段乃是基于政治立场对"韩碑"的肯定性评价，可见两个事件均围绕平淮西而展开，前奏与后响互相照应。整首诗可分为三个部分，第一部分共十八句，写历史记忆，叙述宪宗主导平淮西之过程，可分为两层：第一层述宪宗平淮西之决心，第二层述裴度按照圣意平淮西之过程。第二部分共十八句，写文学记忆，论功成而撰碑之过程，亦分两层：第一层宪宗认定裴度功绩而令韩愈撰碑，第二层叙述韩愈撰碑之过程。第三部分写政治事件和文学事件，共十六句，叙述推碑之事与评碑之论，仍分两层：第一层述推碑之事及文字传播之现状，第二层论"韩碑"之价值和意义。就篇幅分配而言，《韩碑》关于平淮西战事及其缘起的叙述占三分之一，在平淮西战事前前后后的叙事中含有自家观点，义山对"韩碑"的推崇正因退之遵从圣意撰碑。元和天子有决断，宰相裴度能执行，行军司马在其中，决策者、统帅者、记录者均在叙事中占有一席之地。

第一部分叙述平淮西之过程。历代阐释者主要围绕战功说话，《韩碑》前十二句各以四句形容，"元和天子"唐宪宗、淮西藩镇、裴度各占四句。再以四句形容王师，用"入蔡缚贼献太庙，功无与让恩不訾"收束战事。因为聚焦点在"韩碑"，故而全诗以"碑"写人，奠定主基调，即以国家中心观统领全篇，故而并无关于战事过程的场面描写。第一层从宪宗写起，突出中央决策的重要性。诗一开头，起势高，用笔健，大笔渲染宪宗的"神武"和平叛的决心，显示出一种堂堂正正之气。以"誓将上雪列圣耻"一句，将平叛战争与安史之乱以来藩镇跋扈、国家多难的历史并置起来，更显出它关系到国家的中兴事业，是高占地步之笔。接下来掉笔写淮西镇长期对抗朝廷，有意突出其嚣张气焰，以反衬裴度讨平淮西之功的非同寻常。正如纪昀所评："笔笔挺拔，步步顿挫，不肯作一流易语。……入手八句，句句争先，非寻常铺叙之法。"第二层则从裴度写起，突出执行决策的开花结果。开头四句与开篇同，以"元和天子"之身份开篇，以宪宗之肯定宰相裴度引出，揭示"上雪列圣耻"的关键处正在于"得圣相"。"帝得圣相相曰度，贼斫不死神扶持。"借助带出前事烘托藩镇的嚣张与裴度的坚决，以武元衡、裴度遇刺事件而衬托平藩镇的决心。而后直入本题，叙述出征盛况。以四句写裴度，四句写部队，两句写胜利。叙出征，义山仿长吉"黑云压城城欲摧"而仅用"阴风惨澹天王旗"一句点染气氛，为出师渲染了悲壮色调。"愬武"四句，从麾下诸将谋士一直叙到十四万兵甲，以突出阵容强大而实力雄厚，其中"行军司马"单写韩愈，既突出文武双全，又为下文奉命撰碑伏笔。随之忽略战事之过程，仅以"入蔡缚贼"四字一笔带过，突出"献太庙"以"上雪列圣耻"。整个内容，详略有取舍，主题极鲜明，围绕君相一心下笔，意到笔随，完成叙事之进程。这一部分可以看作是李商隐关于平淮西的概括，也可以看作是对韩愈《平淮西碑》叙事内容的简要概括。

第二部分叙述受命及撰碑、进碑而后立碑的过程。这是全诗的核心部分，也是最为生动的叙事内容。起笔"帝曰"二句，以帝意命笔，为"韩碑"定调。如何焯所言："提明晋公功第一，以明其辞之非私也。"从平淮西战事结束自然过渡到撰碑勒石，义山以形象的语言书写奉命撰碑的过程。如刘学锴所言："特用详笔铺叙渲染。不但写宪宗的明确指示，韩愈的当仁不让，勇于破格承担撰碑任务，且连宪宗的颔首称许、韩愈的稽首拜舞也一齐写出，令人宛见当日彤庭隆重热烈气氛。以极恣肆的笔墨写极隆重的场面，别具奇趣。"[1] 受命之后，又用详笔铺叙撰碑、进碑、树碑的情景。"点窜"二句，用奇警的语言道出"韩碑"高古典重的风格，这种风格源于《史记》。"句奇语重"四字，言简意赅，且准确到位。"喻者少"，意味着领会"韩碑"用意之不易。"韩碑"被推的原因有多种说法，核心要义在于认为战事之胜利被归功裴度，"韩碑"并未突出李愬之功。《旧唐书》韩愈传云："愬妻出入禁中，因诉碑文不实，诏令磨愈文。宪宗命翰林学士段文昌重撰文勒石。"丁用晦《芝田录》载有老卒推倒"淮西碑"之说。罗隐《说石烈士》则直接演绎出李愬平淮西的手下兵卒石孝忠推碑的故事。葛立方《韵语阳秋》云："碑成，李愬之子乃谓没父之功，讼之于朝。宪宗使段文昌别作。"据王楙《野客丛书》卷二十七："《唐史》与《三说》皆谓，退之'淮西碑'多归裴度功，李愬妻唐安公主不平，诉之于帝，谓愈文不实，遂斫其碑，更命段文昌为之。"黄楼则对此多有辨析，认为："韩

---

[1] 刘学锴：《唐诗选注评鉴》，安徽师范大学出版社，2020，第 2720 页。

碑被废时淄青平叛的战争正在紧要关头，裴度的地位并没有受到动摇。对韩碑论功最为不满，要求重撰呼声最高的为李愬、李光颜等军事将领，即使宪宗十分欣赏韩碑，如果韩碑影响到削藩这一基本国策，宪宗也会毫不犹豫地将之罢弃的。"① 如此看来，"韩碑"撰成之际，存在朝廷制约李愬的态势，而后来形势有变，征讨李师道在即，李愬借机发力导致推倒重撰，宪宗不得已而应之。我们也就能理解为何李商隐《韩碑》仅仅叙述到"韩碑"推倒就戛然而止，只字未提段文昌重撰《平淮西碑》之事了。

第三部分结合推碑事件阐述《平淮西碑》的不朽价值。义山写推碑，言"谗之天子"，直指事实。碑成勒石竖立，后有人诉碑文不实，一说是李愬之妻唐安公主，一说李愬之子，一说石烈士推之。唐人笔记中有老卒推碑的说法，罗隐《说石烈士》讲述李愬手下老卒石孝忠推碑之事，颇具传奇色彩。"韩碑"虽推而早已传布开来，故而言"公之斯文若元气，先时已入人肝脾"，碑文已深入人心，即令磨去，影响仍在。一句"濡染大笔何淋漓"便可定论。纪昀认为："'公之斯文'四句，支拄全篇。凡大篇有精神固结之处，方不散缓。"这是对第二部分精心撰著铺叙的论述，又为最后一层的大发议论起到了导引作用。在作者看来，《平淮西碑》乃是记述统一大业的大手笔，大气磅礴，兴会淋漓，特具笼罩一切的气势。葛立方《韵语阳秋》云："裴度平淮西，绝世之功也；韩愈《平淮西碑》，绝世之文也。非度之功，不足以当愈之文；非愈之文，不足以发度之功。"最后以"传之七十有三代，以为封禅玉检明堂基"来进一步强化"韩碑"的示范意义，起笔与落笔相合，如纪昀所评："有此起，合有此结，章法乃称。"

---

① 黄楼：《碑志与唐代政治史论稿》，科学出版社，2017，第87页。

　　李商隐在重叙平淮西战事的过程中确立了国家中心观，并以此肯定"韩碑"的价值。这首诗可以说是在讲述唐朝的中国故事，体现出的是国家中心观。与白居易的《长恨歌》《琵琶行》这类"叙情长篇"不同，《韩碑》侧重叙议结合，在叙事中突出主题，完成抒情性议论的基本叙事架构。自历史记忆至文化记忆，再到政治公案与文学公案交融的文学评判，条理清晰而用语奇崛。如刘学锴所论："这首诗既保持和发扬了不入律的七古笔力雄健、气象峥嵘的长处，又汲取了韩诗以文为诗，多用赋法的经验，而避免了韩诗过分追求奇崛险怪的弊病，形成一种既具健举峭拔气势，又能步骤井然地叙事的体制。"[①]这种体制自然受到韩愈的影响，评家认为或受到《石鼓歌》的启发，或受到韩愈碑文的启发。贺裳认为"仿佛《石鼓歌》气概"（《载酒园诗话》），张文荪则认为"此篇即本碑体成诗"（《唐贤清雅集》），朱彝尊则直接论定"此诗学韩文，非学韩诗也，识者辨之"。不过，诗家效仿的过程中往往有自家气韵，屈复评曰："生硬中饶有古意，甚似昌黎，而清新过之。"如同义山仿长吉，鬼气似之而情韵胜之。尽管"咏韩诗便似韩笔"（宋宗元《网师园唐诗笺》），但诗家刻意模仿前辈大家，要进得去亦要出得来，终须有自家特质蕴于其中。基于此，义山仿退之以文为诗，所追求的却仍是诗情诗意，所谓以如椽大笔入淋漓之境也，如谭元春所云："文章语作诗，毕竟要看来是诗，不是文章。"（《唐诗归》）所强调的采撷文法入诗而不失诗境。田雯则自此更进一步，云："李商隐《韩碑》一首，媲杜凌韩，音节节奏之妙，令人含咀无尽。每怪义山用事隐僻，而此诗又另辟一境，诗人莫测如此。"（《古欢堂杂著》）这首七言古诗在艺术表现力上极有特色。沈德潜《唐诗别裁集》

---

　　① 刘学锴：《唐诗选注评鉴》，安徽师范大学出版社，2020，第 2721 页。

评曰："晚唐人古诗秾鲜柔媚，近诗余矣。即义山七古亦以辞胜。此篇意则正正堂堂，辞则鹰扬凤翔，在尔时如景星庆云，偶而一现。"如沈氏所论，《韩碑》在晚唐七言古诗中具有代表性，这是当时多数评家的看法。《韩碑》一诗在义山诗作中独树一帜，算是个异数，与深情绵邈相较而言，呈现出元气淋漓之气象。主要原因在于：一是此诗所写的是时代的大主题，关乎国家命运；二是义山有意写韩而效韩，故而选择七言古体完成叙议目标。如此看来，李商隐的诗作风貌亦是多种面目，有基于抒情主体特色的深情绵邈，亦有接受视野中独创的劲健奇崛，我们想要读懂李商隐，对于这类"另辟一境"的诗作切不可等闲视之。

《韩碑》是一首咏史诗，也是一首论"文"诗，还是一首政治诗。这首诗是在叙事、议论结合中突出韩愈《平淮西碑》的文学价值。以对话口语入诗见其重日常生活，以史笔叙事为诗见其师法史传传统，以议论为诗见其重文法入诗，这三个方面相互融合，读罢觉得义山另有当下之深意。张晋《仿元遗山论诗绝句》云："雪岭松州句亦奇，义山獭祭未容嗤。后人只爱缘情作，谁解《韩碑》铸伟词。"其实，缘情亦可自叙事中展现出来，李商隐咏史诗有《隋宫》《马嵬驿》等重以缘情而缠绵悱恻的，亦有《韩碑》《筹笔驿》等"思往事"而大气包举的。细品《韩碑》，诗人叙述平淮西战事的文字中一再强调宪宗的英武决断能力，叙述裴度的统帅之功。贤相辅佐明君，君令相从，功成碑立，国家得以走向统一，这是李商隐叙事中提炼出的结论。多数评家认为或与李德裕相关，李德裕平泽潞之战与平淮西极其相似，李商隐认为当居第一功，而其人后遭贬斥，故而义山寓感慨于旧事之中。因当下处境而入旧事寻绎，李商隐借《平淮西碑》带来的政事与文学的关联性表达出了自己的评价立场。

　　读罢《韩碑》，还有一些值得思考的。其实，与那些深情绵邈的爱情诗相比，李商隐讲的故事并不生动，何以如此钟情于这一事件？关心国事，崇尚韩文，还是另有深意？主要在两个方面：一方面是因为心中充满对当下的忧思，所以主要写的是结果，突出的是中央决策的重要性和主要人物的贡献，忽略的恰恰是那些有故事的细节，而"韩碑"与"段碑"的区别正在于此。另一个方面则在于所讲的是经国之大事，处理大主题和处理个人的私生活是不一样的，爱得死去活来，用"蜡炬成灰泪始干"是可以的，也写到位了。平淮西则涉及国恨家仇，涉及国家决策层面，不可以肆意而为。平淮西的决策是宪宗同意的，选定韩愈撰碑是宪宗同意的，竖立"韩碑"是宪宗同意的，推倒"韩碑"是宪宗同意的，重选段文昌撰碑是宪宗同意的。这条流水线中五个环节是不能随口臧否或任意写来的。可以大写特写的是前三个方面，后两个方面中，第一个方面是可以有限定书写的，第二个方面则是需要尽可能回避的。可以大写特写的三个方面中，第一个方面最精彩的恰恰是李愬雪夜入蔡州，这是最难写的矛盾焦点，不好下笔，有争议的问题只好略过不言。推碑一事也是绝对不能臧否人物或刻意讽喻的，所以李商隐《韩碑》写得最精彩的就是韩愈撰碑的过程。至少在李商隐看来，一共就给他这么一个可以发挥的点，那就尽情发挥吧。发挥之后呢，只能极力称赏"韩碑"的政治价值和文学价值。

专题篇

放下笔，放下腰部传来的痛感
想把故事讲给你听，小精灵们啊
没有理会，匆匆关门走入向东的巷道

她们与阅读文本一起停泊在浅滩
雾起时，靠湖面的灯光辨别方向
我们行走在一条通向灯光的路上

你有你的，我有我的
世界，世界的尽头仍然有人等你
看船入海，看雾消散
看你归来，想把航海人的心事与你分享

古典与现代之间：采莲主题书写的审美意蕴

一部中国文学史，采莲主题从未断绝。自古典时期唱到现代，构成中华文明表达的诗化情感史。《采莲曲》是乐府旧题，从诗篇中描写采莲活动到成为独立的乐府诗题有一个形成的过程。早在《诗经》、楚辞部分篇章中就有关于采莲的情节描写了，如《招魂》中已有"《涉江》《采菱》，发扬荷些"之语。采莲本是女子从事农耕的活动，逐渐变成歌唱的内容，早期作者注重描画采莲的优美景观。而后因莲与"怜"谐音，诗人在写采莲的过程中会去捕捉镜头，侧重书写情爱场面的诸种图景。

汉乐府《江南》是现存最早专写采莲的民间诗章，诗云："江南可采莲，莲叶何田田。鱼戏莲叶间，鱼戏莲叶东，鱼戏莲叶西，鱼戏莲叶南，鱼戏莲叶北。"此诗始见于《宋书·乐志》，郭茂倩《乐府诗集》收入《相和歌辞·相和曲》，鱼游于莲叶周边的情景与小儿女的情爱游戏建立联系，诗作于采莲的旖旎风光中融入男女情爱活动。南朝民歌《西洲曲》中亦有一段以"采莲"为喻，写采莲女的思念之情。"开门郎不至，出门采红莲。采莲南塘秋，莲花过人头。低头弄莲子，莲子青如水。置莲怀袖中，莲心彻底红。"这里的"采莲"活动是整首诗的一个重要桥段，以一个象征性的动作，"莲花""莲子""莲心"三个意象从整体到部分层层深入，指向采莲过程中的情爱故事，接下来的相思之情就此延展开来。《乐府诗集》收录了大量的《读曲歌》，诗作亦写采莲。而将"采莲"书写命名为《采莲曲》则是在梁朝完成的。郭茂倩《乐府诗集》卷二十六《江南》解题云:"梁武帝作《江南弄》以代西洲曲,有《采莲》《采菱》,盖出于此。"梁武帝所作的《采莲曲》云:"游戏五湖采莲归,发花田叶芳袭衣。为君侬歌世所希。世所希,有如玉。江南弄,采莲曲。"《乐府诗集》卷五十所选梁武帝《江南弄》之《采莲曲》下引《古今乐录》云:"《采莲曲》,和云:'采莲诸,窈窕舞佳人。'"帝王的提倡遂使创作风行,梁元帝、简文帝均有同题之作,六朝宫廷中盛行此曲,一般由女子来表演,成为一项富有艳情色彩的艺术表演活动。这样的表演活动虽然不能带来诗意的升华,却为技艺层面的提升创造了契机。

《西洲曲》: 采莲中的爱情歌唱

忆梅下西洲,折梅寄江北。单衫杏子红,双鬓鸦雏色。

西洲在何处?两桨桥头渡。日暮伯劳飞,风吹乌臼树。

树下即门前,门中露翠钿。开门郎不至,出门采红莲。

采莲南塘秋,莲花过人头。低头弄莲子,莲子清如水。

置莲怀袖中,莲心彻底红。忆郎郎不至,仰首望飞鸿。

鸿飞满西洲,望郎上青楼。楼高望不见,尽日栏杆头。

栏杆十二曲,垂手明如玉。卷帘天自高,海水摇空绿。

海水梦悠悠,君愁我亦愁。南风知我意,吹梦到西洲。

——《西洲曲》

《西洲曲》是南朝乐府中爱情诗的典范之作,如邓小军所说:"这首长篇抒情诗，是以一江南少女之口吻，发抒其对江北情郎之无极相思。"①采莲女、情郎并无身份的设定，只是以"梅"开启相思之情，顺着情感的自然流淌写下去，直到将相思移至梦中。因为不相见，只能梦里梦见，而梦见则离不开一个寻找的过程。

中国古典诗词中存在一种纯情诗：文本是描写恋情的，却不若《孔雀东南飞》《长恨歌》那样能够界定人物身份，只是以男女恋爱者出现，借助自然意象的营构完成抒情文本创作。恋情在男女之间发生之后，若有离别，必生相思，除非移情别恋去了。古典时代，借助水路之船只、陆路之车马，分别之后，相见颇难。爱在，彼此不见，便要寻找。细读此诗，寻找的过程是从追忆开始的。张玉毂认为全诗三十二句可分为三段："前十二，春时忆也"；"'采莲'八句，夏时忆也"；"后十二，秋时忆也"。（《古诗赏析》）《西洲曲》写的是春、夏、秋时之情爱追忆图景，却并不是仅仅写了三次追忆，其实写了四次。

开篇"忆梅下西洲，折梅寄江北"，引领第一次追忆。梅花开放的时节，储存着一段美好的爱情记忆。故而因"忆"而"折"，"梅"联结着记忆中的美好，寄给情郎。与"记得绿萝裙，处处怜芳草"的写法不同，"寄梅"的活动乃是以物引情，两个个体还是独立的存在。"绿萝裙"一旦与"芳草"建立色彩替换关系，则女方的独立性便消失了。这句诗以"梅"为中心意象，表述"下"西洲而后"寄江北"的动向，"西洲"乃是女子所居附近，两人约会之地；"江北"乃是情郎所居之地，情感的空间关系就建立起来了。折梅寄出，仍无法遏制相思之情，只好整装出发，"单衫杏子红，双鬓鸦雏色"。乃是整装之形象，以部分代整体，仿佛是"照花前后镜"的自我观察。先写服饰，仅取"单

---

① 吴小如等：《汉魏六朝诗鉴赏辞典》，上海辞书出版社，1992，第 1549 页。

衫"，再写容颜，仅取"双鬓"。取眼前景物重在喻其颜色。善写色彩乃是此诗的一大特色，粉、红、翠、绿尽在句中。打扮完毕，要出发了。"西洲在何处？两桨桥头渡。日暮伯劳飞，风吹乌臼树。树下即门前，门中露翠钿。"这是对出发过程的叙写，自自家撑船前往西洲，过了桥头，过了渡口，日暮到达江北。"日之夕矣，伯劳飞鸣，晚风吹过，乌臼树摇"，乌臼树下便是西洲相思地，可是情郎不在啊，女子便借助采莲表达情感之寄托。

春过夏至，仍不见郎之踪迹，故而以"采莲"带来第二次追忆。"开门郎不至，出门采红莲。采莲南塘秋，莲花过人头。低头弄莲子，莲子清如水。置莲怀袖中，莲心彻底红。"此段乃是全诗的核心内容，读起来仅写采莲之动作及过程，却处处含情。采莲、弄莲、置莲，三个动作慢镜头定格为相思之情的递进瞬间。第一个瞬间乃是采中有观，莲人并置；第二个瞬间"弄"中有思，相思如水；第三个瞬间"置"中有情，莲心表人心。一帧帧图景自心头掠过，划伤的是剪不断的思念。伤心人自有怀抱，莲心在焉，更多一份牵挂。至此，女子的感情蕴蓄于心而欲罢不能。

既然不能相见，就只能遥望，女子第三次陷入追忆之中。遥望的过程靠行动的变化而展开。"忆郎郎不至，仰首望飞鸿。鸿飞满西洲，望郎上青楼。楼高望不见，尽日栏杆头。栏杆十二曲，垂手明如玉。"先是站在原地仰望，飞鸿未传信，心更不甘。进而"上青楼"，"望尽天涯路"而不见情郎归路，那怎么办呢？此时此刻，纵拍遍栏杆，"无人会，登临意"，孤独感油然而生，"卷帘天自高，海水摇空绿"，道尽愁情！所栖居的天地如此狭小，卷帘望见的正是天高海阔，情郎渺无踪影，唯有海风吹起的绿色波纹承载着流之不尽的相思意。

　　放下珠帘，惆怅入梦，第四次追忆随之而至。"海水梦悠悠，君愁我亦愁。南风知我意，吹梦到西洲。"梦中的相思是彼此的，若南风能为我带去消息，就把梦吹至西洲吧，那里曾经的美好在梦里重现之后何时再现呢。情感强度升至顶点后得以幻想之句自然收束，"人忆梅，风吹梦，清幻之极"（谭元春《古诗归》），首尾相连，优美之情境绵延不绝。

　　《西洲曲》对初唐诗是有影响的。陈祚明《采菽堂古诗选》评曰："《西洲曲》摇曳轻飏，六朝乐府之最艳者。初唐刘希夷、张若虚七言古诗皆从此出，言情之绝唱也。"与《西洲曲》一样，《春江花月夜》演绎的是一段无身份确指的男女之间的相思情。不同的是《西洲曲》写季节之春、夏、秋，《春江花月夜》全篇写一春之初、仲、暮，江、花仍在，却已非实指，"月"以代"梅"并贯穿始终。两首诗均可拆成绝句数首，如谭元春云："试看此一曲中，拆开分看，有多少绝句。"（《古诗归》）沈德潜亦云："似绝句数首，攒簇而成。"（《古诗源》）

　　无论在何时，无论在何地，只要曾经有过爱情，就把种子种入一时一地的风物之中。一旦那一刻的花开了，那一时的叶落了，便有情思漫上心头；一旦眼前的河水在流动，天上的飞鸿在鸣叫，便有心意随之飘转。《西洲曲》拨动的岂止是南朝小儿女的心弦，此刻的你若有爱意袭来，而那人寻之不见，必也读罢感慨万千，寻寻觅觅之后，伴相思入梦也。

王勃《采莲曲》：征夫思妇的主题书写

采莲归，绿水芙蓉衣。秋风起浪凫雁飞。

桂棹兰桡下长浦，罗裙玉腕轻摇橹。

叶屿花潭极望平，江讴越吹相思苦。

相思苦，佳期不可驻。

塞外征夫犹未还，江南采莲今已暮。

今已暮，采莲花。渠今那必尽娼家。

官道城南把桑叶，何如江上采莲花。

莲花复莲花，花叶何稠叠。叶翠本羞眉，花红强如颊。

佳人不在兹，怅望别离时。牵花怜共蒂，折藕爱连丝。

故情无处所，新物从华滋。

不惜西津交佩解，还羞北海雁书迟。

采莲歌有节，采莲夜未歇。

正逢浩荡江上风，又值徘徊江上月。

徘徊莲浦夜相逢，吴姬越女何丰茸！

共问寒江千里外，征客关山路几重？

——王勃《采莲曲》

　　进入唐宋时期，文人乐府诗拟作渐多，如王勃、李白、王昌龄、张籍、白居易、崔国辅、戎昱、储光羲、鲍溶、齐己等诗人皆有同题文本传世。学者们通常认为《采莲曲》主要有两个主题：一个是或整体或部分地描写风光，如王昌龄《采莲曲》云："荷叶罗裙一色裁，芙蓉向脸两边开。乱入池中看不见，闻歌始觉有人来。"另一个是或直接或间接地叙写情爱，如白居易《采莲曲》云："菱叶萦波荷飐风，荷花深处小船通。逢郎欲语低头笑，碧玉搔头落水中。"一般认为乐府诗的《采莲曲》主要书写这两个主题，其实不然。进入中晚唐，部分诗人开始以《采莲曲》写士大夫的情怀，一直延续到宋代。如李白《采莲曲》云："若耶溪傍采莲女，笑隔荷花共人语。日照新妆水底明，风飘香袂空中举。岸上谁家游冶郎，三三五五映垂杨。紫骝嘶入落花去，见此踟蹰空断肠。"结尾两句亦有自家情怀在焉。再如储光羲《采莲曲》云："浅渚荷花繁，深塘菱叶疏。独往方自得，耻邀淇上姝。广江无术阡，大泽绝方隅。浪中海童语，流下鲛人居。春雁时隐舟，新荷复满湖。采采乘日暮，不思贤与愚。"借助采莲引出"贤与愚"的思考，显然溢出过往书写之范围，乃是展现文人有所思的抒情文本。

如果说《西洲曲》是爱的追寻，那么《采莲曲》则是爱的守望。内心滋生一种爱，放在心里久了，得见风物便会以言语寄托其上。朵朵莲花，开在池塘，采花人徘徊其中，想要的却是曾经花下的故事。南朝乐府诗中的你侬我侬伴随江南风物一路扑来，扑进唐帝国诗人的笔下，会不会发生变化？西洲的梦，池塘春草中莲的心事，也许会给他们一份新的期待和梦想。

初唐诗未褪南朝风韵，四杰亦不能幸免。王勃《采莲曲》取南朝旧题而能融己意入诗，值得细细品读。游子思妇之话题多矣，思妇征夫入题亦不少。唐诗文本之中，《采莲曲》有长篇也有短制，相对而言，王勃、李白均是善写长篇者，形式上突破了南朝乐府诗的五言体式。王勃《采莲曲》就是一首杂言诗，三、五、七言交错使用，频繁换韵，读者读着读着，也就完成了一个跌宕起伏的阅读体验过程。

与《西洲曲》一样，《采莲曲》写的也是女子的相思之情。《西洲曲》呈现出一种真挚坦白的可爱，从这个角度，《西洲曲》中的"采莲"仿佛成了爱情诗的一个"符号"。王勃的《采莲曲》其实就是延续了爱情符号的写作意向，王勃的采莲确切地说，采的是花。《采莲曲》在身份认证上，则更加明确化，即男女主人公是塞外征夫和闺中少妇。全诗依据诗意可以分为三个部分，起笔就从采莲写起，"采莲归，绿水芙蓉衣"，将人与莲花并置，凸显人之美。王勃《采莲赋》"畏莲色之如脸，愿衣香兮胜荷"或与之相关。"秋风起浪凫雁飞。桂棹兰桡下长浦，罗裙玉腕轻摇橹。叶屿花潭极望平，江讴越吹相思苦。"接着铺陈环境，先写视觉：秋风吹起，江面波浪起伏，凫雁在水面之上飞来飞去。采莲女划桨中前往长浦，罗裙飘飘，皓腕摇动船橹。叶屿乃是绿叶覆盖的小岛，花潭乃是长满莲花的水潭，远处近处皆言景物之美。而后转入听觉：渔歌唱晚，小曲悠扬，歌声一响，便有片片相思苦意笼罩江面。如王勃《采莲赋》所言："和桡姬之卫吹，接榜女之齐讴。去复去兮水色夕，采复采兮荷华秋。"一声声，一句句，道不尽绵长的思念之情。"相思苦，佳期不可驻。"相思真苦啊，那些美好的留也留不住。伤别离，相聚亦无期。"塞外征夫犹未还，江南采莲今已暮。"是对句，突出相思的对应关系，而不是一头热。那个塞外的征夫啊，到现在还不回来，江南的采莲人啊，直至暮色降临，仍在思念着、煎熬着。缓缓地，眼前的一切美景都会被夜晚所遮蔽，唯有孤独感挥之不去。

"今已暮"顶针而出，突出时间之晚。采莲的季节到了末期，莲子的生成是先开花，花落小莲蓬慢慢长大，长成包含成熟莲子的大莲蓬也要时间。夏末开的荷花，结出来的莲蓬就特别小了，所以才舍得作为花儿采下来赏玩。"今已暮，采莲花"，说的就是她在想，天色已晚，自己的征夫此际是不是夜宿娼家呢，他在远方逍遥快活，忘了曾经相守的人。"官道城南把桑叶，何如江上采莲花。"以对比之法突出自己的美，当年的罗敷在官道山采桑，有那么多男子放下手中的事"但坐观罗敷"，怎能够比得上此际江上采莲的我们呢？这回该写到采莲的过程了："莲花复莲花，花叶何稠叠。叶翠本羞眉，花红强如颊。佳人不在兹，怅望别离时。牵花怜共蒂，折藕爱连丝。"两个人就是在莲叶田田中相爱的，害羞的女子在"叶翠""花红"中表达爱意，可别离在即，"牵花怜共蒂，折藕爱连丝"，花开共蒂，藕断丝连，荷塘中留下多少爱的故事。这些故事并未因别离而消失，反而扎根于女子的心中，她想象着，爱会一直延伸下去，直到远方有所回应，直到能够团圆。"故情无处所，新物从华滋。不惜西津交佩解，还羞北海雁书迟。"书信往还，旧情在物华中继续生长，时间不会淡化情感。"西津交佩"用典，葛洪《神仙传》记载：郑交甫遇见两位在江边游玩的神女，特别喜欢，就向两人要玉佩，神女把玉佩给了他。郑交甫当然特别高兴，可是走出不远，发现手中的玉佩不见了，两位神女也不见了。此处所言玉佩或是特定地点赠的定情物，牵连着彼此的一段故事，分开至今未能再见其人。"北海雁书"亦用典，出自班固《汉书》，匈奴令苏武北海牧羊，声称只有公羊下奶才会放苏武回汉。到了汉昭帝时期，匈奴与汉和好，汉派使者要苏武，对方假称其人已死。一个叫常惠的给使者出主意，编了个瞎话，说汉昭帝打猎的时候得到一只雁，传书中说苏武还活着，并居于一个有水的地方。这里突出一个"雁"字，以典故表达思妇盼望着远方能够传来消息，强调的是女子盼望来信的焦急心情。周珽《唐诗选脉会通评林》云："情之所到，兴之所会，变为格调。"

"采莲歌有节，采莲夜未歇。正逢浩荡江上风，又值徘徊江上月。"打起节拍，唱一支《采莲曲》，歌声停不下来。浩荡江风中飘远，江月徘徊，仿佛倾听那些传递的相思缕缕。"徘徊莲浦夜相逢，吴姬越女何丰茸！"徘徊又徘徊，盼望在这莲浦的夜色中相逢，身边那些采莲的女子们打扮得真漂亮啊。言外之意是自己也很美，可是无人赏识。相隔万里的征夫能抵挡住美色的诱惑吗？"吴姬越女何丰茸"这句的感叹语气何其强烈！吴姬越女，或许不是和女主人公在莲浦相遇，而是和征夫在风月场所相遇。是不是说，有爱情滋养和陪伴的女人自然是"丰茸"的。相比之下，在远处魂牵梦绕期盼和思念的那一个，才更显得孤单落寞，"为伊消得人憔悴！"这里的"吴姬越女"指的或是一同采莲的女子，或是与征夫一起的娼家女子。古代的吴、越就是江、浙地区，江、浙地区是江南可采莲之处没错。"吴姬越女"和女主人公采莲女未必是一伙的，"吴姬越女"亦未必是来采莲的，不管与之周旋的人是征夫还是采莲女，此处提及"吴姬越女"都是为了起到对比和衬托的作用。陪酒唱歌、安逸度日、身姿丰茸富态的"吴姬越女"和辛苦劳作、形只影单的采莲女在此处形成强烈对比。"共问寒江千里外，征客关山路几重？"千里之外的征客啊，能听见丝丝相思意吗？我们这些在家的采莲人都在询问，亲人从遥远的关山赶回来要隔着几重山、多少路啊。若将"吴姬越女"定位为娼家女子的话，故乡的采莲女和他乡的吴姬越女"共问寒江千里外，征客关山路几重"也许就可以说得过去了。一个盼他何时归，一个问他几时走。若"共问"的另一种解释，指的是一同采莲的吴姬越女问采莲女，那就有些残忍和不地道了。为什么呢？吴姬越女们身边不缺男人陪伴，却齐声问人家晚上了还一个人采莲的女人"你千里之外的丈夫什么时候能回来"，到底是炫耀还是打击呢？正因为留下想象的空间，读起来才可以驰骋其间，意蕴丰厚。贺裳《载酒园诗话又编》评曰："迷离婉约，态度撩人，结处尤得性情之正。"诗意如王勃《采莲赋》所云："与子之别，烟波望绝。念子之寒，江山路难。水淡淡兮莲叶紫，风飒飒兮荷华丹。剪瑶带而犹欷，折琼英而不欢。既而缘隈逗浦，还归榈眷。芳草兮已残忆，离居兮方苦延。素颈于极，涨攘皓腕于神浒；惜佳期兮末由，徒增思兮何补。"就抒情内容而言，诗与赋所表达的意思是相近的。

《采莲曲》以女子的口吻倾诉对征客的思念之情，而思念之情围绕采莲活动展开，一步一步，犹如抽丝剥茧，将内心之情愫抛出来。第一部分宛如启幕歌唱，以采莲女的形象唱出相思之情；第二部分乃是追忆往事，借助荷塘莲花传达爱意；第三部分回到当下，江风月夜的歌唱仍未能排遣爱意，故而寄言征客，盼望离别后的相聚，想象征客千里归来的情景。

思妇征夫之情在初唐人的笔下并不鲜见。如果将《春江花月夜》与《采莲曲》相互比对，则发现一个月下，一个花前，表达情感的强度竟如此强弱不同。《春江花月夜》缓缓地拉开序幕，以"谁家今夜扁舟子，何处相思明月楼"引出人物，思妇之情乃在"玉户帘中卷不去，捣衣砧上拂还来"。《采莲曲》则以采莲始，以采莲展开内心世界，以采莲收束。紧扣主题而以女子之口吻传递对征夫的相思之情，这种情感并未以碎片化追忆，反而全部寄托到莲花之中。《春江花月夜》以七言歌行传情，故而月色中隐藏着绵绵之意；《采莲曲》以杂言出之，故而句子错落中扣住采莲细节而一往情深。

田锡《采莲曲》：采莲向采贤的情感过渡

南溪秋水深沦涟，南村美人来采莲。

莲花灼灼叶田田，芳桂轻桡兰作船。

采采红莲几成束，莲枝交袅相撑绿。

莲蕊满衣金粉扑，莲子为杯叶为足。

唱歌相并画舸舷，愿得采贤如采莲。

樊姬昔时进燕赵，几人精彩朝霞鲜。

中有二人贤于己，柔明婉顺君王前。

堪嗟羊侃锦绣妾，艳歌留怨朱丝弦。

——田锡《采莲曲》

田锡《采莲曲》即接踵楚辞，承继有寄托的写法，借助采莲引出"贤与愚"的思考，是宋代借助采莲描写士大夫精神具有代表性的篇章。这首诗可分为两个部分：前八句白描实写采莲之事，后八句用典喻写求贤之意。

爱屋及乌，由求爱竟然写到求贤。前八句对准采莲活动，循序而写，化用南朝乐府诗而成。诗人描绘了一幅采莲画，画的聚焦点不在人身上，而是在"莲"意象中。"南溪秋水深沦涟，南村美人来采莲。"两句化用"采莲南塘秋"而成，只是更加具体化了，将地点、人物、活动内容交代清楚。"莲花灼灼叶田田，芳桂轻桡兰作船。"两句则是自"莲叶何田田"化出，结合了南朝采莲诗、赋常用意象。梁昭明太子萧统《江南弄》之《采莲曲》云："桂楫兰桡浮碧水，江花玉面两相似。"梁简文帝萧纲《采莲赋》云："恐沾裳而浅笑，畏倾船而敛裾，故以水溅兰桡，芦侵罗袴。"后四句"采采红莲几成束，莲枝交衮相撑绿。莲蕊满衣金粉扑，莲子为杯叶为足。"采莲过程中句句不离"莲"意象，由"红莲"全景写"莲枝"以绿衬红，描写"莲蕊"扑衣的图景，呈现"莲子"为杯、莲叶为足的情境，莲枝、莲蕊、莲子、莲叶四个意象将红莲整体形象透过具体意象细细描摹，还原了一个不断变换镜头的采莲观看现场。

后八句发生命意转换，聚焦求贤而成。可分两个部分，前六句构成一个整体。起笔"唱歌相并画舸舷，愿得采贤如采莲"，借助唱《采莲曲》，由采莲至采贤主题，而后引出核心人物樊姬，先以"樊姬昔时进燕赵，几人精彩朝霞鲜"写其才貌之美，再以"中有二人贤于己，柔明婉顺君王前"叙其举贤之功。樊姬是楚庄王的一个姬妾，曾强谏楚庄王停止狩猎活动。据刘向《列女传·楚庄樊姬》："樊姬，楚庄王之夫人也。庄王即位，好狩猎。樊姬谏不止，乃不食禽兽之肉，王改过，勤于政事。"楚庄王喜欢打猎，樊姬多次劝阻无效，樊姬拒绝食禽兽之肉，最终打动楚庄王，使之觉悟过来，转而勤于政事。元稹《楚歌》之四云："惧盈因郑曼，罢猎为樊姬。"说的就是这件事，此事能证明樊姬之"贤"，诗人用樊姬之典的用意并不在此，而在其能让贤和举贤。故而诗人因"求贤"而引及另一事，"中有二人贤于己"便出于此。据《列女传·楚庄樊姬》，楚庄王宠信一个名叫虞丘子的臣子，两人经常废寝忘食地谈话，樊姬就在一次下朝后，特意去迎楚庄王，引出何为"贤"的话题："王尝听朝罢晏，姬下殿迎曰：'何罢晏也，得无饥倦乎？'王曰：'与贤者语，不知饥倦也。'姬曰：'王之所谓贤者何也？'曰：'虞丘子明高也。'"显然，楚庄王认为虞丘子称得上是个贤人，樊姬没有直接反驳，而是采取迂回的方法。"姬掩口而笑，王曰：'姬之所笑何也？'曰：'虞丘子贤则贤矣，未忠也。'王曰：

'何谓也？'对曰：'妾执巾栉十一年，遣人之郑卫，求美人进于王。今贤于妾者二人，同列者七人。妾岂不欲擅王之爱宠哉。妾闻堂上兼女，所以观人能也。妾不能以私蔽公，欲王多见知人能也。今虞丘子相楚十余年，所荐非子弟，则族昆弟，未闻进贤退不肖，是蔽君而塞贤路。知贤不进，是不忠；不知其贤，是不智也。妾之所笑，不亦可乎。'王悦。"先确认虞丘子的"贤"，指出其"不忠"，再由此否定其贤，因此说服楚庄王。为避免楚庄王惑于美色，樊姬亲自负责从各地为庄王寻访美女。被樊姬所选中的，均有"贤"的品格。而樊姬能够举贤也能让贤，故而认为所选之人"今贤于妾者二人，同列者七人"，进而反证虞丘子刻意举亲是为不贤，知贤而不能进更为不贤。而后通过楚庄王传递消息给虞丘子，"丘子避席，不知所对。于是避舍，使人迎孙叔敖而进之，王以为令尹。治楚三年，而庄王以霸。"最终得出结论："庄王之霸，樊姬之力也。"这段对话的叙事内容可以分为三个部分，第一部分引出贤的话题，楚庄王认为贤者当是虞丘子，遭到樊姬的反驳，认为虞丘子虽聪明却不"忠"。第二部分则以自己为楚庄王选美而能"求贤""举贤"为例说明虞丘子如何"不忠""不智"。第三部分叙述虞丘子让贤孙叔敖的事儿。《列女传》文末评曰："颂曰：樊姬谦让，靡有嫉妒，荐进美人，与己同处，非刺虞丘，蔽贤之路，楚庄用焉，功业遂伯。"唐代诗人周昙有诗颂樊姬谏庄王求贤之德，《樊姬》云："侧影频移未退朝，喜逢贤相日从高。当时不有樊姬问，令尹何由进叔敖。"

诗人以樊姬突出"采贤"的重要性，可是如何与《采莲曲》有关系呢？末两句用典引出羊侃豪奢而无姬妾规劝之事，以映衬樊姬之贤。羊侃是南北朝时期的一位将领，曾仕北魏、梁，均有军功。此人"雅好文史，颇涉书记"，又生性豪侈，不仅能够统兵征战，而且富有艺术才华。据《梁书·羊侃传》："侃性豪侈，善音律，自造《采莲》《棹歌》两曲，甚有新致。姬妾侍列，穷极奢靡。"怎么个"穷极奢靡"法呢？主要通过乐、舞、歌的美女表演者来描写，先是"有弹筝人陆太喜，著鹿角爪长七寸。舞人张净琬，腰围一尺六寸，时人咸推能掌中舞"，这还不够，"又有孙荆玉，能反腰帖地，衔得席上玉簪。敕赍歌人王娥儿，东宫亦赍歌者屈偶之，并妙尽奇曲，一时无对"。这些写的都是具体的人，大场面还在后面，"初赴衡州，于两艭艑起三间通梁水斋，饰以珠玉，加之锦缋，盛设帷屏，陈列女乐，乘潮解缆，临波置酒，缘塘傍水，观者填咽。大同中，魏使阳斐，与侃在北尝同学，有诏令侃延斐同宴。宾客三百余人，器皆金玉杂宝，奏三部女乐，至夕，侍婢百余人，俱执金花烛。侃不能饮酒，而好宾客交游，终日献酬，同其醉醒。性宽厚，有器局，尝南还至涟口，置酒，有客张孺才者，醉于船中失火，延烧七十余艘，所燔金帛不可胜数。侃闻之，都不挂意，命酒不辍。"这两个大场面将羊侃的豪奢生活全面展示出来。田锡之所以选羊侃的事儿来映衬，有两个原因：一是羊侃"精通音律，曾自造《采莲》《棹歌》二曲"，并由姬妾表演；二是羊侃门下姬妾以善歌舞著称，却称不上"贤"。在田锡看来，与樊姬相比，羊侃的姬妾在主人面前仅能歌舞未能劝谏，仍为不贤，即便《采莲曲》唱得再好也无济于事。羊侃之所以放纵至此，乃在无人规范，需有如樊姬那样的贤姬妾约束其生活，助其建功立业。故而诗人嗤笑者，羊侃之姬妾也。

纵览全篇，《采莲曲》以采莲引领采贤，诗人极为关注姬妾之贤，欲令男主纳贤。诗作并无刻意描写风光之处，亦未引入男女情爱。或叙姬妾之贤可算作男女情爱之一端也。就艺术表现力而言，田锡《采莲曲》未能一韵到底，第五句至第八句换韵后有些突兀；采莲主题前八句之后戛然而止，末尾有所涉及却未能接续全场；由于典故的介入读来略显板滞，出语亦不够流畅。当然，这首诗亦有其独到之处。归结起来，主要有三点：一是善于糅合前代常用意象为己所用，化熟为生；二是于情爱之外，别出心裁将采莲与采贤相互联系，虽然看起来有些牵强却能写出新意；三是将士大夫精神灌注于文本之中，字里行间呈现出关心国事的士人风范。

朱湘《采莲曲》：现代诗中的古典意蕴

小船啊轻飘，杨柳呀风里颠摇；荷叶呀翠盖，荷花呀人样娇娆。日落，微波，金线闪动过小河，左行，右撑，莲舟上扬起歌声。

菡萏呀半开，蜂蝶呀不许轻来；绿水呀相伴，清净呀不染尘埃。溪间，采莲，水珠滑走过荷钱。拍紧，拍轻，桨声应答着歌声。

藕心呀丝长，羞涩呀水底深藏；不见呀蚕茧，丝多呀蛹裹中央？溪头，采藕，女郎要采又夷犹。波沉，波升，波上抑扬着歌声。

莲蓬呀子多，两岸呀榴树婆娑；喜鹊呀喧噪，榴花呀落上新罗。溪中，采莲，耳鬓边晕着微红。风定，风生，风飔荡漾着歌声。

升了呀月钩，明了呀织女牵牛；薄雾呀拂水，凉风呀飘去莲舟。花芳，衣香，消溶入一片苍茫；时静，时闻，虚空里袅着歌音。

——朱湘《采莲曲》

让我们从宋代穿越到现代，在现代诗歌史上也有一篇名作《采莲曲》。《采莲曲》是诗人朱湘的代表作。《采莲曲》创作于 1925 年 10 月 24 日；朱湘才二十二岁，诗作发表于 1926 年 4 月 15 日《晨报副刊·

诗镌》第 3 期，后收入《草莽集》。这是一首富有古典美的现代诗，沈从文《论朱湘的诗》认为："以一个东方民族的感情，对自然所感到的音乐与图画意味，由文字结合，成为一首诗，这文字，也是采取自己一个民族文学中所遗留的文字，用东方的声音，唱东方的歌曲，使诗歌从歌曲意义中显出完美，《采莲曲》在中国新诗的发展上，也是非常有意义的。作者是主张诗可以诵读的人，正如同时代作者闻一多、徐志摩、刘梦苇、饶孟侃一样，在当时，便是预备把《采莲曲》在一个集会中，由作者吟唱，做一个勇敢的试验的。"有东方神韵，又能诵唱。据苏雪林回忆："在某一个文艺会上我曾亲听作者诵此歌。其音节温柔飘忽，有说不出的甜美与和谐，你的灵魂在弹簧似的音调上轻轻簸着摇着，也恍恍惚惚要飞入梦乡了。等他诵完之后，大家才从催眠状态中遽然醒来，甚有打呵欠者。其音节之魅力可想而知。"看来朱湘确实践行了自己的主张。罗念生为《朱湘选集》作序时就讲过，朱湘曾经在清华文学社和北海舟中唱过"小船啊轻飘"，听过的人莫不同声称赞。又讲过自己诵读《采莲曲》的事儿，"那是抗战时期，我在成都，时常到刘开渠家去开读诗会。有一次，一位诗人大声朗读他的诗作，手舞足蹈，弄得满头大汗，人家还是听不太懂。我接上去念了朱湘这首《采莲曲》，声调平和，韵律优美，听者随舟摇摆，如痴如醉。"罗念生在为钱光培《现代诗人朱湘研究》所作的序中又说："只偶尔在读诗会上朗诵《采莲曲》《摇篮曲》几首好诗。"①故而钱光培认为："他以一个东方民族的感情，东方民族的审美趣味，用东方的声音，唱了东方的歌曲。换句话说，也就是，为中国新诗创造了富有我们中华民族特色的诗歌。"②

---

① 罗念生：《现代诗人朱湘研究·序》，载钱光培《现代诗人朱湘研究》，北京燕山出版社，1987，第 1 页。

② 钱光培：《现代诗人朱湘研究》，北京燕山出版社，1987，第 186 页。

朱湘是如何传承东方的审美趣味呢？这就要从中国古典诗歌中的《采莲曲》说起了。《采莲曲》本就是乐府旧题，自《江南》《西洲曲》有所书写，齐梁时期《采莲曲》风行，唐宋诗人承续其意，或为五言、七言古诗，或为七言绝句，大都写的是女子采莲过程中的情爱歌唱。朱湘的这首诗采撷古典诗歌的意象，融传统元素于现代诗歌文本之中而突出音乐性。

全诗分为五个部分，呈递进关系。

采莲在荷塘，舟行水上，天然美如画。第一部分写撑船去采莲。"小船啊轻飘，杨柳呀风里颠摇；荷叶呀翠盖，荷花呀人样娇娆。日落，微波，金线闪动过小河，左行，右撑，莲舟上扬起歌声。"小船出发了，水中的杨柳迎风摆动，荷叶像翠盖一样，荷花与采莲女一样美。夕阳的余波落在河面上，灿烂地闪着光。竹篙向左向右，船上传来清脆的歌声。多美的景象啊，用诗的语言描述出来，仿佛就是唱出来的。两次换韵极为自然，读着纯洁而干脆，音节清晰而动感。

美在何处呢？莲花开落，采莲人乐在其中。第二部分写采莲前的观察。"菡萏呀半开，蜂蝶呀不许轻来；绿水呀相伴，清净呀不染尘埃。溪间，采莲，水珠滑走过荷钱。拍紧，拍轻，桨声应答着歌声。"这段主要写荷塘中的莲花。菡萏半开，蜂蝶围舞，周围的绿水清澈见底，就在溪水之间采莲吧，看啊，水珠滑过荷钱。手中的船桨啊，拍在水面，时紧时轻，哗啦啦的桨声与歌声交织在一起。

写到莲藕的时候就会浸入采莲女的心灵世界。第三部分写采莲中的情爱萌生。"藕心呀丝长，羞涩呀水底深藏；不见呀蚕茧，丝多呀蛹裹中央？溪头，采藕，女郎要采又夷犹。波沉，波升，波上抑扬着歌声。"藕断丝连本就是描写割不断的爱。采莲女藕心有了羞涩之状，就像蚕茧用丝把情爱的种子裹起来了。溪头采藕的女子啊，想要一份爱情又有些犹疑。睡眠的波浪时沉时升，升沉之状伴歌声抑扬，传达的与她的心情相仿。歌唱的旋律中，从采莲想到恋爱，再到怜爱，自然的景观中生出人的情愫来。

爱情的结晶就是生子。第四部分由恋爱推至家庭生活。"莲蓬呀子多，两岸呀榴树婆娑；喜鹊呀喧噪，榴花呀落上新罗。溪中，采莲，耳鬓边晕着微红。风定，风生，风飔荡漾着歌声。"景中生情，俯看莲蓬，平视两岸，榴树婆娑，喜鹊喧叫，石榴亦多子，涵义包孕其中。由莲蓬多子想到结婚生子，溪水中采莲的女子啊，想到这些便羞涩直至耳鬓。风停而又起，起而又停，歌声就在起起停停中回旋。

暮色苍茫，归去来兮。第五部分写采莲归去。"升了呀月钩，明了呀织女牵牛；薄雾呀拂水，凉风呀飘去莲舟。花芳，衣香，消溶入一片苍茫；时静，时闻，虚空里袅着歌音。"时间推移，月已升起，照亮了天空的织女牵牛星；水面上升起薄雾，莲舟上凉风袭来，凉意不断；花的芬芳，衣的香气，消失在一片苍茫中。袅袅清音时断时续，曲未终，人散去，江上余音缭绕。

歌声传达的美感沁人心脾，整首诗的意思容易理解，又笼罩着一种朦胧美。《采莲曲》的五个部分是完整而不可分割的，彼此相互联系，诗意未曾断绝。歌声贯穿始终，自然美与人情美融为一体借助物象呈现出来。诗人围绕着歌声取材，以女子的情感滋生过程结构全篇。五个部分结构虽同，读来的感觉却都各自有新鲜味儿。听觉中的风声、波声、桨声次第传来，仿佛为歌声伴奏，又仿佛为歌声注入灵魂；视觉中的莲舟、莲藕、莲子、溪水、明月一一扑入眼帘；嗅觉中的花芳、衣香，暖意融融而爱意不绝；触觉中的风定、风生仿佛传递着羞涩之情。溪头、溪中、溪间层次分明而意蕴幽深。江南的荷塘月色中，渴望爱情的呼唤那么含蓄、那么深沉，又那么热烈、那么阳光。朱湘汲取了中国文学中乐府歌诗的美感，整首诗读起来音节响亮，节奏明快，富于动感，古典意象融入现代话语之中，古典今韵，古意今情，皆在其中，别具一番风味。朱湘《采莲曲》是一首白话文的歌诗，是中国现代诗歌史上一次融传统题材入现代的成功尝试。

朱自清《荷塘月色》：日常生活的情绪表达

这几天心里颇不宁静。今晚在院子里坐着乘凉，忽然想起日日走过的荷塘，在这满月的光里，总该另有一番样子吧。月亮渐渐地升高了，墙外马路上孩子们的欢笑，已经听不见了；妻在屋里拍着闰儿，迷迷糊糊地哼着眠歌。我悄悄地披了大衫，带上门出去。

沿着荷塘，是一条曲折的小煤屑路。这是一条幽僻的路，白天也少人走，夜晚更加寂寞。荷塘四面，长着许多树，蓊蓊郁郁的。路的一旁，是些杨柳，和一些不知道名字的树。没有月光的晚上，这路上阴森森的，有些怕人。今晚却很好，虽然月光也还是淡淡的。

路上只我一个人，背着手踱着。这一片天地好像是我的；我也像超出了平常的自己，到了另一个世界里。我爱热闹，也爱冷静；爱群居，也爱独处。

像今晚上，一个人在这苍茫的月下，什么都可以想，什么都可以不想，便觉是个自由的人。白天里一定要做的事，一定要说的话，现在都可不理。这是独处的妙处，我且受用这无边的荷香月色好了。

曲曲折折的荷塘上面，弥望的是田田的叶子。叶子出水很高，像亭亭的舞女的裙。层层的叶子中间，零星地点缀着些白花，有袅娜地开着的，有羞涩地打着朵儿的；正如一粒粒的明珠，又如碧天里的星星，又如刚出浴的美人。微风过处，送来缕缕清香，仿佛远处高楼上渺茫的歌声似的。

忽然想起采莲的事情来了。采莲是江南的旧俗，似乎很早就有，而六朝时为盛；从诗歌里可以约略知道。采莲的是少年的女子，她们是荡着小船，唱着艳歌去的。采莲人不用说很多，还有看采莲的人。那是一个热闹的季节，也是一个风流的季节。梁元帝《采莲赋》里说得好：

于是妖童媛女，荡舟心许；鹢首徐回，兼传羽杯；棹将移而藻挂，船欲动而萍开。尔其纤腰束素，迁延顾步；夏始春余，叶嫩花初，恐沾裳而浅笑，畏倾船而敛裾。

可见当时嬉游的光景了。这真是有趣的事，可惜我们现在早已无福消受了。

于是又记起，《西洲曲》里的句子：

采莲南塘秋，莲花过人头；低头弄莲子，莲子清如水。

今晚若有采莲人，这儿的莲花也算得"过人头"了；只不见一些流水的影子，是不行的。这令我到底惦着江南了。——这样想着，猛一抬头，不觉已是自己的门前；轻轻地推门进去，什么声息也没有，妻已睡熟好久了。

一九二七年七月，北京清华园。

——朱自清《荷塘月色》

写到采莲的还有朱自清。朱自清的名篇《荷塘月色》大家都熟悉，这篇散文所写的就是一次心灵净化的过程。这个过程是从"不平静"开始的，诗人几天的不平静一直没有被消解，恰恰赶上一个有月亮的晚上，便想到荷塘了。去荷塘的路上，想的也不少。当下的荷塘月色并没有令诗人完全释放，故而进入古典时代。这时候的朱自清正在教诗选，想必《西洲曲》就是教学篇目，教的时候参考了《采莲赋》，故而采撷入文比较自然。走进古典也让诗人走出喧嚣，获得了一时的宁静。这个过程仅仅是哄孩子睡觉的时间，自"妻在屋里拍着闰儿，迷迷糊糊地哼着眠歌"始，至"不觉已是自己的门前；轻轻地推门进去，什么声息也没有，妻已睡熟好久了"。趁妻子哄孩子，出去散步；妻子睡着了，才回来，朱自清确实有躲清闲的嫌疑。不过，即使他在，也是帮不上什么忙的，何况还"颇不平静"，万一夫妻之间起口角，则糟糕透顶。

那么，朱自清为什么心情不平静呢？《荷塘月色》载《小说月报》第十八卷第七号，1927 年 7 月 10 日发表，署名佩弦。朱自清 1925 年 8 月经胡适、俞平伯推荐赴清华大学任教。1927 年 1 月，朱自清去白马湖搬家，正式携眷举家迁入清华。[①]不平静的原因是新的生活空间变化了。这段搬家生活令朱自清难以释怀，有两个孩子仍未能和他们一起。再参考此前创作诗词：6 月 23 日拟古词《温庭筠更漏子（锦衾寒，鸳枕腻）》，6 月 24 日拟古诗《拟迢迢牵牛星》，7 月 2 日拟古词《温庭筠河传（双桨，无恙）》，7 月 3 日拟古诗《回车驾言迈》，7 月 9 日拟古词《韦庄菩萨蛮（春风又绿江南草）》。此后，7 月 14 日拟古词《牛峤菩萨蛮》，8 月 3 日拟古词《张泌江城子》，8 月 6 日拟古词《牛希济生查子》，8 月 16 日拟古诗《上山采蘼芜》。这些拟古诗词文本中相当一

---

① 姜建、吴为公：《朱自清年谱》，光明日报出版社，2010，第 52—61 页。

部分具有言情性质，言情中又往往有寄托，这些作品与朱自清的生活状态或许有些联系。1927 年的中国并不平静，时常发生的事件、沉闷的政治空间对关注时政的朱自清有很大的影响，尤其王国维之死对他的触动很大。这方面很多学者有所探讨，此处不再赘言。

若有一处荷塘，在你不平静的时候容纳你，在你遇见烦恼的时候点亮你，在你无所适从的时候庇护你，引你进入一个自我纯净的世界，令你感觉一身轻松，那是多么美好啊。这片荷塘就是心灵的港湾，疲惫之际，有丝丝暖意；倦怠之时，有片片绿意；焦躁不已，可获得宁静；单恋期间，可重建期望。

朱自清走进了通向荷塘的路，这是他熟悉的路，只是平常总是白天走，夜月之中，未曾走进来，体验便不同了。"荷塘四面，长着许多树，蓊蓊郁郁的。路的一旁，是些杨柳，和一些不知道名字的树。没有月光的晚上，这路上阴森森的，有些怕人。今晚却很好，虽然月光也还是淡淡的。"看来，白天走过，没有月亮的晚上也曾经走过，这回选择有月亮的晚上走近荷塘，能看到不一样的风景。这种不一样是夜所带来的，也是中国古典诗赋带来的。

接着就到了荷塘，先写看到的，"曲曲折折的荷塘上面，弥望的是田田的叶子。叶子出水很高，像亭亭的舞女的裙。层层的叶子中间，零星地点缀着些白花，有袅娜地开着的，有羞涩地打着朵儿的；正如一粒粒的明珠，又如碧天里的星星，又如刚出浴的美人。微风过处，送来缕缕清香，仿佛远处高楼上渺茫的歌声似的。"写了叶子，叶子"像亭亭的舞女的裙"，花则像舞女了，"有袅娜地开着的，有羞涩地打着朵儿的"。写了花儿，月光下的莲花是亮亮的，故而用"明珠""星星"，以"碧天"衬托星星，就是叶子衬托花儿。写了花香，与朱湘《采莲曲》一样，而朱自清此际可能听到了歌声，或者想到古典诗词《采莲曲》，以听觉喻嗅觉，花香与歌声的沁人心脾是一致的。

终于，朱自清打开古典的世界了。赏莲想到采莲，进入教学空间，也进入品鉴空间。"采莲是江南的旧俗，似乎很早就有，而六朝时为盛；从诗歌里可以约略知道。采莲的是少年的女子，她们是荡着小船，唱着艳歌去的。"女子唱着《采莲曲》去采莲，入赋又入诗，都在六朝。作者并没有回避爱情，"采莲人不用说很多，还有看采莲的人。那是一个热闹的季节，也是一个风流的季节。"三言两语便代入情感，采摭梁元帝《采莲赋》状其情形，却仅为"嬉游"而已。于是"又记起"《西洲曲》，所采摭的字面上看也仅仅是采莲的过程，这几句放在全诗之中却表达的是相思之情。"今晚若有采莲人，这儿的莲花也算得'过人头'了；只不见一些流水的影子，是不行的。"大概水中的莲花是最美的，朱自清的欣赏到此就结束了。回家的路上，他还沉浸在古典的世界里，"猛一抬头，不觉已是自己的门前"，回到另一个安静的世界里，人的家常生活世界里。

《荷塘月色》是写自己的生活，与以往观察者的角色不同，荷塘风景中始终有自己的影子。其实，这是一篇与现实生活隔离的文本，写的是日常生活的另一面：远离喧嚣，远离人间烟火，追求独自思想的空间。1925 年 8 月至 1927 年 1 月，朱自清在清华园里过着独身的生活，而后家眷来了，哄孩子，过日子，需要一个适应期。我觉得，朱自清并不适应眼下的生活，不过，当荷塘遇见六朝诗赋，也就遇见朱自清的教学、阅读生活，两者融汇才有《荷塘月色》的诞生。朱自清仅仅是由观莲想到采莲而已，采摭古典文学的六朝诗赋入文而呈现己意，想到自己曾经的江南生活，想到自中学到大学任教的经历和体验，自然感慨不已。文章并未把采莲活动进行实写，眼前仅有的一方荷塘触发了诗人回归古典艺术审美空间的愿望。

《荷塘月色》中有《西洲曲》的遗响，回到古典乐府旋律中的朱自清自然想消解现实生活的苦闷。这种遗响仍在继续，只是需要真正可歌的文本了。如果继续追溯采莲之歌，则要说到现代歌曲的《荷塘月色》。张超词曲、凤凰传奇演唱的《荷塘月色》火遍大江南北，这首歌词、曲的作者同是张超一个人，故而能够相融而和谐。歌词堪称是美与爱的结合，歌的特点是用韵统一，读来朗朗上口。"剪一段时光缓缓流淌，流进了月色中微微荡漾，弹一首小荷淡淡的香，美丽的琴音就落在我身旁。"时光如水，月色荡漾中琴声响起，荷的香气四溢。多美啊，美得令人想要扑上去，沉入古典的意境中流连忘返。"萤火虫点亮夜的星光，谁为我添一件梦的衣裳；推开那扇心窗远远地望，谁采下那一朵昨日的忧伤。"星光与萤火一起，梦中人醒来了，敞开心扉，一朵莲花绽开一段心事。读着这段歌词常常会想到卞之琳《断章》，始终有看风景的人把你当作风景，而你也需要风景衬托。如果说第一段是引入荷塘月色，这段则直接进入叙述的空间里，似乎在讲一个故事，又似乎只有故事的片断，需要我们连缀起来。忧伤什么呢？"我像只鱼儿在你的荷塘，只为和你守候那皎白月光；游过了四季，荷花依然香，等你宛在水中央。"把自己比作鱼儿，游在池塘里，多想和心爱的人儿一起守候月光，品赏荷香啊。可是，此刻的"我"仍然在等你。《诗经》中的《在水一方》是等待，《西洲曲》是追寻，余光中《等你，在雨中》是想象，这首《荷塘月色》吸收了上述诗篇的爱意，把爱意落在荷塘，落在情人的心底。就歌唱而言，中间加入一段男生的独白也是有意义的。优美的旋律中反复强调一些关键词，荷香、发香、月光、鱼儿、荷塘掩映其中。而后两段"我像只鱼儿在你的荷塘"反复表达着对爱的追随。用古典的意境写成现代的句子，既唱出了经典咏流传中的优雅美感，又唱出了现代人追寻爱之家园的热切渴望。

自古老的先秦时期开始，荷塘里的鱼和莲叶就游戏在一起，再有女子乘舟而入，拉开了因采莲而歌唱的幕布。一代代的采莲人唱着寻找家园的歌儿，那些美妙的歌词传达的全是爱。爱而得之，或爱而不得，或寻找爱的港湾。唐宋变革时期，又将焦点聚于职场，表达士大夫情怀。到了现代，诗人们则将个人生活融入进来，保持了古典意味，一唱三叹之美，仍然回荡在耳畔，绵延不绝，传之久远。

美学家说唐诗

美向何处寻？向唐诗中寻。唐诗的美如落英缤纷，令人目不暇接。美学家未必有意潜心研究唐诗，而他们说起唐诗来却有其独到之处，往往以审美的眼光阅读文本，能够看出审美视域中诗歌被忽略的美感所在。环顾自民国以来，宗白华、蒋孔阳、李泽厚、叶朗等美学家均有关于唐诗的解读文本，故而本文以上述美学家为例，看看美学家是如何阐释唐诗的。

一

宗白华是美学家、翻译家，也是文学家。一部《流云小诗》读来回味无穷。如《生命的河》云："生命的河 / 是深蓝色的夜流 / 映带着几点金色的星光。"徜徉其中，每一个生命体都在寻找属于自己的故事，寻找爱，寻找美，寻找沉入过往的某一帧图画。再如《晨兴》云："太阳的光 / 洗着我早起的灵魂 / 天边的月 / 犹似我昨夜的残梦。"这诗中的一天在日月穿梭中转过去了，剩下的只有梦中人的思与悟。我们感受到了美的降临，可什么是美？唐诗中有这样的美吗？宗白华散步在美的世界里，追求艺术的意境。他有《美学散步》，他有《艺境》，两本书在篇目上有所不同，代表作却是一样的。他的创作成果、学术成果均收录于《宗白华全集》四卷本中。

宗白华的学术文字里，关于唐诗的专题文章不多，只有一篇《唐人诗歌中所表现的民族精神》。此文刊于《建国月刊》第 12 卷第 13 期，1935 年 3 月出版。从发表时间上看，文章或因抗日战争有感而作，与胡云翼的《唐代的战争文学》一样，蕴含着极为强烈的现实关怀。文章的起笔就引出文学与民族的关系，引用邵元冲的《如何建设中国文化》讨论民族自信力问题。宗白华认为文学是非常重要的，"因为文学是民族的表征，是一切社会活动留在纸上的影子；无论诗歌、小说、绘画、雕刻，都可以左右民族思想的。它能激发民族精神，也能使民族精神趋于消沉。就我国的文学史来看：在汉唐的诗歌里都有一种悲壮的胡笳意味和出塞从军的壮志，而事实上证明汉唐的民族势力极强。晚唐诗人耽于小己的享乐和酒色的沉醉，所为歌咏，流入靡靡之音，而晚唐终于受外来民族契丹的欺侮。"[①] 那么，唐代诗坛的特质是什么？"唐代的诗坛有一种特别的趋势，就是描写民族战争文学的发达，在别的时代可说决没有这样多的。"初唐诗人的吞并四海之志，中唐诗人的慷慨激烈以及诅咒战争而凸显非战思想，由此"看吧！唐代的诗人怎样的具着'民族的自信力'，一致地鼓吹民族精神！"[②] 有了上面两个部分的总体论断，接着就进入分论。第一部分是"初唐时期——民族诗歌的萌芽"，作者认为初唐充满朝气，"而那时候的诗人，也能一洗六朝靡靡的风气，他们都具有高远的眼光，把握着现实生活努力，他们都有投笔从戎、立功海外的壮志，抒写伟大的怀抱，成为壮美的文学。"[③] 于是，魏徵的《述怀》、陈子昂的《送魏大从军》《东征答朝臣相送》、骆宾王的《从军

---

① 宗白华：《宗白华全集》（2），安徽教育出版社，2008，第 122 页。
② 同上书，第 123 页。
③ 同上书，第 124 页。

行》《侠客远从容》、杨炯的《从军行》、刘希夷的《从军行》、卢照邻的《刘生》纷纷列出，还稍用笔墨解读祖咏的《望蓟门》，认为"可代表初唐时期诗人的胸怀！"第二部分是"盛唐时期——民族诗歌的成熟"，在作者看来，这一时期不仅是唐诗的全盛期，而且是中国诗坛的顶点。"而他们——盛唐的诗人们——无论著名的作家或未名的作家，对于歌咏民族战争，特别感到兴趣，无论那一个作家，至少得吟几首出塞诗。"[①]西鄙人、严武被用来佐证上述观点。代表作品则举出杜甫的《喜闻盗贼总退口号》、岑参的《走马川行奉送出师西征》《封大夫破播仙凯歌》、王维的《从军行》《平戎辞》、王昌龄的《从军行》《出塞》、李白的《从军行》、李益的《从军有苦乐行》《赴邠宁留别》等等。"民族诗歌到了盛唐，非但在意识上已较初唐更进一步，而音调的铿锵、格律的完善，犹非初唐诗歌所及。"结论是"无疑的，民族诗歌到了盛唐是成熟的时期了。"[②]第三部分是"民族诗歌的结晶——出塞曲"，这是特意拈出的一个专题。因为写作"出塞曲"的多，涉及民族战争，"在我们研究中国文学史的人看起来，可称'出塞曲'为唐代诗歌的结晶品。"著者引用胡云翼《唐代的战争文学》相关论述并具象化，以杜甫开启，认为《前出塞》《后出塞》呈现出杜甫的非战思想和民族意识。接着与前两部分一样，举出虞世南的《出塞》、杨炯的《出塞》、沈佺期的《塞北》、王维的《出塞》、陈子昂的《和陆明府赠将军重出塞》、王涯的《塞上曲》《从军词》、卢纶的《和张仆射塞下曲》、薛奇童的《塞下曲》、贯休的《入塞》、戴叔伦的《塞上曲》、马戴的《出塞》、张仲素的《塞下曲》等等。分论结束，最后一部分

---

① 宗白华：《宗白华全集》（2），安徽教育出版社，2008，第 128 页。
② 同上书，第 132 页。

"尾语——唐代的没落与没落的诗人"主要论述晚唐诗人的暮气，本应继续秉承非战思想的群体却"沉醉在女人的怀里，呻吟着无聊的悲哀"。李商隐、温庭筠、杜牧的诗作被举出，美感有了，"然而当着国家危急存亡的关头，和千百万人民都在流离失所的时候，他们尚在那儿'十年一觉扬州梦，赢得青楼薄幸名'，'玲珑骰子安红豆，入骨相思知不知'，只管一己享乐，忘却大众痛苦，那就失掉诗人的人格了！"①经过与初唐、盛唐的比较，宗白华不禁感叹："唉，颓废的晚唐诗人，没落的晚唐诗人！"晚唐诗人没落了。

除了这篇文章，宗白华在其他文章中论及唐诗则主要侧重于艺术表现。《中国艺术意境之诞生》（增订稿）在讨论书法、绘画、舞蹈的关系时引用杜诗《夜听许十一诵诗爱而有作》《观公孙大娘弟子舞剑器行》，以说明书、画之飞舞与舞蹈的关联性。②说到空灵动荡的意境，他认为："盛唐王、孟派的诗固多空花水月的禅境。"③宗白华还认为："艺术的境界，既使心灵和宇宙净化，又使心灵和宇宙深化，使人在超脱的胸襟里体味到宇宙的深境。"④引用常建《江上琴兴》以解释净化深化的作用。文章的结尾论及艺术意境的高度、深度、阔度，以杜诗为例，述高、深、大的特色，并以李、杜比较，认为杜甫"更能深情掘发人性的深度，他具有但丁的沉着的热情和歌德的具体表现力"。进而归结概括："李、杜境界的高、深、大，王维的静远空灵，都根植于一个活跃的、生动而有韵律的心灵。"⑤另一篇较多论及唐诗的是《中国诗画中所

① 宗白华：《宗白华全集》（2），安徽教育出版社，2008，第 140 页。
② 同上书，第 367—369 页。
③ 同上书，第 370 页。
④ 同上书，第 373 页。
⑤ 同上书，第 374 页。

表现的空间意识》。文章引用沈佺期的《范山人画山水歌》作为赞美画境中"表现一个音乐化的空间境界"。再引出王维《辋川集》的诗论画的空间表现，相继举出杜甫、李白、王维、岑参、刘禹锡、罗虬、杜审言、李群玉、杜牧的诗。又在论及"我们再在中国诗中征引那饮吸无穷空间于自我，网罗山川大地于门户的例证"时，举出王勃、杜甫、李商隐、王维、沈佺期、许浑的诗。解读陶渊明《饮酒》时引及王维、韦庄、储光羲、杜甫的诗句，也在后面的论述中信手拈来孟郊、杜甫、李白的诗句论及空间境界。①此外，《论文艺的空灵与充实》《略论文艺与象征》《中国古代的音乐寓言与音乐思想》等文章中也引用唐人诗句以论证提出的观点。

二

蒋孔阳不仅对德国古典美学、先秦音乐美学有突出的研究成果，而且对唐诗美学有自己的看法。蒋孔阳立足本土文化而提出"美在创造中"，在美学论文中引用唐诗作为论证佐证。《人对现实的审美关系》中讲到情与景的关系，引用李华的《春日寄兴》分析景语与情语，认为："（这首诗）充满了感情色彩，应当是人对现实的审美关系的一个重要的特点。"②《简论美》论及"客观现实中的自然美，是要受时间和空间的限制的"时，引用杜甫的《闻官军收河南河北》进行分析，认为读者之所以阅读此诗，仍然充满"对于战后和平向往的生活"是因为："诗人在现实生活中所产生的思想和感情，借着文学的帮助，变成了客

① 宗白华：《宗白华全集》（2），安徽教育出版社，2008，第424-429页。
② 蒋孔阳：《美在创造中——蒋孔阳美学文选》，山东文艺出版社，2020，第40页。

观存在的艺术形象，从而使得每个人都可以从这里面汲取到同样的思想和感情了。"①《美在创造中》则写到美是如何创造的，描写星空的美，引用杜诗《春宿左省》《夜宴左氏庄》《旅夜书怀》《阁夜》等作品，认为："这些，都随着杜甫的生活经历与心情的变化而变化。因此，星空的美，不仅涉及了物质存在的星球群，而且也涉及了审美主体的具体情境和精神状态。"②论及"知觉表象层"引用《春江花月夜》的前十句讲述如何通过感受和知觉，"转化成为充满了人情味的艺术形象。"③《美是人的本质力量的对象化》中借助月亮意象分析人的本质力量，引用李商隐《嫦娥》一诗，认为："诗人以其特殊的本质力量，以独具特色的对象化的方式，化到月亮这一无人注意的特殊方面，从而取得了特殊的审美效果和审美价值。"④《美感的心理功能》"记忆和联想"在分析记忆与审美时引用李商隐的《夜雨寄北》："从眼前的'巴山夜雨'，想象到将来回忆中的'巴山夜雨'，从而使眼前的'巴山夜雨'，增添了无限的情意。"引用韦应物的《寄李儋元锡》分析"回忆中所蕴藉的是一个人一生的经历和感情"，从而将回忆图景上升到美感上来。提及李商隐《无题》以叙述"回忆在诗人心灵中的沉淀和升华"⑤。蒋孔阳以审美的眼光阅读唐诗文本，从文本中读出审美体验，并上升到美感的表现功能上，能够体现出美学家所具有的审美本位特征，即将一般的审美经验升华为对美的审视和论证中，既完成美学上的论断论证，又为文本细读指出向上一路。

---

① 蒋孔阳：《美在创造中——蒋孔阳美学文选》，山东文艺出版社，2020，第51页。

② 同上书，第98页。

③ 同上书，第101页。

④ 同上书，第149页。

⑤ 同上书，第202—203页。

不仅用来佐证观点，蒋孔阳还有专门的文章谈唐诗之美。遗稿《唐诗的形成及其美学特点》收入《蒋孔阳全集》（第五卷），此文能够呈现其人关于唐诗之美的看法。这篇文章很少被论及，却又是不能忽略的。文章开篇便下出一个结论："中国是一个诗歌的国家，诗教源远流长。……而在这诗歌的历史洪流中，唐诗又可以说是中国过去两千年来诗歌发展的顶峰。"①作者从数量到质量论述了唐诗是中国诗歌的顶峰。那么，影响唐诗产生而形成的因素有哪些呢？帝王提倡和以诗取士。我们知道，帝王提倡并非新观点，而是唐诗繁荣原因探讨中的共识。"以诗取士"也是严羽《沧浪诗话》所提出的观点。《沧浪诗话》云："或问唐诗何以胜我朝？曰：唐以诗取士，故多专门之学，我朝之诗所以不及也。"后来经过不断地阐发，已经作为一个重要方面产出成果，如程千帆的《唐代进士行卷与文学》、傅璇琮的《唐代科举与文学》、王勋成的《唐代铨选与文学》等等。蒋孔阳却认为这两点并不是唐诗繁荣的根本原因。"什么是形成唐诗的根本原因呢？我们说，诗是社会意识形态，她是社会生活的反映，一个时代的社会生活，适不适宜于诗歌创作的繁荣，才是最根本的原因。"

这篇文章的第一个特色是对唐诗与社会生活关系的论述。蒋孔阳提出适合诗歌繁荣的社会生活要具备三个条件：一是具有一定的政治民主，有比较独立自由的个人意志；二是具有一定的历史文化传统，有比较成熟的艺术修养和经验；三是具有一定的广阔的社会基础，有比较昂扬的能够激发人向上努力的社会理想。蒋孔阳认为：从政治方面来说，以唐太宗李世民时期为代表的开明的民主的政治生活形成了唐代学术思

---

① 蒋孔阳：《蒋孔阳全集》（第五卷），安徽教育出版社，2005，第175页。

想的自由与活跃。①"从文化传统与艺术经验方面来说，唐代诗歌也可以说是处于一个继往开来、承前启后、兼收并蓄的时代。"②关于这一点，作者自南北文化汇流、继承魏晋南北朝诗歌发展成果、中外文化交流三个方面加以论证。"从社会理想方面来说，唐朝无论内政外交、经济文化等方面，都是一个蓬勃向上的社会。"③

遗稿的第二个特色是准确地概括了唐诗的美学特征。共有四点：音乐美、建筑美或视觉美、个性美、意境美。关于音乐美，"由于讲究声韵和格律，所以唐代的诗都具有音乐的美。读起来朗朗上口，泠泠人耳。我们听音乐，不一定听得懂，但那美妙的旋律和分明的节奏，却无不处处叩动着我们的心扉，感到声音的美。美的诗歌也是这样，它的声音、节奏，读起来就叫人感到美。"④其实，声音的感染力也是在社会生活中经过强化而习得的，悲与喜、乐与哀，都逐渐形成一定的认知。作者接着回到唐诗的合乐性上来，举证资料说明唐诗的可歌可唱，因为"唐代诗人听觉感受特别强"，故而"唐人的诗，也就具有丰富的音乐美感"⑤。这些只是唐诗音乐美所要具备的有利条件，而"唐诗的音乐美，主要还表现在格律的完整上"。著者善于追源溯流，从《诗经》、楚辞开始，从唐诗的对偶、平仄、押韵、节奏等四个方面来具体说明："唐诗的美学特征之一，就在于具有高度的音乐美。"⑥

什么是唐诗的建筑美或视觉美呢？"总的来说，我们认为唐诗善于

---

① 蒋孔阳：《蒋孔阳全集》（第五卷），安徽教育出版社，2005，第180页。
② 同上书，第185页。
③ 同上书，第189页。
④ 同上书，第204-205页。
⑤ 同上书，第208页。
⑥ 同上书，第218-219页。

化虚为实，化动为静，通过具体意象的描写，把本来是按照时间顺序流逝的时间艺术，变得具有空间的立体感。"于是，分为两个方面：一是具体上的化实为虚。"唐代的诗人善于运用汉语的特殊结构，以及当时的诗人，善于通过具体的意象进行构思，从而使唐诗这样一种在时间中流逝的艺术，却能够在某种幻觉下在空间中凝固下来，取得某种建筑的立体感。"[①]二是立体上的化动为静。以《望岳》《终南山》《江雪》《登金陵凤凰台》《息夫人》等经典之作为例分析时空交错中的意象构成及其立体建筑效果。为避免误解，著者特意指出："我们说唐诗具有建筑美，并不是说唐诗就是和建筑一样。不，诗和建筑，差别是很大的。我们这样说，只是为了说明唐诗形象的具体性、鲜明性，以及唐诗那种多方面的立体感。"[②]

　　除了音乐美，主题、题材之外，一首诗是否成功，"个性特色是最为根本、最为重要的一个因素。可以这样说，个性特色是一首诗成功的标志，正好像个性特征是一个人成熟的标志一样。"有个性的人，才会写出有个性的诗。美在自然是李白，《山中答问》中的脱口而出，字里行间蕴含着向往自由、热爱自然的个性美；美在深沉是杜甫，从《月夜》到《秦州杂诗》，无论是一般的人生经验，还是重大的社会现象或历史经验，均可"下笔如有神"；美在悲情是义山，以《嫦娥》为例，长河渐落、碧海青天中悲情在焉，"这是一种含有浓重伤感的美，是李商隐诗独特的个性美。"因而，"唐代的诗人，他们是用富有个性特征的眼睛去观看周围的现实，用具有独立自由的意志去认识和判断事件和人物。因此，他们写出来的诗，很多都是各具个性的，是具有个性美

---

① 蒋孔阳：《蒋孔阳全集》（第五卷），安徽教育出版社，2005，第221页。
② 同上书，第226页。

的。"①

蒋孔阳所归纳的"四美"之中，最难阐释的是意境美。著者将中国古代诗歌的美学理论归纳为五个字：志、情、形、境、神。而"境"指的就是境界说。"境界说是把情、志、神等内在的精神，思想感情，通过完美的形式，表现到作品中，成为一种生动的、富有生命力的艺术形象。"②著者认为，个性美是诗人成熟的标志，意境美是一首诗成熟的标志。境界离不开心物感应，而这一美学思想自汉魏六朝便逐渐有所论列。接踵诗骚传统，继承魏晋诗风，唐诗创作成就突出，而理论贫乏，将如此仍有意境理论提出来，并影响深远。"这种由实转虚，意与境相互渗透，相互统一的情形，正是唐代诗歌最为明显的美学特点。"连续拈出情景相生、生机盎然、韵味无穷来阐发意境美的内涵。因为这部分内容是围绕中国古代诗论展开的，故而理论色彩强，在理论与创作相结合的过程中提出了自己的观点。意境美本就难以诠释，故而行文中不厌其烦地加以解释。

蒋孔阳用一段精彩的概括收束全篇。他认为正是因为唐诗的美打动了我们，令我们进入文本的审美世界之后产生共情，才会沁人心脾，形成美的传承。他说："唐诗的美，在于内容与形式、言与意、自然与人为，都达到了高度统一。唐诗的意境美，是在现实的世界中抓住一片景，又灌注进我们的情，然后形成一个独立的、自足的世界。在这个世界里面，一切都生机盎然，有生命的，具体的。我们感觉到，我们盘桓于一个令我们心满意足的世界。在这个世界中，我们尽情流露了我们在实际现实世界中所无法流露的感情；我们自由地享受到了我们所希望、

---

① 蒋孔阳：《蒋孔阳全集》（第五卷），安徽教育出版社，2005，第 233 页。
② 同上书，第 235 页。

所憧憬的那么一种情意或情思。因而我们感到由内心发出来的满足，我们觉得充实，我们觉得美。"①实际上，这正是美学家的阅读感受，把美的冲击力附着于文本之上，进而影响人，构成人与文本的对视、人与美的对视。在对视中完成情感交流，历史图画中的景象介入现实中的人情，意境美就此凝结而成。

唐诗文本贯穿于蒋孔阳的美学论著之中，成为阐释和论证的对象，他关于唐诗经典文本体现"人的本质力量"的观点令人耳目一新。蒋孔阳对唐诗审美世界的发掘告诉我们：美的文本不仅是有价值的，而且是精神生产的质量象征。

三

与蒋孔阳相比，李泽厚是把唐诗放在美学史的视野中阐释的。他的阐释路向离不开思想史、美学史和文学史，三者之间彼此交集，唐诗就是在李泽厚所营构的审美空间中自由流动的。

李泽厚最有影响的著作就是《美的历程》。其中关于唐诗的评论影响很大，如关于《春江花月夜》、关于李白均引发相关讨论。不过，李泽厚是将唐诗放在美学史的视野中加以观照的，故而侧重时代审美内涵的发掘。《美的历程》与唐诗相关的有两部分：一部分是"盛唐之音"，另一部分则是"韵外之致"。

"盛唐之音"的第一节是"青春·李白"，门第衰落，科举兴起，追求边塞军功使得唐朝诗作中自有浩然之气，南北文化融合、中外文化交流成就了盛唐文艺，"即使是享乐、忧郁、颓丧、悲伤，也仍然

---

① 蒋孔阳：《蒋孔阳全集》（第五卷），安徽教育出版社，2005，第256页。

闪烁着青春、自由和欢乐。这就是盛唐艺术，它的典型代表，就是唐诗。"①这回讲到唐诗了，从何说起呢？李泽厚选择从唐宋诗之争说起。自严羽的《沧浪诗话》到钱锺书的《谈艺录》，丰神情韵与筋骨思理的区别则愈加明晰。李泽厚善于吸收已有成果，闻一多的《唐诗杂论》成为汲取的对象。由《四杰》《宫体诗的自赎》引出刘希夷的《代悲白头翁》、张若虚的《春江花月夜》，文本解读则以《春江花月夜》为主，紧扣闻一多所言："这里一番神秘而又亲切的，如梦境的晤谈，有的是强烈的宇宙意识。"仅仅引到这里，后面还有"博大的同情心和纯洁的爱情"。针对闻氏"没有憧憬，没有悲伤"，李泽厚提出不同的想法："其实，这诗是有憧憬和悲伤的。但它是这一种少年时代的憧憬悲伤，一种'独上高楼，望断天涯路'的憧憬和悲伤。所以，尽管悲伤，仍感轻快，虽然叹息，总是轻盈。"②随后，通过比较分析，上升到审美心理和艺术意境上来。从"四杰"到陈子昂，"表达的却是开创者的高蹈胸怀，一种积极进取、得风气先的伟大孤独感。"于是，王维、孟浩然、高适、岑参、王昌龄陆续登场，山水田园到江山塞漠，"盛唐之音在诗歌上的顶峰当然应推李白，无论从内容或形式，都如此。"③时代孕育李白的个性意识，本身就有酣畅淋漓之美，再将个性投射到自然万象之中，则有《将进酒》《宣州谢朓楼饯别校书叔云》《早发白帝城》，"盛唐艺术在这里奏出了最强音"，而这个最强音完全是自然吐出的，"尽管时代的原因使李白缺乏庄周的思辨力量和屈原的深沉感情，但庄的飘逸和屈的瑰丽，在李白的天才作品中确已合而为一，达到了中国古

---

① 李泽厚：《美学三书》，安徽文艺出版社，1999，第128页。
② 同上书，第130页。
③ 同上书，第133页。

代浪漫文学交响音诗的极峰。"①而接下来，作者认为，还有以杜甫为诗圣的另一种盛唐，却不是盛唐之音了。"盛唐之音"的第三节是"杜诗颜字韩文"，主要将杜诗与颜字、韩文放在一起分析美学史的独特意义。杜诗则以《登高》《阁夜》引出李、杜诗的比较，认为："从审美性质来说，如前所指出，前者是没有规范的天才美，自然美，不事雕琢；后者是严格规范的人工美，世间美，字斟句酌。"杜诗、颜字、韩文被称为以儒家学说为基础的后期封建艺术，可以说为此后奠定了艺术格调。

"韵外之致"的第一部分是"中唐文艺"。由社会生活图景展开，将中唐文艺盛况一一叙述，甚至认为："真正展开文艺的灿烂图景，普遍达到诗、书、画各部分高度成就的，并不是盛唐，而毋宁说是中晚唐。"②"大历十才子"、韦应物、柳宗元、韩愈、李贺、白居易、元稹、卢仝、贾岛、李商隐、杜牧、温庭筠、许浑，被一一列举，认为："中国诗的个性特征到这时才充分发展起来。"从艺术形式到审美风格，与盛唐相比，中唐都有其独特性，李泽厚认为，就"有意味的形式"而言，在文艺发展史上，中唐比盛唐更重要。"杜甫在盛唐后期开创和树立起来的新的审美观念，即在特定形式和严格规范中去寻找、创造、表达美的这一基本要求，经由中唐而承继、巩固和发展开来了。"③第二部分"内在矛盾"则从文学审美观念入手，表述了自杜甫至白居易的讽喻诗论，进而分析中唐诗人"胸怀天下"与"独善其身"的双重矛盾性。这一时期（中唐）的诗文"把中国的艺术趣味带进了一个新的阶段和新的境界"。哪些诗文

---

① 李泽厚：《美学三书》，安徽文艺出版社，1999，第135页。
② 同上书，第148页。
③ 同上书，第150页。

呢？"这里指的是韩愈、李贺的诗，柳宗元的山水小记；然而更指的是李商隐、杜牧、温庭筠、韦庄的诗词"，他们"走进更为细腻的官能感受和情感色彩的捕捉追求中"。因此，分析转化的过程后，又回到盛唐与中唐的区别上来。"实际上乃是：盛唐以其对事功的向往而有广阔的眼界和博大的气势；中唐是退缩和萧瑟，晚唐则以其对日常生活的兴致，而向词过渡。这并非神秘的'气运'，而正是社会时代的变异发展所使然。"[①]李泽厚从美学史的发展维度观照中唐，故而中唐虽无气势之盛，却有风格之变，晚唐更是如此，"在美学理论上突出来的就是对艺术风格、韵味的追求。"[②]李泽厚的文字完成于20世纪80年代，今天来看，他对唐代不同时期审美风格的变化有精准的理解和把握，所提出的观点如中唐文艺的特征及重要性，至今亦不过时，仍具有启发意义。

除了《美的历程》，《华夏美学》中亦有关于唐诗美学的分析论断。第五章"形上追求"中说到"禅意"以王维《辋川集》展开分析，说到庄、禅区别以李白、王维诗句为例分析，只是仅仅为取材的宝库而已。

四

与李泽厚一样，叶朗的唐诗美学观主要在《中国美学史大纲》《美学原理》这两本著作中，一本是美学史，一本是美学理论。我们或许能够从中看出叶朗接踵宗白华、朱光潜的轨迹。

《中国美学史大纲》这本书出版时间早，后来叶朗有所补充，如关于唐代美学部分，撰写并发表《柳宗元的三个美学命题》，从柳文中提

① 李泽厚：《美学三书》，安徽文艺出版社，1999，第155页。
② 同上书，第157页。

炼出"美不自美，因人而彰""心凝神释，与万化冥合""君子必有游息之物"三句加以阐释，形成有发现眼光的美学理论命题。《中国美学史大纲》第二篇"中国古典美学的展开"函括全书第十二章"唐五代诗歌美学"，共有四节："孔颖达对'诗言志'的重新解释""白居易复兴儒家美学的努力""殷璠论'兴象'""意境说的诞生"。主要是美学观念的评述，其中夹杂着对唐诗的阐释。如从白居易的诗论谈到乐府诗的影响，从殷璠"兴象"谈到盛唐气象，从王昌龄到司空图还原"意境"提出的过程分析对诗歌创作的作用等等。

值得注意的是《美学原理》，该书第三章"美和美感的社会性"讲到审美风尚，引用王翰、王维的边塞诗与雕塑一起论述审美的人生观和历史感，与《照亮一个时代》相辉映。而后到"雄浑、悲壮、开阔的'盛唐气象'"与晚唐"日落黄昏的悲凉"相比，引用韩偓、王维、李白的诗，阐发不同的时代所带来的不同的意象世界和审美风貌。[①]

第十二章"沉郁与飘逸"则以杜甫、李白为例加以分析。叶朗认为："'沉郁'的文化内涵，就是儒家的'仁'，也就是对人世沧桑的深刻体验和对人生疾苦的深厚同情。"[②]杜甫被作为典型人物，从严羽的《沧浪诗话》评论说起，以《新安吏》《新婚别》为分析文本，提炼出"沉郁的内涵就是人类的同情心，人间的关爱之情"。接下来则是"沉郁"的审美特征，"杜甫诗的沉郁，一个特色是有很浓厚的哀怨郁愤的情感体验，所谓'沉郁者自然酸悲'。"于是，追溯中国文学传统，找到《诗经》、楚辞、汉魏诗歌三个继承点，就找到"醇美"特征。"飘逸"的文化内涵是什么？是道家的"游"。李白则是代表，举出《上李

---

① 叶朗：《美学原理》，北京大学出版社，2009，第 175 页。
② 同上书，第 374 页。

邕》《行路难》《敬亭山独坐》《梦游天姥吟留别》等文本阐发李白诗中的自由超脱精神。飘逸的审美特点有三：一是雄浑阔大、惊心动魄的美感，以李白《蜀道难》为代表；二是意气风发的美感，以李白《将进酒》为代表；三是清新自然的美感，以《静夜思》《玉阶怨》为代表。

第十三章"空灵"则以王维及其诗作为重要的分析对象。叶朗认为"空灵"的文化内涵就是禅宗的"悟"。以王维《鹿柴》《辛夷坞》《鸟鸣涧》《竹里馆》《木兰柴》为例，分析所"呈现出一个色彩明丽而又幽深清远的意象世界，而在这个意象世界中，又传达了诗人对于无限和永恒的本体的体验"[①]。这正是空灵之美。"空灵的静趣"中为了进一步论述"他们摆脱了禁欲苦行的艰难和沉重，他们也摆脱了向外寻觅的焦灼和惶惑，而是在对生活世界的当下体验中，静观花开花落、大化流行，得到一种平静、恬淡的愉悦。"举出王维《终南别业》以阐发"静趣"之所在。

综观两书，《中国美学史大纲》更为注重美学理论的发抒，彰显的是唐代诗学中所蕴含的审美观念。但是，审美观念未必能直接影响到审美风格，两者之间并不能建立同向的对等关系，故而叶朗较少分析唐诗的审美风格，而仅仅是呈现理论内涵，让读者自己去思考去联想。《美学原理》中则是有意设置两个相关的章节，传统文化与唐诗审美建立了有机的联系。叶朗在审美风格的提炼和评述中多见阅读唐诗的会心之处，透过文本快速进入审美特征分析，在三言两语中道出审美之趣，进而发掘出中国文化的审美价值。

概而言之，上述四位美学家谈唐诗有三个共同特点：一是关注审美自身，注重提炼唐诗审美的艺术特征；二是在美学家的美学观中呈现关

---

① 叶朗：《美学原理》，北京大学出版社，2009，第391页。

于唐诗美学的审美特征和风格；三是更注重美学史链条的发掘，分析审美观念嬗变过程中的文本与人的关系。因之，美学家谈唐诗构成唐诗美学研究的一个维度，与唐诗研究学者一起汇入审美发掘的合唱之中。至于各自的特点，则各有独立建构的审美空间，一旦走进去，就能感受到每个面目的不同。有的随意写来如羚羊挂角，无迹可求；有的诗意盎然中具真知灼见；有的面对唐诗条分缕析而自成体系；有的将唐诗纳入审美空间而自在言之，不会是千篇一律。我们要倾听他们发出的声音，这些声音本身就是美的，具有启发性的。美学家追求向美人生，故而置身于历史、文学、艺术的审美长廊之中，将关于美的体验和盘托出，导引我们进入那流连忘返的审美世界。

实地文化考察与杜诗文本阐释的论证空间

近几年来，实地文化考察成为一个热词。今人行路思古典，所到之处多有学术史重构之趋势。走进历史遗迹是否会对文学考古发生影响呢？汉赋有汉赋之路，唐诗有唐诗之路，宋词有宋词之路，携带现代工具走进去侦测一番也许真的会带来踏查后的新发现。中国唐代文学学会成立唐诗之路研究会，出版了系列丛书，吴夏平主编的《唐诗之路研究（第一辑）》业已出版。重走唐诗之路早已成为学者们身体力行的重要活动。相关的学术成果也多了起来，如简锦松的《唐诗现地研究》《山川为证：东亚古典文学现地研究举隅》、萧驰的《诗与它的山河》、林东海的《李白游踪考察记》等等。纵观诗人行迹考察，更多的叙述者把目光放在杜甫的身上，《访古学诗万里行》《杜甫的五城》《杜甫夔州诗现地研究》《朝圣：重走杜甫之路》《杜甫游踪考察记》《杜甫在三秦》《跟着杜甫走陕西》《跟着杜甫走陇南》《杜甫画传》《杜甫遗迹研究》《天地沙鸥：杜甫的人生地理》等等。上述著述的作者一部分是学者，一部分是作家，他们分别从人、地、诗三个要素入手，追踪文化行旅，为我们打开了一扇扇访杜为学之门，从而进入诗人曾经的活动空间，体验诗人人生，了解古今之变，更重要的是为阐释文本创造了细读和重读的机会。诚如左汉林所说："诗歌研究的核心内容是对诗歌本身的研究，亦即对诗歌作品的研究，而对诗意的理解显然是作品研究的基础。对杜甫行踪遗迹的考察可以使我们回到产生诗歌的具体环境，这对理解杜诗诗意有所帮助。"①

本文以左汉林《朝圣：重走杜甫之路》《杜甫画传》《杜甫行踪遗迹考察与杜诗学研究》等著述为中心，围绕重新阐释杜诗论证而思量实地文化考察推动文本阐释论证空间的独特意义。

《石壕吏》：行走在崤函古道的战事进程见证文本

暮投石壕村，有吏夜捉人。老翁逾墙走，老妇出门看。

吏呼一何怒，妇啼一何苦。听妇前致词：三男邺城戍。

一男附书至，二男新战死。存者且偷生，死者长已矣。

室中更无人，惟有乳下孙。有孙母未去，出入无完裙。

老妪力虽衰，请从吏夜归。急应河阳役，犹得备晨炊。

夜久语声绝，如闻泣幽咽。天明登前途，独与老翁别。

——杜甫《石壕吏》

《石壕吏》是"三吏""三别"系列之一，是杜诗的名篇之一。与《潼关吏》《新安吏》相比，诗人与"吏"并未直接对话，而是起笔就讲故事，讲了一个完整的"吏捉人"的故事。关于这首诗，古今学者解读者甚多。《石壕吏》描写的是诗人行走在崤函古道上的一次遇见。作为见证者的诗人何以到石壕村投宿？到底住在老翁家还是旅店？左汉林以实地考察给出了令人信服的解释。关于石壕村的位置及其周边情况，"唐代的石壕村，即今河南省三门峡市陕州区石壕村，这里东距新安县六十五公里，西距潼关约一百四十公里。唐代的石壕村处在陕州至咸阳

① 左汉林：《杜甫行踪遗迹考察与杜诗学研究》，《文学评论》2023年第6期。

之间。"而"唐代的石壕村距硖石驿约二十里，处在硖石驿和乾壕之间。石壕村所依傍的唐代官道即'崤函古道'，'崤函'指崤山和函谷关。杜甫自洛阳至石壕村所走的道路，正是这条古道"。崤函古道上既然有驿站，杜甫为什么"暮投石壕村"呢？石壕村就在崤函古道旁边吗？左汉林经过实地考察，弄清楚了具体情况。原来"石壕村并不在崤函古道之上，而是与古道有着相当一段距离。在石壕村以南，有崤函古道遗址被发现，此遗址也称'石壕古道'，位于石壕村西南方的金银山北麓，是崤函古道东段的一部分，也是丝绸之路上现存唯一的古代道路遗址。古道上有明显的车辙痕迹，道旁有蓄水池。经实地考察可见，石壕村在崤函古道北侧，其直线距离约有一至二公里，崤函古道石壕段遗址距石壕村则有三公里左右，中间以山谷相隔"①。也就是说，杜甫从崤函古道石壕段到石壕村要绕过这个山谷，并不能直达。"杜甫当从崤函古道的嘉祥驿走来，自东向西经乾壕抵达石壕村附近。他要'暮投石壕村'，需要从崤函古道石壕段所在的山顶下到山谷之中，再爬山谷北侧的斜坡，才能来到该村。"②所以，一句"暮投石壕村"饱含辛苦奔波以求休息之意。"杜甫'暮投石壕村'，是因为石壕村并非普通村庄，而是崤函古道上行人通常选择的住宿之地。石壕村虽非驿站，但其作用实与驿站类似，这种情况一直延续到宋代。"因此，"唐代的石壕村应设有多家旅店，杜甫当是住在石壕村的旅店之中，而不是老翁家里。"文章引用施鸿保《读杜诗说》卷七所言："上云'暮投石壕村'，是投此村旅店，不必即此翁家。'有吏夜捉人'云云，亦在村中所闻。"又引辛德勇《崤函古道琐证》所言："杜甫'暮投石壕村'，并不是当时

---

① 左汉林：《杜甫行踪遗迹考察与杜诗学研究》，《文学评论》2023年第6期。
② 同上。

'安史之乱'兵荒马乱情势所迫随便投宿了一个小村，而是当时只能在这里投宿。渑池至陕县之间是崤山北道上最为险厄的地段，石壕当两地之间，恰为东来西往一日行程所止。"左汉林集合古今学者之观点，以实地考察为佐证，认为："因为石壕村是当时崤函古道上的行人投宿之地，所以杜甫暮投石壕当住宿在旅店之中。"① 左汉林《杜甫画传》中亦有与之相类的叙述，此不赘言。

　　基于上述考察结论，杜甫的"暮投"和"天明"就有了行旅中见闻的空间感。杜甫行走在崤函古道上，天色渐晚，便入住石壕村的一家旅店。整首诗所叙述的是行旅中的一次"有吏夜捉人"行动，夜黑风高，故事笼罩着一定的隐蔽性，也暗含了恐怖色彩。至于"捉"的过程，则是以对话的方式完成的，可谓夹叙夹"语"。细读全诗，如霍松林鉴赏文章所论，杜甫的《石壕吏》"藏问于答"是一个特色，用的却并不简单，"问""答"之间并不是简单的二元对话，而是叙事过程中多声部结合以突出叙事效果。"暮投石壕村，有吏夜捉人。"开篇就引事入诗，第一句"暮投石壕村"看似寻常，实际上是有题可解的，诗人行走在崤函古道上，按说应该有官方驿站，何以投宿石壕村呢？左汉林经过实地考察，认为行至此处只能投宿村店。第二句"有吏夜捉人"则涉及到战事活动，乾元元年（758）至乾元二年（759），当时在河阳正在进行一场战事，九节度使围困安史叛军，打得不亦乐乎，却因指挥无方而长期拉扯，开始还有优势，后来溃败。战事进程中急需补充兵源。可是，遇到前所未有的困难，少壮多去当兵战死沙场，家中仅剩孤寡老少，仍然面临紧急征兵之事。一个"夜"字包含两层意思：与白天相比，"夜"里家人均在，有利于"捉"；"夜"在叙事中有无法见人的

---

① 　左汉林：《杜甫行踪遗迹考察与杜诗学研究》，《文学评论》2023 年第 6 期。

意思，增加了语境中的恐怖感。"征"乃是按照程序招兵，可自愿参加，"捉"则是掳走，强迫参加。诗人被迫投宿石壕村，夜里赶上官吏强行征兵。于是，遇见了凄惨的一幕："老翁逾墙走，老妇出门看。"有的版本是"出看门"，后者可能是对的，"看门"则恐其进，一是老翁要越墙跑了，二是下意识地保护儿媳妇和孩子。前四句与"天明登前途，独与老翁别"构成对应关系，一是"暮投石壕村"与"天明登前途"构成故事的叙述时间限度，从夜幕降临到黎明时分，讲述的是此段住宿期间的一个故事。"老翁逾墙走"与"独与老翁别"构成故事的开场与收场，开场的是因面临"捉人"而离家，收场的是"捉人"活动结束之后的回家，住宿的"我"与之相别。"吏"奉命"捉人"本是要捉男丁，却扑空了，故事至此已渲染了战事带来的家庭悲剧色彩，男丁多已上战场。而"捉走"老妇，则是扑空后的补员，益增一层悲感，俨然不分男女，只是完成其"捉人"任务。因有两层悲感，方能体现选材的典型性。从《新安吏》《潼关吏》到《石壕吏》，这是同一创作主题的延伸，更是把耳之所闻、目之所见的战事进程中的细节完成艺术呈现。这样的艺术呈现打开了诗人的悯人襟怀，寓情于事，叙事简省，集中一点，首尾相连。每个故事都是因人而异、因事而显，故而能摇荡性灵，启人深思。

　　"三吏""三别"均写战事进程中的不同侧面。"三吏"均写"吏"，顺着时间之维而在行走中转换空间，所面对"吏"的任务不同，故面目不同，这也从侧面呈现出相州战事吃紧的不同关注点。《新安吏》以问答开场，直面征兵现实，呈现出生死离别之场景，"全诗皆为问答之辞，皆据实直书。可分为三段：前八句总叙点兵之事，中八句写未成丁中男被征送别之惨景，后十二句申说点兵之由，勉为从征之辞。"①《潼关吏》则是因见筑城而思及哥舒翰旧事,潼关易守难攻,哥舒翰因被迫出战而遭受惨败。眼下邺城又遭败绩,不可再重蹈覆辙。诗人写过筑城场面,便与潼关吏对话,而后表达此地之前战事带来的忧思。《新安吏》《潼关吏》均写的是白日所见实景实事,由此引发叙事和议论;《石壕吏》则从白天转入黑夜,征兵不成则上升到家中"捉人",最终捉得一个老妇以备晨炊而交差。诗人纪行完毕,石壕之官吏登场,故事正式开场了。"吏呼一何怒,妇啼一何苦。"引出了第一个场面描写。陆时雍《唐诗镜》卷二十一云:"其事何长,其言何简!'吏呼一何怒,妇啼一何苦。'二语,便当数十言写矣。文章家所谓要会,以去形而得情,去情而得神故也。""呼"预示着事来了,问家里人去哪了,"苦"预示着事大了,三个儿子有两个死于战场,如今又面临"捉人"去征战。浦起龙《读杜心解》云"'三吏'夹带问答叙事",《石壕吏》自在其中。只是并非仅有问答,常以情感句过渡,以通诗意。于是,"吏"与"妇"对话中呈示出目前的境况,"听妇前致词:三男邺城戍。一男附书至,二男新战死"这四句就够了,而"存者且偷生,死者长已矣"可为两解,一是老妇的自言自语,一是"吏"的安慰语。死者已矣,活着的就好好活着。第一个对话场面描写结束,吏还要问:家里还有什么人?遂引出"室中更无人,惟有乳下孙。有孙母未去,出入无完裙",家里仅有正在哺乳的孩子,母亲还在,只是因"无完裙"没法见人。那么,面对"捉人"咋办?"吏"要交差,"老妪力虽衰,请从吏夜归。"此处只是照实叙述,有庇护老翁之意,吏未必不知家有老翁,唯认同老妇之言而已。"急应河阳役,犹得备晨炊。"可理解为吏的回答,你就去吧,这样也就保全了其他人。如果说全诗有言

---

① 张忠纲:《杜甫集》,国家图书馆出版社,2019,第 173-174 页。

外之笔，那就是"夜久语声绝，如闻泣幽咽"两句，第一句是写实，突出事后之静，显事已毕；第二句是写所感，静中有声，显事愈发可悲。"天明登前途，独与老翁别。"既照应起笔之"暮投石壕村"，又为"老翁逾墙走"交代后续，可谓写尽战事过程中一家人的生活凄惨之状，如黄生《杜诗说》所云："曰'独与老翁别'，则老妪之去可知矣，此下更不添一语，便是古诗气韵、乐府节奏。"整首诗如徐增《而庵说唐诗》所言："一篇述老妪意，只要藏过老翁。用意精细，笔又质朴，又妙在一些不露子美身分。"王尧衢的《古唐诗合解》亦概括徐增所论为"叙事质朴，意极精细"。前人评《石壕吏》，或认为效法《孔雀东南飞》（邢昉），或认为与"青青河畔草"诗同体（施闰章），或认为乃是乐府变调（张谦宜）。王闿运则直接下结论，曰："此用乐府体，亦开一法门。"所谓"乐府新题"自杜甫始，至中唐元白而兴盛一时。

我们了解了杜甫自崤函古道至石壕村的行走路线，就理解了杜甫纪行中的即目入诗过程及其表达欲望。本想要好好休息的诗人，来去之间仅停留一夜，因遇见"捉人"，这一夜并不宁静。喧嚣与宁静隔着的是诗人对战事的关注，对战事过程中众生生存样态的关注。实地考察为我们提供了投宿石壕村的必备条件，为我们辨识故事中诗人到底是现场见证者，还是讲述的再叙者提供了思考的空间，驿路转向村路，为诗人提供了眼光向下的机会，进而获得另一种战事进程中的人间故事。实地考察印证诗人入村店而遇见故事，故事毕而上路的空间停滞，由此大大拓展了文本阐释的论证空间。

《两当县吴十侍御江上宅》：杜甫望宅兴叹的背景复原

寒城朝烟澹，山谷落叶赤。阴风千里来，吹汝江上宅。

鹍鸡号枉渚，日色傍阡陌。借问持斧翁，几年长沙客。

哀哀失木狖，矫矫避弓翮。亦知故乡乐，未敢思凤昔。

昔在凤翔都，共通金闺籍。天子犹蒙尘，东郊暗长戟。

兵家忌间谍，此辈常接迹。台中领举劾，君必慎剖析。

不忍杀无辜，所以分白黑。上官权许与，失意见迁斥。

仲尼甘旅人，向子识损益。朝廷非不知，闭口休叹息。

余时忝诤臣，丹陛实咫尺。相看受狼狈，至死难塞责。

行迈心多违，出门无与适。于公负明义，惆怅头更白。

——《两当县吴十侍御江上宅》

　　《两当县吴十侍御江上宅》描写的是诗人行走在嘉陵江边的一次遇见，遇见"吴十侍御江上宅"未入而遥望生情。杜甫并未到两当县，去过"吴十侍御江上宅"吗？答案是未曾去过。多位学者在著述中均有所申说，如李济阻、宋红、罗卫东、左汉林等人。早在 1985 年，李济阻的《杜甫陇右诗注析》便提出："同谷在秦州西南，两当在秦州东南，三地相距甚远，杜甫自秦州赴同谷，是经西和县折向西南，根本不经过两当。"从而认为："此诗是从赴蜀途中专门去两当县看望吴郁所作。"[①]这是一半质疑，说得有道理；一半曲为之证，未有实地考察相证。经实地考察后，宋红提出了自己的看法："今人或言杜甫南下成都时去了两当，但两当在同谷之东北位置，杜甫南下成都时虽然经木皮岭、青泥岭

---

① 袁兴荣：《跟着杜甫走陇南》，中国文史出版社，2022，第 147 页。

走到嘉陵江边，但江边并没有直通上游琵琶崖的路，2014 年我想这样走
都没有走成，必须由虞关返回徽县县城再东至两当县城，然后由县城绕
到琵琶崖。所以杜甫也不可能在由同谷入蜀的道途中去吴郁江上宅。"
用实地考察说明原因，随之，宋红根据空间距离和往返时间情况否定了
由栗亭去吴郁江上宅一说。认为："经过对杜诗及相关里程的仔细推
排，我也认为杜甫没去过两当。"① 那么，这首诗的创作背景是怎样的？
杜甫行至嘉陵江边，"不由想此江上游就是吴郁的家乡两当，想到身在
贬所的老友，想到自己在朝廷上的怯懦，因此才写了《两当县吴十侍御
江上宅》诗，'江上宅'应该只是对吴郁宅的推拟。访空宅并不是杜甫
的目的，目的是以题江上宅为由头，向老友表达愧疚之情，请求老友的
原谅。"② 罗卫东对陇南风物非常熟悉，为《跟着杜甫走陇南》所作序中
云："关于长诗《两当县吴十侍御江上宅》，后人多传为杜甫专程拜访
好友吴郁宅琵琶洲时所作，但从杜甫当时携家人、生计困苦境况来看，
似乎没有可能。且三渡水村距离杜公村二百多里，徒步往返需时六七
天，入蜀途中拜访也无可能。"讲完上述两个因素，又认为："诗人越
过青泥岭，在水会渡过嘉陵江时，想起患难之交吴郁为两当县人，故乡
在距渡口约百里的嘉陵江上游，于是，诗人感慨万千：吴郁早已被唐肃
宗贬往长沙，他想到此时的吴郁旧宅，必定是人去宅空，蛛网封门，一
派凄凉景象。……他回顾了当年在长安时与吴郁的密切交往，检讨了自
己未能为吴郁辩解冤屈的过失，挥笔写就了《两当县吴十侍御江上宅》
一诗，以表达对朋友的怀念之情。"③ 袁氏此文当是借鉴宋红的说法而有

---

① 宋红：《杜甫游踪考察记》，人民文学出版社，2020，第 386 页。

② 同上书，第 387 页。

③ 罗卫东：《跟着杜甫走陇南·序》，载袁兴荣《跟着杜甫走陇南》，中
国文史出版社，2022，第 14 页。

所发挥，并无特别之处。

左汉林是杜甫研究的专家，又重走杜甫之路，撰文进行了更为严谨的论证。第一步是申论观点，文章认为："杜甫并未到过两当县吴郁宅；杜甫创作此诗的地点在嘉陵江边临近虞关附近的一座小城；创作此诗的时间为乾元二年（759）十二月初。"[①] 三个观点紧密衔接而层层推进，是否去过、写在何地、写在何时均直截了当。左文认为杜甫之所以未到过两当县吴郁宅是因为"无论是秦州还是同谷、栗亭，均距离两当县很远，杜甫于艰难寒苦之中不可能去探访一座江上空宅。杜甫自同谷经栗亭入蜀并不经过两当县，杜甫一家人绕路枉道去往两当县于理不合"[②]。杜甫所在之地与两当县距离并不近，何以望屋及乌呢？杜甫与吴郁"昔在凤翔都，共通金闺籍。"而交谊深自会彼此了解，吴郁官侍御史，以直言被谪，杜甫想起吴郁并非因有情，而是因自己过于无情。此时的杜甫在哪儿呢？嘉陵江边的一座小城，"这座小城可能是长举县城、槃头城或虞关，也可能是嘉陵江边的某座驿站。"[③] 因为"经过白沙渡后，杜甫一家并未沿'白水道'南行，而是转向东北，去走'青泥道'，并翻越铁山，进入嘉陵江河谷，再沿河谷往西南行进，到达虞关。虞关在关隘和渡口，这里就是杜甫诗中的'水会渡'所在地。杜甫第一次见到嘉陵江是在翻山越岭之后，因为吴郁宅也在嘉陵江边，距此不足百里，注重友情的杜甫临江怀人，因作此诗"[④]。左汉林教授认为此诗的创作语境则可能是这样的："杜甫一家在乾元二年（759）的十二月一日离开同谷，数日之间经栗亭、木皮岭、白沙渡，来到水会渡一带。

① 左汉林：《杜甫行踪遗迹考察与杜诗学研究》，《文学评论》2023年第6期。
② 同上。
③ 同上。
④ 同上。

杜甫一家沿着嘉陵江河谷来到江边一座小城住下，次日晨起，杜甫看到小城被淡淡的晨雾所笼罩，嘉陵江河谷的落叶赤红艳丽。一阵寒风从嘉陵江上吹来，杜甫想起好友吴郁的故宅就在距此不远的嘉陵江边，他仿佛觉得这阵风就是从吴郁故宅吹来的。杜甫想到吴郁宅边有鹧鸪鸣叫，阳光下的农田里小路纵横，但他知道吴郁并不在这座江上宅，而是处在贬谪之中。想起当年在凤翔自己未能对吴郁施以援手，杜甫不禁感觉有负道义。想到这里，一阵伤感涌上心头，杜甫感觉自己的白发又增加了很多。"①在《杜甫画传》中亦有简要的叙述。②上面的引文主要在抒解诗意中还原杜甫的创作语境，经过实地考察确实令我们有一个清晰的方位认知，置身宅前与遥望江宅会是两种不同的创作体验。若入其宅则必有相关意象进入视野并付诸笔下，此诗乃是虚写其宅而实写其人。

　　空间转换构成这首诗的追忆过程，嘉陵江边、两当、凤翔、长沙是四个空间点。立足嘉陵江边，想到其宅，故而《两当县吴十侍御江上宅》是杜甫及地思人，因之回忆相关之往事，是一篇富有联想力和想象力的追忆文本。这首诗起笔叙当下眼见嘉陵江的景象，由此引出贬谪长沙的友人，抬头远望，两当县吴郁的故乡就在眼前，往事涌上心头。那时的吴郁能够坚持己见，"天子犹蒙尘，东郊暗长戟。兵家忌间谍，此辈常接迹。台中领举劾，君必慎剖析。不忍杀无辜，所以分白黑。上官权许与，失意见迁斥。"战事四起，甄别工作非常重要，而"间谍"混入应该采取什么样的尺度甄别，吴郁"必慎剖析"，担心乱杀无辜。终因过于认真而被贬。此事极为敏感，战事起，互探虚实，这从出土墓志中可得到证实，因非本文关注点，容另文论及。面对吴郁被贬，"朝廷

---

　　①　左汉林：《杜甫行踪遗迹考察与杜诗学研究》，《文学评论》2003年第6期。

　　②　左汉林：《杜甫画传》，商务印书馆，2023，第152-153页。

非不知，闭口休叹息。"朝廷如此，谏官则要为之申辩。杜甫的自责在何处呢？身为谏官未能直言，直言未必有效，不说则是逃避。"余时忝诤臣，丹陛实咫尺。相看受狼狈，至死难塞责。"这四句诗给出了答案。彼时未能谏言而导致此时望其宅而"行迈心多违，出门无与适。于公负明义，惆怅头更白"。漂泊之外，益增一倍愁情。值得注意的是"亦知故乡乐，未敢思凤昔"两句，老杜的乡思与吴郁的乡宅相遇，有家不得归则是共通的。老杜有家不得归的原因自知，吴郁的有家不得归则自己有责。双倍的乡思令其焦虑不已，而只能遥望而思往事，思往事中怀有旧日的影像。阅读此诗，杜甫并没有把笔墨放在"江上宅"，而是侧重写人。杜甫是把与吴郁相关的过去经历过了一遍，定位在吴郁被贬这件事上，吴郁江上宅只是一个诱发的地点罢了。杜甫与吴郁后来还有交往，两人在成都有所交集，有杜诗《范二员外邈吴十侍御郁特枉驾阙展待聊寄此作》为证。

实地考察能够复原杜甫的行经路线，这样我们既能确定杜甫与诗歌文本、诗中人物的关系，又能确定诗人的所在地以及诗歌描写对象方位，这样就能得到一个文本阐释的合理区间。虽然地理分布存在古今之变，但基本方位仍在，不存在方向性位移。把实地考察与诗歌创作内容相互结合加以判断，依据诗情诗意将史事与书写空间联系起来，仍然能够解除我们对诗歌文本的误解，对诗情诗意会得到更为恰切的理解。

《观公孙大娘弟子舞剑器行》：沉淀五十年的审美记忆

大历二年十月十九日，夔府别驾元持宅，见临颍李十二娘舞剑器，壮其蔚跂，问其所师，曰："余公孙大娘弟子也。"开元三载，余尚童稚，记于郾城观公孙氏，舞剑器浑脱，浏漓顿挫，独出冠时，自高头宜春梨园二伎坊内人洎外供奉，晓是舞者，圣文神武皇帝初，公孙一人而已。玉貌锦衣，况余白首，今兹弟子，亦非盛颜。既辨其由来，知波澜莫二，抚事慷慨，聊为《剑器行》。昔者吴人张旭，善草书帖，数常于邺县见公孙大娘舞西河剑器，自此草书长进，豪荡感激，即公孙可知矣。

昔有佳人公孙氏，一舞剑器动四方。

观者如山色沮丧，天地为之久低昂。

霍如羿射九日落，矫如群帝骖龙翔。

来如雷霆收震怒，罢如江海凝清光。

绛唇珠袖两寂寞，晚有弟子传芬芳。

临颍美人在白帝，妙舞此曲神扬扬。

与余问答既有以，感时抚事增惋伤。

先帝侍女八千人，公孙剑器初第一。

五十年间似反掌，风尘澒洞昏王室。

梨园弟子散如烟，女乐馀姿映寒日。

金粟堆南木已拱，瞿唐石城草萧瑟。

玳筵急管曲复终，乐极哀来月东出。

老夫不知其所往，足茧荒山转愁疾。

《观公孙大娘弟子舞剑器行》描写的是诗人行经夔州入元持宅的一次遇见，因一次遇见引出另一次遇见。公孙大娘是何许人也？早在2008年，左汉林即发表文章分析唐代乐户分类一级公孙大娘的身份问题，认为乐户有官户和民间乐工，公孙大娘属于梨园弟子，"杜甫之所以能够在郾城看到公孙大娘的表演，是因为当时梨园等内廷乐舞曾经到宫外演出。"① 出于"与民同乐"的需要也好，需要获得应有的报酬也好，公孙大娘不只回到郾城，也去过邺城，不然张旭也看不到。这就需要更为合理的解释。"公孙大娘当是隶属于梨园或教坊的乐工。唐代乐工非常复杂，大略可分为以下两种：一是长上乐工，其法律身份最低，等同于奴隶，一般要终身在宫廷服役，没有人身自由。二是番上乐工，其法律身份较低，但高于长上乐工，略等于半奴隶。"左汉林认为公孙大娘是番上乐工，之所以如此判定就是基于对于诗序中"郾城"和"临颍"的考察。"郾城，即今河南省漯河市郾城区。临颍，即今河南省临颍县。在实地考察中，笔者发现两地之间的距离只有约三十公里，相距竟然如此之近。"既然如此，"公孙大娘和李十二娘不仅是师徒，还是同乡。最合理的解释是：公孙大娘的身份是番上的乐户。她番上之余回到家乡，在家乡附近演出，以获得报酬。她还传授弟子，而李十二娘正是她传授的弟子之一。"② 而李十二娘的身份是平民，"因公孙大娘是番上的乐户，所以她才有机会回乡并传授弟子。因李十二娘是公孙氏同乡，所以她才有机会向其学习剑舞；因其身份为平民，所以她可以自由地到各地表演。"③ 杜甫之所以能在夔州看到李十二娘的演出，缘于李十二娘为了获得更多的报酬。左汉林的《杜甫画传》云："临颍的李十二娘离开家乡到夔州演出，是因为安史乱后长江沿岸城市成为经济发达区。"④

童年的记忆不一定是可靠的，却一定是难以忘却的。尤其是关于自

① 左汉林：《杜甫〈观公孙大娘弟子舞剑器行〉诗序辩证》，《河北大学学报》2008 年第 6 期。

② 左汉林：《杜甫行踪遗迹考察与杜诗学研究》，《文学评论》2023 年第 6 期。

③ 同上。

④ 左汉林：《杜甫画传》，商务印书馆，2023，第 269 页。

己生活经历里的英雄表现，记述者往往剪裁片断而成一个相对封闭空间。这个封闭空间有意屏蔽了一些记忆中泛起的沉渣。作家的童年往往因追忆而进入读者的视线之内，打动读者或者引领读者进入自己的世界。究竟打动读者的是什么？过去的一去不返，现在的一塌糊涂，还是未来的一片迷茫？我们来阅读一下杜甫多文本的诗意呈现。杜甫把六岁的一次观舞经历写下来，只是因为在郾城的一次遇见。这次遇见要与观舞有关，要与舞者有关，要与杜甫有关，要与张旭有关，要与唐玄宗有关，还要与"盛唐气象"有关。王树森的《杜甫与盛唐气象论纲》认为："《观公孙大娘弟子舞剑器行》诗因作者在夔州欣赏李十二娘的舞蹈而写，但无论是全诗主体还是诗前长序，重点都在于回忆李十二娘的老师，玄宗时期著名舞蹈家公孙大娘的盛世神采。特别是'一舞剑器动四方'一段对公孙氏精妙舞艺的传神刻画，尤其倾注了杜甫的一片盛世深情，只有理解这种盛世深情，才能真正认识夔州杜诗最夺目的光辉。"王文概括杜甫、杜诗与"盛唐气象"关系之际，又说："杜甫从来都是盛唐诗人，杜诗始终属于'盛唐气象'。安史乱前，因为时代健康，杜诗表现出和其他盛唐诗歌一致的光明开展。亲历安史之乱，杜甫强化了'盛唐气象'中看重信念、强调斗争等优秀品格。居留蜀中，杜甫时刻保持济时救世的盛唐精神。当盛世杳然，一身飘荡之后，淹蹇夔州的杜甫尤其以一个盛唐诗人的壮心与深情，使'盛唐气象'登上另一座沉雄悲壮的高峰。"[①]如果将《观公孙大娘弟子舞剑器行》放在此一结论下结合地理空间位移进行解读，自会有一些新的阅读体会。

读懂这首诗的前提是要读懂诗"序"。《观公孙大娘弟子舞剑器行》的诗"序"按照意脉可分四段，作者循观舞成诗之过程而展开叙

---

① 王树森：《杜甫与盛唐气象论纲》，《光明日报》2023 年 4 月 17 日。

写。第一段："大历二年十月十九日，夔府别驾元持宅，见临颍李十二娘舞剑器，壮其蔚跂，问其所师，曰：'余公孙大娘弟子也。'"这是叙述见到李十二娘的过程，有时间、地点，因"舞剑器"而有一问一答，引出公孙大娘来。第二段："开元三载，余尚童稚，记于郾城观公孙氏，舞剑器浑脱，浏漓顿挫，独出冠时，自高头宜春梨园二伎坊内人洎外供奉，晓是舞者，圣文神武皇帝初，公孙一人而已。"追忆童年时期在郾城观看番上乐工公孙大娘舞剑器，有时间，有地点，有评价。郾城与临颍相邻，公孙大娘与李十二娘是同乡，故而唤起杜甫的童年记忆。自郾城得观"京都"绝技，或因公孙大娘被安排的巡演时节。杜甫之所以强调梨园弟子舞剑器者，公孙大娘"一人而已"，正在于难得一观。第三段："玉貌锦衣，况余白首，今兹弟子，亦非盛颜。既辨其由来，知波澜莫二，抚事慷慨，聊为《剑器行》。"叙成诗因由，同是观舞，隔着五十年，两相对比，促动情感，故而抚事慷慨，作《剑器行》。第四段则是补事："昔者吴人张旭，善草书帖，数常于邺县见公孙大娘舞西河剑器，自此草书长进，豪荡感激，即公孙可知矣。"叙张旭因观舞而草书长进，衬托公孙舞剑器之神妙。杜甫《饮中八仙歌》《李潮八分小篆歌》《殿中杨监见示张旭草书图》等诗均有对张旭及其书法之描述。

关于"序"的解读，古今学者均有申说，而以浦起龙最为入心。浦起龙的《读杜心解》云：

舞剑器者，李十二娘也。观舞而感者，乃在其师公孙大娘也。感公孙者，感明皇也。是知剑器特寄托之端，李娘亦兴起之藉。此段情景正如湘中采访使筵上，李龟年唱"红豆生南国"，合座凄然，同一伤惋。

观命题之法，知其意之所存矣。序中"公孙大娘弟子"句及"圣文神武皇帝"句，为作诗眼目。"玉貌"忆公孙，"白首"悲今我，转属闲情衬贴，而所谓"抚事慷慨"者，则在前所云云也。末引张颠以显其舞之神妙，又公诗所称"余波绮丽为"者。[①]

序与诗当是一体的，序烘托背景并在纪事中回到盛唐，而诗从盛唐回到当下。针对序与诗的关系，钟惺《唐诗归》云："题是公孙大娘弟子，而序与诗，情事俱属公孙氏，便自穆然深思。"显然是要透过梨园艺术的盛衰表现家国兴亡之感。李因笃认为："序以错落妙，诗以整妙。错落中有悠扬之致，整中有跌宕之风。"序与诗相互呼应，乃是文本连缀的典范之作。杜工部遇见李十二娘，脑海里浮现的却是公孙大娘的剑器舞，从李十二娘的舞蹈中定位孩童记忆的影像。这个影像代表那时的乐与趣，甚至诗句中全是李十二娘的舞姿，被嫁接到公孙大娘的身上。序比诗要好，因遇见而勾起记忆符合叙事的常理，而诗则按照成长的顺序书写，抚事慷慨之中渴望回归童年的稳定状态。那时候多好啊，城南杜氏的光环还在，快乐的童年不需要漂泊，置身于中原大地的文化核心地带，做过的梦就要起飞啦。当此际，李十二娘年老色衰，仅以舞剑器谋生；老杜已白发苍苍，梦想早早破灭。放眼看去，满眼萧瑟景象，铺在目前，更铺向依稀可见的未来。

此诗以文化追忆入题，按照时序落笔，诗人先将郾城孩童时代的文化记忆唤起，杜甫为何去郾城我们无法找到原因，但郾城的这次经历无疑是快乐的。无论六岁的杜甫多大程度上能够欣赏公孙大娘的剑器舞，却留下难忘的人生印记是无疑的。不然，不会因夔州一场宴会上的观舞

---

① 浦起龙：《读杜心解》，中华书局，1961，第315页。

而如此激动投入。按照仇兆鳌《杜诗详注》所划分，"此章八句起，后三段，各六句。"整首诗可分为四个部分：第一部分"从公孙善舞写起"，追忆公孙大娘舞剑器，"昔有佳人公孙氏，一舞剑器动四方。观者如山色沮丧，天地为之久低昂。霍如羿射九日落，矫如群帝骖龙翔。来如雷霆收震怒，罢如江海凝清光。"首八句讲述少年印象，要注意序中的临颍、郾城，因地缘相近杜甫才发问李十二娘，遂引出公孙大娘来。诗则反其道而行之，直接从公孙大娘起笔，与序中两句写李十二娘的舞剑器相比，杜甫的回忆占据主体，用八句来写童年之观感。《琵琶行》在结构上是不同的，先写遇见，接着写表演，接着琵琶女追忆，接着白居易追忆，接着琵琶女表演，白居易感触。最后两个部分存在写法的相似性，均以"每依北斗望京华"为主线，借助乐或舞传达情感，落脚点却是不同。自长安到夔州，杜感慨时事；自长安到江州，白感慨己事。杜时事中有己事，白己事中无时事。其实，公孙大娘舞剑器的描述未必不属于长安，郾城的表演者本就是长安的梨园弟子。从公孙大娘到临颍李十二娘，一段世事沧桑蕴藏在字里行间。

正是战事造成了诗人出入空间的变化，而这种变化意味着时间的流逝，此间公孙大娘、李十二娘、唐玄宗、杜甫的身份都在发生变化。从开元到大历，走进盛唐，走下盛唐，步入中唐，老杜的沧桑之感缘于时间、空间的变化。临颍是媒介，郾城、夔州、长安构成歌舞场内的叙事空间，开元、大历构成时间维度，在两个时间维度、三个地理空间中舞剑器，师父舞罢，弟子登场，五十年倏忽而过。杜甫的郾城图景复原与夔州图景呈现出比对过程，而公孙大娘在郾城、邺城的剑舞呈现出的是审美境界，这个审美境界是属于杜甫、张旭生活的盛唐，如此刻意烘托的恰恰是沧桑之感。第二部分"此见李舞而感怀"，遇见李十二娘，追忆后沉思往事，略写李十二娘舞剑器，杜甫生出无限感触。"绛唇珠袖两寂寞，晚有弟子传芬芳。临颍美人在白帝，妙舞此曲神扬扬。与余问答既有以，感时抚事增惋伤。"见到李十二娘触发老杜"感时抚事"之意。打开回忆之闸门，讲述开元故事。第三部分写"先朝盛衰之感"，以宫廷乐舞之盛况而言之。"先帝侍女八千人，公孙剑器初第一。五十年间似反掌，风尘洞昏王室。梨园弟子散如烟，女乐余姿映寒日。"在"八千"与"一"的对比中呈现群体观感，五十年的国事沧桑纷纷涌出，"梨园弟子""女乐"俱往矣。那么，眼前的风景什么样呢？第四部分写"当席聚散之态"，以地域景象比对开始，回到眼前景象，终返归自身。"金粟堆南木已拱，瞿唐石城草萧瑟。玳筵急管曲复终，乐极哀来月东出。老夫不知其所往，足茧荒山转愁疾。"两句写此际地域之比对，拈出长安的"金粟堆南"，拈出夔州的"瞿唐石城"，再以"木已拱"对上"草萧瑟"，真是满目苍凉啊。金粟堆在《韦讽录事宅观曹将军画马图》已有出现，"君不见金粟堆前松柏里，龙媒去尽鸟呼风"与此诗可谓异曲同工。这个意象在老杜的脑际一直盘桓，一旦因艺术意象触及便会引申而出，成为因之感喟的核心意象。唐玄宗时代一分为二，前一部分乃是盛世镜像，后一部分乃是乱世风云。盛世镜像化为杜甫追忆童年至青年的某些图景，乱世风云却是中老年漂泊无依的大背景。此刻的杜甫恰是漂流而不稳定的状态。两句写宴会之乐与哀，曲终而月出，皆寄托人情物理。最后两句写自己的不稳定情感状态，因点燃记忆而激动起来，又因不知如何是好而自由疾走，疾走中而必有所思。浦起龙《读杜心解》云：

序从弟子逆推至公孙，诗从公孙顺拖出弟子。首八句，先写公孙剑器之妙，忽然而伏，忽然而起，状其舞态也；忽然而来，忽然而罢，总始末而形容也。有末句，益显上三句之腾踔。有上三句，尤难末句之安闲。序所谓"蔚跂"者正如此。"绛唇"六句，落到李娘，为篇中叙事处。舞之妙，已就公孙详写，此只以"神扬扬"三字括之，可识虚实互用之法。"感时抚事"句，逗出作诗本旨。"先帝"六句，往事之慨，此本旨也。言公孙而统及女乐，即是感深先帝。故下段竟以"金粟堆"作转接，此下正写惋伤之情。一句着先帝，一句收归本身。"玳筵""哀乐"，并带别驾宅。结二语，所谓对此茫茫，百端交集。行失其所在，止失其所居，作者读者俱欲嗷然一哭。①

欲读透此诗，还要关注文本及其周边的文学景象。《读杜心解》"注"与"解"结合，"注"简要，"解"扼要，浦起龙以两端彼此勾连的赏析通观诗意，上下相接而阐释得当。这首诗不是孤立存在的，而是在文艺主题的同声合唱中产生的。大历时期，杜甫遇见李龟年，遇见曹霸，遇见李十二娘，以音乐、绘画、舞蹈而进入追忆世界。盛世气象与漂泊萧飒之意并置。唐汝询《唐诗解》认为："此因观剑舞而追伤天宝之乱也。"王嗣奭则认为："此诗见剑器而伤往事，所谓'抚事慷慨'也。故咏李氏，却思公孙；咏公孙，却思先帝。全是为开元、天宝五十年治乱兴衰而发。"就写法而言，吴瞻泰以详略宾主立论，云："叙事以详略为参差，亦以详略为宾主，主宜详而宾宜略，一定之法也。然又有宾详而主反略者。如此诗，公孙大娘，宾也；弟子，主也。乃叙公孙舞则八句，而天地日龙雷霆江海，凡舞之高低起止，无所不具，是何其详！叙弟子则四句，而言舞则'神扬扬'三字，抑何其略！

① 浦起龙：《读杜心解》，中华书局，1961，第316页。

究其诗意，非为弟子也，为公孙大娘也，则公孙大娘固为主，而弟子又为宾，仍是主宾详略云耳。学诗者得详略之宜，尽参差之变，思过半矣。"（《杜诗提要》卷六）乔亿《杜诗义法》云："此篇与《观曹霸九马图》之作，并追赶玄宗，一则激壮淋漓，一则缠绵凄怆，词气不同，而各致其极。"刘克庄率先以《观公孙大娘弟子舞剑器行》与《琵琶行》对比，认为"一如'壮士轩昂赴敌场'，一如'儿女恩怨相尔汝'"（《后村诗话》）。田雯则云："余尝谓白香山《琵琶行》一篇，从杜子美《观公孙大娘弟子舞剑器行》诗得来。"黄圣泽在叙事详略上比较，云："白乐天《琵琶行》亦为妓女而作，铺叙至六百字。由命意苦不远，只在词调上播弄耳。此诗与李问答，只一句略过，胸中本有无限寄托，何暇叙此闲言语哉！"（《杜诗说》）施补华《岘佣说诗》云："读《观公孙大娘弟子舞剑器行》，叙天宝事只数语而无限凄凉，可悟《长恨歌》之繁冗。"从繁简关系说是这样，然而《长恨歌》自有其意味，讽喻与深情结合之特点非杜诗能限制也。围绕审美艺术营构的文化记忆空间展开分析，从《观公孙大娘弟子舞剑器行》切入，由此形成以《江南逢李龟年》《观曹霸九马图》等系列作品分析杜诗审美艺术主题作品的文化记忆空间。因为剑舞，因为临颍，因为李十二娘，一个是舞蹈，一个是地域，一个是人名，这三个要素融合起来就是临颍李十二娘在夔州的一场宴会上的剑器舞，勾起诗人杜甫的童年记忆——长安公孙大娘在郾城的剑器舞，时间距离是半个世纪。半个世纪后，诗人已是屡经世事的漂泊者，当年的六岁孩童居然把公孙大娘的剑器舞图景记在脑中，历久而弥新。沿着大历二年回溯过去，开元三载的记忆是快乐的、无忧的。我们必须剥去历史背景的外衣单纯就杜甫个人来看，然后才是走进这首诗字里行间地看，看罢才会建构属于杜甫的抒情空间和叙事空间，再把时代背景及杜甫的人生经历融入进来，细细品味序与诗互相交融的心灵世界。这样我们就会发现文化记忆里的两个时代，盛世观舞脑海只有艺术本身，漂流观舞则盛满盛世的图景，杜甫之所以将笔墨放在公孙大娘那里，怀念的恰恰是唐玄宗时代的文化镜像，而今草木萧瑟、夔府苍凉，身在郾城孩童的自己和身在夔州衰颓的自己放在一起，隔着五十年望去，焉能不"老夫不知其所往，足茧荒山转愁疾"。从郾城到长安，杜甫认识了歌手李龟年，两人"岐王宅里寻常见，崔九堂前几度闻"，两人依然参加宴会，李龟年的歌声仿佛还在耳边。此刻江南再见，则赶上落花时节，风景纵好已是人是物非。

正是安史之乱阻断了曾经的美好，这场历经累年的战事作为一个重要背景不可或缺。于是，童年的文化记忆随地域迁转，一旦遇到合适的契机便会浮出水面，眼前景联结旧时景，眼前人联结旧时人，而这些与地理空间的变化不可分开，故而郾城、临颍、长安、郏县、夔州五个地理空间与公孙大娘、李十二娘、张旭、杜甫建立相关的关系。解读文本需要有这样一个立体感，公孙大娘在盛世中在宫廷内外演出，与观舞者的艺术生活密切相关，作为观舞者的诗人杜甫回到过去又面对现实，情感世界自然会波澜起伏。《观公孙大娘弟子舞剑器行》写的是公孙师徒两个人，两幅图景的对比中将记忆带回盛唐。对于杜甫来说，他基于眼前景观、眼前人事，认为自己是属于盛唐的，属于《忆昔》《饮中八仙歌》中呈现过的盛世镜像。只是这个盛世镜像早已属于过去，那个活生生的帝王早已进入陵墓，眼前人李十二娘早已取代皇家宫廷的表演者公孙大娘。

就此诗的阐释而言，实地考察的意义在于依据地域区间确定公孙大娘和李十二娘艺人身份归属，由同乡关系到师徒关系形成的可能性，这样就为这次遇见提供了抒情空间。杜甫处于乱世漂泊状态，渴望盛世安居，故而追忆过往的相似场景。在还原场景的过程中，回到盛唐气象，回到童年生活，回到艺术生活，完成了一次忆昔的叙事书写之内心体验。

现在我们专门说说实地考察的文学访古意义。至少有三个方面：一是重新确定文学创作的地理空间。《石壕吏》就是一个例证，驿站之外村驿的存在为诗人杜甫提供了目击或者听闻的机会，人间故事才能熠熠生辉。如果不是这样，他未必有机会进入底层百姓家，见到战火纷飞之际的人间惨剧。二是建立一个因地域迁徙带来的对话空间。杜甫与吴郁的对话实际上建构了两个空间，一个是交往空间，一个是单向对话空间，所处地域不同触动诗人的历史记忆。三是建立一个因地域流动带来的追忆空间。李十二娘与公孙大娘、公孙大娘与杜甫、杜甫与李十二娘，临颍、郾城、夔州，夹带着长安旧事，两场剑器舞，两个空间，两个舞者，两种心境，夔州观舞唤起杜甫的童年记忆、盛世记忆与漂泊记忆。

综上所述，实地文化考察通过重走诗人之路能够获得空间认知，通过空间认知能够确认创作语境，确认人地关系，确认人物身份，从而为解读文本提供一把有用的钥匙。有了准确的空间认知，无论是对于理解文本的基本内涵，还是诗人的情感世界，或者刻意叙事的意义指向，都是有所裨益的。唐诗文本阐释中，实地文化考察获得的地理认知会冲击文本内涵，考察所得、纸上文本、现代史学考证成果相互结合会让我们回到相对精准的创作现场，回到文本空间，回到诗人的心灵世界，建构一个文本阐释的更为立体化的有效理解维度。

元稹两次入蜀的行旅书写及其诗史意义

古代文人常因仕宦或出使漂泊在路上，一个人颠簸于古道之上，见到驿站便可休息，行旅途中往往因观风景而忆往事，一首好诗就此诞生了。雷娜特·拉赫曼在《文学的记忆性和互文性》一文中写道："文学是文化的记忆，它不只是一种记忆的工具，更是纪念行动的载体，包含了某种文化所储存的知识，实际上也包含了某种文化所创造出来并构成了该文化的全部文本。"①唐人善写行旅诗，因文本叠加而成文化景点，自长安至四面八方均有唐诗之路可寻。行旅途中，诗人多经驿站，或观题诗或成诗，每个驿站就是一个唐诗传播点，留存的文本与文本之间有着这样或那样的联系，诗人留下的文本会就此传布入口。元稹的仕宦生涯跌宕起伏，屡经奔波之苦，每每与驿站相伴，夜宿于驿，孤独落寞之际的诗人必然会将行旅体验诉诸笔下。

交往记忆常常融入自然图景，诗人个体文化记忆的影像就会延展开来。"回忆的内容之所以在时间上具有延续性，一方面是因为回忆总围绕那些原始或重大的事件展开，另一方面是因为回忆具有周期节奏性。"②对于一个诗人来说，一次回忆与另一次回忆交集的地域空间常

---

① 雷娜特·拉赫曼：《文学的记忆性和互文性》，载阿斯特莉特·埃尔、安斯加尔·纽宁主编《文化记忆研究指南》，李恭忠、李霞译，南京大学出版社，2021，第373页。

② 扬·阿斯曼：《文化记忆：早期高级文化中的文字、回忆和政治身份》，金寿福、黄晓晨译，北京大学出版社，2015，第31页。

常是情感记忆的焦点，而诗歌文本的叠加就形成了个体的诗路记忆；对于一个朝代的诗人来说，这个走过与那个走过的回忆交集的地域空间就会是文化记忆的叠加点，而一个一个个体的叠加就形成了集体的诗路文化。就唐诗之路研究而言，出、入蜀之路，李白、杜甫走过，贾至、严武、元稹也走过，路上的风景与路上的回忆留在了文本之中。元稹两次入蜀的行旅书写值得关注：一是这两次行旅书写是在不同心境下完成的，文本存在样态也不同；二是两次行旅有关于行经地的重复书写，为我们提供了入蜀之路上的创作文本。如果将行旅文本放在诗人所见与人、地相关的镜像中，就构成了唐诗史上的文化记忆样本。

使东川：驿所月夜的行旅记忆

因出使东川，元稹创作了纪行组诗《使东川》，呈现出这次难忘的行旅体验。漫长的路途中，元稹都写了什么？过去是如何与现在接轨的呢？"文化记忆关注的是过去中的某些焦点。即使是在文化记忆中，过去也不能被依原样全盘保留，过去在这里通常是被凝结成了一些可供回忆附着的象征物（symbolischeFiguren）。"[①] 元稹瞄定行路进程中遇见的聚焦点，写下具有文化记忆特质的诗篇。元和四年（809）二月，元稹除监察御史。三月，充剑南东川详覆使。此前在长安时，元稹多与李建、白居易、白行简等人游赏曲江，入蜀途中不断回忆往事。自长安入蜀，所经驿站处处成诗，辑为《使东川》组诗，序云："元和四年三月七日，予以监察御史使东川，往来鞍马间，赋诗凡三十二章。秘书省校

---

① 扬·阿斯曼：《文化记忆：早期高级文化中的文字、回忆和政治身份》，金寿福、黄晓晨译，北京大学出版社，2015，第 46 页。

书郎白行简，为予手写为东川卷。今所录者，但七言绝句、长句耳，起《骆口驿》，尽《望驿台》二十二首云。"诗成后，白居易有《酬和元九东川路诗十二首》和诗一组，诗序云："十二篇皆因新境追忆旧事，不能一一曲叙，但随而和之，唯予与元知之耳。"这应该是元、白第一次较大规模的行旅唱和活动。元唱白和，彼此交流互动，这是一个突出特征，驿路传诗成为唐诗的一个传播面，"驿传体系所能起到的作用是：转送诗人到新的诗歌创作地和传播地；通过驿寄让诗人之间实现诗歌互相寄送；使人们还可以通过驿站题壁诗的抄写、阅读，实现诗歌的互相交流和情感的互相沟通。"[1]至元稹贬谪江陵之行，成为两位诗人以驿传诗形成互动的常态。此后，元稹任职浙东、西川，仕宦交游唱和空间继续扩展，构成了中唐唱和活动的文学景观。

诗人所经驿站唤起的文化记忆图景是不同的。元稹自长安出发，带着关于长安的记忆行经驿路，故而驻足之际均有与长安及其周边相关的人和事。《使东川》组诗所写的第一个地方就是骆口驿。《骆口驿二首》诗序云："东壁上有李二十员外逢吉、崔二十二侍御韶使云南题名处，北壁有翰林白二十二居易题拥石关云开雪红树等篇，有王质夫和焉。王不知是何人也。"因见驿站东壁、北壁题诗而得以排遣寂寞，骆口驿在盩厔西南，白居易时任盩厔尉，王质夫是白居易的朋友。据周相录考证："元和元年秋至次年夏，时为盩厔尉的白居易曾两次出使于此，并题诗于驿东壁上，见《祇役骆口驿喜萧侍御书至兼睹新诗吟讽通宵因寄八韵》《祇役骆口因与王质夫同游秋山偶题三韵》《再因公事到骆口驿》，则骆口驿当属盩厔县管辖。"[2]白居易、王质夫与陈鸿一起

---

① 吴淑玲：《驿路传诗与唐诗之发展》，中华书局，2023，第378页。
② 周相录：《元稹年谱新编》，上海古籍出版社，2004，第65页。

游仙游寺后，白居易创作《长恨歌》，陈鸿创作《长恨歌传》。《骆口驿二首》其一云："邮亭壁上数行字，崔李题名王白诗。尽日无人共言语，不离墙下至行时。"此诗乃是实录，元稹以读友人诗排遣愁怀，直至离开驿站。白居易的和作《骆口驿旧题诗》云："拙诗在壁无人爱，鸟污苔侵文字残。唯有多情元侍御，绣衣不惜拂尘看。"想必此际，元稹就已开始追忆与白居易一起在长安的诗酒闲游生活。行到汉上，元稹有《清明日》，诗序云："行至汉上，忆与乐天、知退、杓直、拒非、顺之辈同游。"说得很清楚，元稹追忆与白居易、白行简、李建、李复礼、庾敬休等人同游曲江，追忆的未必仅仅是六人的一次游赏，更未必是与上述人员一起，可能是与其中某人同游。诗云："常年寒食好风轻，触处相随取次行。今日清明汉江上，一身骑马县官迎。"诗人的孤独感就出来了。元稹写到的第二个驿站是褒城驿。《亚枝红》再忆白居易，诗序云："往岁，与乐天曾于郭家亭子竹林中，见亚枝红桃花半在池水。自后数年，不复记得。忽于褒城驿池岸竹间见之，宛如旧物，深所怆然。"由眼前景勾起心中事，诗云："平阳池上亚枝红，怅望山邮事事同。还向万竿深竹里，一枝浑卧碧流中。"追忆者反复记着某个人或者某件事，就会昼思夜想，自然会在梦中呈现。其实，这首诗值得注意的是提到了褒城驿，元稹在这里遇到熟人"黄明府"，想到前一年途经的老友窦群。《褒城驿》诗云："严秦修此驿，兼涨驿前池。已种千竿竹，又栽千树梨。四年三月半，新笋晚花时。怅望东川去，等闲题作诗。"在褒城驿，元稹还有《黄明府诗并序》，这首诗序中讲述在"窦少府厅中"与黄明府相识的过程，两人在酒宴上相遇，"连飞十二觥"之后，黄"逃席而去"。这两首诗都未在尚存的组诗中，却非常重要。这里的"窦少府"自然指的是窦群。窦群于元和三年（808）十月被贬，赴贬地途中经过褒城，故而此地再遇"黄明府"勾起元稹追忆旧事。七年后，也就是元和十年（815），元稹被召回长安后出为通州司马，再过褒城驿，写有《褒城驿二首》，对诗中事有所追忆。

"与连续不断生成和传承的传统不同，记忆的运动是零星出现的，缺乏关联，它们从某种意义上讲会一触即发。"①这些零星出现的记忆图景一旦彼此关联起来，就会生成一个聚焦的记忆集中点。沿着这个集中点不断地追忆故事，或者故事中的文化图景，就会找到记忆焦点爆发性呈现的空间。当元稹行至汉川驿时，终于在梦里梦见了白居易。《梁州梦》诗序云："是夜宿汉川驿，梦与杓直、乐天同游曲江，兼入慈恩寺诸院。倏然而寤，则递乘及阶，邮吏已传呼报晓矣。"这里梦见的某次与李建、白居易一起游曲江之事，诗云："梦君同绕曲江头，也向慈恩院里游。亭吏呼人排去马，忽惊身在古梁州。"正在梦中，被亭吏叫醒，元稹才从曲江图景中回到现实，自己尚在梁州。如果仅仅元稹因梦纪事，这还不算稀奇。就在元稹记梦之际，正在曲江游赏的白居易亦有诗思及元稹，《同李十一醉忆元九》云："春来无计破春愁，醉折花枝作酒筹。忽忆故人天际去，计程今日到梁州。"元稹在远行中梦见白居易游曲江，白居易游曲江而推算元稹应该到梁州，诗奇事亦奇。孟棨《本事诗》云："元相公稹为御史，鞫狱梓橦，时白尚书在京，与名辈游慈恩寺，小酌花下，为诗寄元曰：'花时同醉破春愁，醉折花枝作酒筹。忽忆故人天际去，计程今日到梁州。'时元果及褒城，亦寄《梦游诗》曰：'梦君兄弟曲江头，也入慈恩院院游。驿吏唤人排马去，忽惊身在古梁州。'千里神交，若合符契。"更早的白行简有传奇《三梦

---

① 阿莱达·阿斯曼：《回忆空间：文化记忆的形式和变迁》，潘璐译，北京大学出版社，2016，第 10 页。

记》，其中第二梦亦讲述此事，黄永年、周相录等学者力辨此文非白行简所作。

　　故事并未停止，对元稹来说，美好的回忆还要继续。《惭问囚》中回忆的是庾敬休，诗序云："蜀门夜行，忆与顺之在司马链师坛上话出处时。"当夜宿嘉川驿，元稹在《江楼月》诗序中写道："嘉川驿望月，忆杓直、乐天、知退、拒非、顺之数贤，居近曲江，闲夜多同步月。"这是一首七言律诗，故而能够侧重写当下所见之景，诗云："嘉陵江岸驿楼中，江在楼前月在空。月色满床兼满地，江声如鼓复如风。诚知远近皆三五，但恐阴晴有异同。万一帝乡还洁白，几人潜傍杏园东。"前四句写景，衬托自家之孤独，后四句追忆，细节处以旧事想象几人此际的生活。白居易有和作《江楼月》，诗云："嘉陵江曲曲江池，明月虽同人别离。一宵光景潜相忆，两地阴晴远不知。谁料江边怀我夜，正当池畔望君时。今朝共语方同悔，不解多情先寄诗。"《江楼月》之外，还有《邮亭月》，诗序云："于骆口驿见崔二十二题名处，数夜后，于青山驿玩月，忆得崔生好持确论。每于宵话之中，常曰人生昼务夜安，步月闲行，吾不与也。言讫坚卧。他人虽千百其词，难动摇矣。至是怆然，思此题，因有献。"写的是《骆口驿》所言"崔李题诗"的"崔"，即崔韶，诗多打趣之言，云："君多务实我多情，大抵偏嗔步月明。今夜山邮与蛮嶂，君应坚卧我还行。"元稹至此，每到一驿皆望月成诗，因所见人或诗而思友念旧。每一首诗中都蕴藏着一段往事。

　　元稹渐行渐远，情感世界不断地发生变化，追念的对象由长安友朋而至家庭亲情之上。按照行程，接下来他先到白马驿，而后才至嘉川驿。白马驿存诗二首。《江上行》云："闷见汉江流不息，悠悠漫漫竟何成。江流不语意相问，何事远来江上行。"面对江流，诗人自问为何如此历尽辛苦。尽管此行公务在身，路走得远了，仍然不免更加思亲怀乡。《汉江笛》诗序云："二月十五日夜，于西县白马驿南楼闻笛，怅然忆得小年曾与从兄长楚写汉江闻笛赋，而有怆耳。"此处"二月十五日夜"肯定是不确的，元稹自言三月七日出发，故而杨军"疑为'三月'之讹"[①]。因见汉江念及与从兄长一起创作《汉江闻笛赋》之事，诗云："小年为写游梁赋，最说汉江闻笛愁。今夜听时在何处，月明西县驿南楼。"白居易和作《江上笛》可以看作是对元诗的解释，诗云："江上何人夜吹笛，声声似忆故园春。此时闻者堪头白，况是多愁少睡人。"元稹又有《西县驿》一诗，应该写的也是白马驿，诗云："去时楼上清明夜，月照楼前撩乱花。今日成阴复成子，可怜春尽未还家。"出发时清明刚过，月照花开，此际花落春尽，人在路上，此时此景与张若虚《春江花月夜》所叙游子思妇之情何等相似。

元稹本就善写情诗，眼前意象入笔便是万种柔情。在嘉川驿留诗不少。行至嘉陵江边，不知道元稹是否会想起杜甫，当年杜甫自秦州经同谷入蜀，亦过嘉陵江边，思及友人吴郁，写有《两当县吴十侍御江上宅》一诗。元稹先是行经陕、川交接处的百牢关，《夜深行》叙述到百牢关的情景，诗云："夜深犹自绕江行，震地江声似鼓声。渐见戍楼疑近驿，百牢关吏火前迎。"思乡情切，元稹不免自我调侃，《百牢关》则想到因事而来，诗云："嘉陵江上万重山，何事临江一破颜。自笑只缘任敬仲，等闲身度百牢关。"《江花落》则专写思亲之情，诗云："日暮嘉陵江水东，梨花万片逐江风。江花何处最肠断，半落江流半在空。"因见江花而"肠断"，断肠人却在天涯。《嘉陵江二首》其一写

---

① 杨军：《元稹集编年笺注》（诗歌卷），三秦出版社，2002，第151页。

入异乡所见江景："秦人惟识秦中水，长想吴江与蜀江。今日嘉川驿楼下，可怜如练绕明窗。"其二写绕江而行之感："千里嘉陵江水声，何年重绕此江行。只应添得清宵梦，时见满江流月明。"自嘉川驿到嘉陵驿，元稹一直沿嘉陵江边前行。《嘉陵驿二首》其一云："嘉陵驿上空床客，一夜嘉陵江水声。仍对墙南满山树，野花撩乱月胧明。"写的是挥之不去的孤独感。其二云："墙外花枝压短墙，月明还照半张床。无人会得此时意，一夜独眠西畔廊。"诗作实写此际心绪，又沉入追忆往事之中，会让我们想起《莺莺传》，也许因孤独感而想起"多情"之事，令元稹辗转反侧，夜不能眠，透过情景复现完成了一次情感世界的再洗礼。"文化记忆展示了日常世界中被忽略的维度和其他潜在可能性，从而对日常世界进行了拓展或者补充，由此补救了存在（Da-sein）在日常中所遭到的删减。"①元稹的记忆图景中，过去的长安生活未必将夫妻之间的日常生活入诗，只有在特定的节点，行旅或者悼亡中构成集中书写的情感焦点。在路上的一点一滴或为追忆创造了激发的契机，从而诗人会在点滴之中怀念往事。

元稹于三月底到达望喜驿，望喜驿在四川广元县北，已经进入蜀地。诗人写有《望驿台》，诗云："可怜三月三旬足，怅望江边望驿台。料得孟光今日语，不曾春尽不归来。"三月将尽，一路劳苦奔波，元稹不禁思念起妻子韦丛来。对此，白居易心领神会，其和作《望驿台》云："靖安宅里当窗柳，望驿台前扑地花。两处春光同日尽，居人思客客思家。"将靖安宅与望驿台对举，大有"此时相望不相闻"的抒情意味。又有《望喜驿》云："满眼文书堆案边，眼昏偷得暂时眠。子

---

① 扬·阿斯曼：《文化记忆：早期高级文化中的文字、回忆和政治身份》，金寿福、黄晓晨译，北京大学出版社，2015，第52页。

规惊觉灯又灭，一道月光横枕前。"写的依旧是月色中的孤独感。

元稹因工作任务踏上出使东川之路，整个创作过程中心态平和，并无情感上跌宕起伏之状况。与此后的江陵之行、通州之行完全不同。元稹在出使东川的途中书写了一段完整的唐诗之路。就纪行而言，《使东川》组诗完整地呈现了诗人的行旅心态，每到一处均有诗作，尤其是行经驿站均有记录。自长安入蜀之路，元稹走过之前，前半程白居易走过，并有诗作传世；后半程杜甫走过，亦有诗作传世。元稹则完成了一次完整的行旅书写。这段行旅及其记忆书写为我们还原了不同时期元、白所建立的深厚友情，侧面还原了元稹与韦丛的夫妻情深，这与元稹后来的纪行之作构成一种对应关系。元稹经历丧妻之痛，又因敷水驿事件贬谪江陵，江陵之行独与白居易一路唱和，复以悼亡诗怀念妻子韦丛。作为端倪或者前奏，元稹的东川之行已展现出周边可确定的交游空间。此后，大量诗人因仕宦迁徙而上路，路上形成了不同时期、不同情境下的诗歌书写。这一点值得我们关注并进行专题研究。

当元稹把这次入蜀诗作编为组诗《使东川》时就完成了行旅记忆中的记忆书写。这些诗作中的记忆留下来了，诗人描述的书写现场成为新记忆的一部分。当白居易完成《使东川》组诗的唱和活动后，两组诗放在一起构成了新的文化记忆空间，元稹的行旅书写文本集合与白居易的回应就构成了一次文学娱乐活动。以元、白为中心的唱和活动自此至后来进入江浙地区的夸州宅唱和，形成一幅沿着时间线的文学生活画卷。

赴通州：一段进入贬谪苦途的孤独自白

元稹一生多次被贬，而记忆深刻的有两次：一次是因敷水驿事件出为江陵士曹参军；一次是回京后出为通州司马。元和十年（815）正月，元稹奉诏离江陵回朝，即接到朝廷诏书，要他赶赴长安重新任职。在回长安的路上，元稹有一首《题蓝桥驿呈梦得子厚致用》，诗云："泉溜才通疑夜磬，烧烟余暖有春泥。千层玉帐铺松盖，五出银区印虎蹄。暗落金乌山渐黑，深埋粉堞路浑迷。心知魏阙无多地，十二琼楼百里西。"这首写给刘禹锡、柳宗元、李景俭的诗显然带有同病相怜的意味。对于此去是否能获得境遇的改变，元稹是没有信心的，眼前景象与"魏阙"之间的地域阻隔带来的是眼前命运的变化，字里行间蕴含着苦尽甘来的苍凉感。窦巩有《送元稹西归》，诗云："南州风土滞龙媒，黄纸初飞敕字来。二月曲江连旧宅，阿婆情熟牡丹开。"前两句讲述贬谪江陵后被召回的事实，后两句想象二月靖安坊旧宅的景象，话语间似乎为元稹绘制出一幅令人陶醉的长安行乐图。

至京都长安后，元稹有《西归绝句十二首》，诗云：

双堠频频减去程，渐知身得近京城。

春来爱有归乡梦，一半犹疑梦里行。

五年江上损容颜，今日春风到武关。

两纸京书临水读，小桃花树满商山。

同归谏院韦丞相，共贬河南亚大夫。

今日还乡独憔悴，几人怜见白髭须。

只去长安六日期，多应及得杏花时。

春明门外谁相待，不梦闲人梦酒卮。

白头归舍意如何，贺处无穷吊亦多。

左降去时裴相宅，旧来车马几人过。

还乡何用泪沾襟，一半云霄一半沉。

世事渐多饶怅望，旧曾行处便伤心。

闲游寺观从容到，遍问亲知次第寻。

肠断裴家光德宅，无人扫地戟门深。

一世营营死是休，生前无事定无由。

不知山下东流水，何事长须日夜流。

今朝西渡丹河水，心寄丹河无限愁。

若到庄前竹园下，殷勤为绕故山流。

寒窗风雪拥深炉，彼此相伤指白须。

一夜思量十年事，几人强健几人无。

云覆蓝桥雪满溪，须臾便与碧峰齐。

风回面市连天合，冻压花枝著水低。

寒花带雪满山腰，著柳冰珠满碧条。

天色渐明回一望，玉尘随马度蓝桥。

这十二首诗是返程中及归来后对人事半消磨的诠释。元稹时常将一个阶段的创作文本分组或者编集。这次回归长安，诗人将行经地、所见人一一述及，商山、蓝桥、丹河留下万里归心的记忆仍历历在目。不过，元稹很快就投入长安风景胜境之中。风景如画可入诗，如《小碎》云："小碎诗篇取次书，等闲题柱意何如。诸郎到处应相问，留取三行代鲤鱼。"在长安期间，元稹与白居易、李绅等人度过了一段马上吟诗的惬意时光。还有部分酬和诗，如《酬卢秘书》《和乐天刘家花》《和乐天高相宅》《和乐天仇家酒》《和乐天赠恒寂僧》，这些都是接下来漫漫贬途的追忆资本。

元稹被贬为通州司马，通州虽为上州，但仍是瘴疠之地。经历过瘴疠折磨之后，惊恐之情自然再度袭来。临别之际，元稹有《沣西别乐天博载樊宗宪李景信两秀才侄谷三月三十日相饯送》，诗云："今朝相送自同游，酒语诗情替别愁。忽到沣西总回去，一身骑马向通州。"

赴通州的路上，元稹留下的作品并不算多，而且文本中的记忆成碎片化倾向。四月，到青山驿，这是使东川曾经到过的地方。见景思情，留有《紫踯躅》《山枇杷》两首新题乐府。《紫踯躅》云："紫踯躅，灭紫拢裙倚山腹。文君新寡乍归来，羞怨春风不能哭。我从相识便相怜，但是花丛不回目。去年春别湘水头，今年夏见青山曲。迢迢远在青山上，山高水阔难容足。愿为朝日早相暾，愿作轻风暗相触。乐踯躅，我向通州尔幽独。可怜今夜宿青山，何年却向青山宿。山花渐暗月渐明，月照空山满山绿。山空月午夜无人，何处知我颜如玉。"踯躅即杜鹃花，杜鹃花开了，青山依旧在，此际的元稹二次被贬，与奔赴江陵的强烈苦难感不同，置身"山空月午夜无人"之境，文本充溢着难以排除的孤独感。"文君新寡乍归来"应该是安氏亡后而被召回的自况。纵然使东川之后有贬谪江陵的仕宦、婚姻的双重打击，元稹在路上即目即写，与白居易完成了全程对话，他依然将行走东川、江陵、通州联系起来观照自我。此行写到白居易的是《山枇杷》，"何时共剪西窗烛"？当年使东川归来，元稹向白居易提起山枇杷之美，并思及史事而长情于斯。诗云："山枇杷，花似牡丹殷泼血。往年乘传过青山，正值山花好时节。压枝凝艳已全开，映叶香苞才半裂。紧搏红袖欲支颐，慢解绛囊初破结。金线丛飘繁蕊乱，珊瑚朵重纤茎折。因风旋落裙片飞，带日斜看目精热。亚水依岩半倾侧，笼云隐雾多愁绝。绿珠语尽身欲投，汉武眼穿神渐灭。秾姿秀色人皆爱，怨媚羞容我偏别。说向闲人人不听，曾向乐天时一说。昨来谷口先相问，及到山前已消歇。左降通州十日迟，又与幽花一年别。山枇杷，尔托深山何太拙。天高万里看不精，帝在九重声不彻。园中杏树良人醉，陌上柳枝年少折。因尔幽芳喻昔贤，礌硌冷坐权门咽。"山枇杷依旧在青山，白居易依旧在长安，而元稹的再次路过却是"又与幽花一年别"。此诗前半段记叙了往年（使东川时期）经过青山驿所见景象，并自述与白居易交流的片刻；后半段则自伤身世，园中杏树，陌上柳枝，俱往矣，那挥之不去的今昔之感萦绕于字里行间。这两首诗与赴江陵途中所作《分水岭》《四皓庙》《青云驿》《阳城驿》构成对应关系。在写法上有两个区别：一是以花名为题和以地名为题的区别，二是因景写命运变化和因地写不平之意的区别。与使东川所作《黄明府诗》联系起来，则元稹善于从人、地、景中撷取触发点以述怀遣情。

元稹自长安赴通州的路上再过并留下文字的还有褒城驿，此时窦群已离世。元稹《褒城驿二首》重思过往，其一怀念窦群，诗云："容州诗句在褒城，几度经过眼暂明。今日重看满衫泪，可怜名字已前生。"《黄明府诗》中有"故友身皆远，他乡眼暂明"两句，此时再以"眼暂明"来形容而窦群已不在人世间。其二想起"黄明府"，诗云："忆昔万株梨映竹，遇逢黄令醉残春。梨枯竹尽黄令死，今日再来衰病身。"这首诗追记的是上次褒城驿遇到黄明府之事，一句"梨枯竹尽黄令死"由《褒城驿》"已种千竿竹，又栽千树梨"中来，此时彼时两相对照，风景不再，人亦不再，诗人怎能不伤感满怀！"今日再来衰病身。"则是自伤身世，元稹因贬谪江陵而患瘴病，以"衰病"之身再赴通州，通州亦是瘴疠之地，人早已不复有当年情怀。

过大、小漫天岭，拜见僧智藏。漫天岭在四川广元县东北嘉陵江边。元稹有《题漫天岭智藏师兰若僧云住此二十八年》，诗云："僧临大道阅浮生，来往憧憧利与名。二十八年何限客，不曾闲见一人行。"由此结合《归田》所言："陶君三十七，挂绶出都门。我亦今年去，商山淅岸村。冬修方丈室，春种桔槔园。千万人间事，从兹不复言。"再读此前所写的《寄昙嵩寂三上人》："长学对治思苦处，偏将死苦教人间。今因为说无生死，无可对治心更闲。"元稹思绪万千，归隐、悟道均因人事而有所考量。

嘉陵江是诗人两次入蜀都写到的，后来自兴元回通州又有诗纪事。长滩是渠江上游流江的滩名，而渠江是嘉陵江支流。路过长滩，孤寂的诗人梦见友人李绅，有《长滩梦李绅》云："孤吟独寝意千般，合眼逢君一夜欢。惭愧梦魂无远近，不辞风雨到长滩。"过苍溪县，仍是思人，乃有《苍溪县寄扬州兄弟》云："苍溪县下嘉陵水，入峡穿江到海流。凭仗鲤鱼将远信，雁回时节到扬州。"嘉陵江水继续流啊流，流经新政县，至渠州，诗人在孤旅中依旧满面愁容。《新政县》诗云："新政县前逢月夜，嘉陵江底看星辰。已闻城上三更鼓，不见心中一个人。须鬓暗添巴路雪，衣裳无复帝乡尘。曾沾几许名兼利，劳动生涯涉苦辛。"苦旅之中难以安顿心灵，月夜下的嘉陵江水倒映出满天星辰，此际的诗人听到三更的鼓声而愈发孤独。回想起自己的入蜀之路越走越远，满身早已不见帝都的灰尘。置身名利场，颠沛流离中备尝苦辛。南昌滩是嘉陵江支流渠江的滩名。至此，又有《南昌滩》云："渠江明净峡逶迤，船到明滩拽山迟。橹窍动摇妨作梦，巴童指点笑吟诗。畲馀宿麦黄山腹，日背残花白水湄。物色可怜心莫恨，此行都是独行时。"明净的渠江水，峡险水急中橹声摇动，农田、残花映衬的风土人情化作孤独落寞的背景板。上述诗作中孤吟、独寝、不见、独行融入其中，诗人孤身远行的悲苦心情自然可见。

据周相录考证，当年五月，元稹绕道涪州与裴淑结婚。元和十年六月，元稹到达通州，结果又大病一场，赴兴元治病。到通州后，元稹就见到题壁上的白居易诗，有《见乐天诗》云："通州到日日平西，江馆无人虎印泥。忽向破檐残漏处，见君诗在柱心题。"离开通州，直到元和十二年秋冬之际，元稹才自兴元返回通州，路过大、小漫天岭，有《漫天岭赠僧》云："五上两漫天，因师忤业缘。漫天无尽日，浮世有穷年。"这里所谓"五上两漫天"应指"元和四年出使东川来回两次、元和四年赴通州及自通州赴兴元两次、元和十二年自兴元回通州一次"[1]。《百牢关》可以为证，诗云："天上无穷路，生期七十间。那堪九年内，五度百牢关。"诗句"那堪九年内"指的是元和四年至元和十二年，时间上完全相符。此外，元稹有《开元寺壁题乐天诗》，诗云："忆君无计写君诗，写尽千行说向谁。题在阆州东寺壁，几时知是见君时。"这首同样写自兴元至通州归途的作品，以见题壁诗的方式表达了对白居易的思念之情。

元和十年前后，以元稹、刘禹锡、柳宗元为代表的这些正当壮年的士人群体告别了气志如神的慷慨往事。在离去—归来—再离去的贬谪之旅中，他们逐渐成熟起来，在地域的迁徙中颠簸来去，一时之激情化作无限苍凉。元稹从一个起点跌落，刚刚看到曙光复遭遇日暮远途，不得不踏上又一段人生的穷途。这一个循环周期的图景深深地烙在元稹的记忆里，他有选择地诉诸笔下，旧地重过，万千感慨融入深一脚浅一脚的行旅中，宦途颠簸中思考着人生的意义。

---

① 周相录：《元稹年谱新编》，上海古籍出版社，2004，第 162 页。

元稹两次入蜀行旅诗创作的诗史意义

元稹因工作任务而出使东川，与此后的江陵之行完全不同。江陵之行所走的是贬谪之路，每过一地一驿均有诗作，并及时传递给白居易，文本聚焦自身的贬谪之痛，乃是情感对话中的行路记忆。回归长安之后，元稹再赴通州，更将贬谪之苦诉到极致，诗化之旅与苦痛之旅并置，就唐诗路研究而言，意义重大。

两次入蜀形成了诗路唱和的互动效果。值得注意的是，元稹的这两次行旅中既呈现出互动性效果，又完成了孤独者的生命体验。"所谓互动，顾名思义，自然指人与人之间的彼此关联，交互作用，但在元、白这里，这种互动既包括面对政治压力所进行的上疏言事、相互救助，也包括诗歌创作中的你唱我和、艺术技巧上的彼此切磋，同时还包括二人于离别、聚合之际异于常人的情感沟通，若干事件节点感同身受的寄赠慰勉以及多次进行的留言式题壁。"① 就此次行旅所涉及的人事而言，白居易以外的文人，如崔韶、窦群多有与元稹的文学互动。就创作风格而言，元稹《使东川》组诗具有两个特点：一是清新生动，宿于驿所直接表达所思所想；二是蕴藉含蓄，有些言情诗作通过采撷意象传情达意。白居易《酬和元九东川路诗十二首》选诗唱和，主要发挥了互动及阐释作用，直接点明"蕴藉含蓄"之作的意义指向。此后，元、白各自行经处，这样的唱和互动愈加频繁，自长安入蜀，自长安入江南，构成了诗路行旅唱和的突出文学现象。

驿路上每一次短暂停留的诗路点上都安放了诗人的情感寄托。"由于独居独行的特殊氛围，其羁旅行愁之作、思乡恋家之作、留别送行之

---

① 尚永亮：《贬谪文化与贬谪诗路——以中唐元和五大诗人之贬及其创作为中心》，中华书局，2023，第230页。

作、酬唱应和之作等类型的作品，既有不同的功用，也有不同的情感内涵。"①自长安至东川，不到一个月，元稹所到驿站均有诗篇，为我们展示了一条自长安入蜀的唐诗传播之路，元、白唱和又形成了唐诗文本的阐释之路。唐诗之路就是由成诗之点的聚集形成的。"虽然地点之中并不拥有内在的记忆，但是它们对于文化回忆空间的建构却具有重要的意义。因为它们不仅能够通过把回忆固定在某一地点的土地之上，使其得到固定和证实，它们还体现了一种持久的延续，这种持久性比起个人的，甚至以人造物为具体形态的时代的文化的短暂回忆来说都更加长久。"②前半程由于距离出发地不远，故而所到之处均有题诗或友人可见，侧重追忆往事而抒写交谊之情；后半程已进入蜀地，长安渐远，恋家思亲之情益深。因夜宿驿站，走走停停之中元稹笔下多是夜景。夜深人静，往往易令人回忆往事，皎洁的月色中一帧帧旧图景再现眼前，诗句更显情深意长，值得我们细细涵咏品味。两次书写的身份变化值得关注。《使东川》组诗是元稹有意编成，又形成元、白唱和，构成了文学生活的互动部分。因此次出行乃是工作派遣，往返时间诗人的心情舒畅，故而仅是记录了元稹使东川之行的文化记忆与行路记忆，留下自长安入川定点的全过程书写。这些文本将诗人的情感状态与交往人群相互结合融于一体，并具有书写内涵上记忆内容的独特性。与后两次行旅的苦痛记忆相比，《使东川》组诗虽然只是一个行路人的诗化日记，文本多写日常生活的点点滴滴，却具有独特的诗史意义。这组文本与元稹出入江陵、出入通州的文本结合起来，共同构成诗人三次行旅书写呈现出的不同精神状态和心灵世界。

---

① 吴淑玲：《驿路传诗与唐诗之发展》，中华书局，2023，第 377 页。

② 阿莱达·阿斯曼：《回忆空间：文化记忆的形式和变迁》，潘璐译，北京大学出版社，2016，第 344 页。

两次不同的行旅记忆图景展现了诗歌创作的艺术价值。唐诗之路上文学文本的艺术价值离不开回忆之地的风景介入。"创伤性地点、回忆之地和代际之地在这个记忆风景中叠加在一起，就像一张复用羊皮纸上面的字迹。"①行走在地图上的旅人因负重度不同而留下或深或浅的追忆痕迹，这些痕迹新旧叠加，为我们提供了情感世界的流动状态。元稹留诗在五次行经的地点，这些地点就是诗路的典型标志，每次经过完成的文本都是生命体变化的影像。

元稹两次入蜀的孤独感落在同途的不同物象之上，故而社会环境的变化带来的心境变化是需要解读的。"社会环境无可避免地要发生变化，伴随而来便是根植于这些社会环境中的回忆将被遗忘，那些来自于往昔的文本于是失去了不言自明性，变得需要阐释。"②某一条路，走的次数多了，走的诗人多了，留下的文本多了，文化积淀也就愈加深厚。江陵之行所走的是贬谪之路，每过一地一驿均有诗作，并及时传递给白居易，文本聚焦自身的贬谪之痛，乃是情感对话中的行路记忆。回归长安之后，元稹再赴通州，更将贬谪之苦诉到极致。元和十年因出为通州司马，元稹再次入蜀，因是入职常驻，多愁多病身的诗人创作了为数不少的苦旅纪行诗，这些诗作与第一次因公入蜀不同，经历贬谪生活后的元稹继续追忆往事，因病痛、家庭变故、仕宦不利而情绪低落，"心中不见一个人"，文本中体现出的孤独感非常凸显。

诗人在路上究竟回忆什么？个人记忆的瀚海中迸出的几朵文化浪花会让每一个诗路点活起来。"从生动的个人记忆到人工的文化记忆的过

---

① 阿莱达·阿斯曼：《回忆空间：文化记忆的形式和变迁》，潘璐译，北京大学出版社，2016，第344页。

② 扬·阿斯曼：《文化记忆：早期高级文化中的文字、回忆和政治身份》，金寿福、黄晓晨译，北京大学出版社，2015，第61页。

渡可能会产生问题，因为其中包含着回忆的扭曲、缩减和工具化的危险。"①元稹个人的行旅记忆中提炼出聚焦点入诗，那些与文化相关的往事勾连着行旅风景。驿站、嘉陵江、县区的自然景观和文化景观被记录下来，成为文化记忆的组成部分。文化故事融入行旅书写之中，文学场域的文化记忆便会与创作活动相互勾连。元稹两次入蜀为我们呈现不同身份、心境下的情感书写样本。两次行走在自长安入蜀路上的行旅记忆，呈现了一个时段中具有文化记忆表征的文学世界，文本集聚的不同样态具有唐诗之路研究的样本意义。

---

① 阿莱达·阿斯曼：《回忆空间：文化记忆的形式和变迁》，潘璐译，北京大学出版社，2016，第 6 页。

诗情、诗意、诗美：霍松林唐诗品鉴的融通之境

　　霍松林先生（1921—2017）是一位卓有成就的诗人、书法家、文艺理论家、古典文学研究专家。先生在古典文学研究领域多有涉足，成就突出，在唐诗品鉴方面影响尤大。霍松林认为："诗情、诗意、诗美，是我国一切文学艺术的本质和灵魂，甚至是数千年中华灿烂文化的本质和灵魂。"①霍松林先生具有极深的文学理论修养，又是诗词创作的行家里手，还是大学课堂的授业者，三重身份使得他在品鉴唐诗的过程中能够做到将理论研究与创作实践融合，创作实践与文本阐释融合，教学经验与品鉴赏析相互融合。从妙解诗情到领会诗意，再到发掘诗美，霍松林先生步步为营，渐入唐诗研究的融通之境。

　　妙解诗情要立足文本以探微抉奥。文学研究是在读懂文本的基础上进行的，品鉴作品便成为一个前提。霍松林先生以品鉴诗词而享有盛名。《唐宋诗文鉴赏举隅》《唐宋名篇品鉴》《唐诗精选》《历代好诗诠评》《唐音阁文集·鉴赏集》等著述汇聚了这方面的成果。霍松林常常是在文本细读中提出问题进而分析问题，以《送杜少府之任蜀川》为例，霍松林先生的这篇鉴赏文本就是从追源溯流开始的。文章先是追溯了离别主题的唐前接受史，以江淹《别赋》为中心扣题，上下追溯，认为自苏李、曹植至沈约的相关诗作所表述的是"有别必怨，有怨必盈"的情感基调。而后笔锋一转，论定王勃的《送杜少府之任蜀川》"为传

---

　　① 霍松林：《松林回忆录》，陕西师范大学出版社，2014，第202页。

统的送别诗开拓了新的领域，输入了另一个时代的新鲜血液"。作品的品鉴过程不缓不急，完成了一个抽丝剥茧的解读过程。文章需要确立文本解读的背景，自然从知人论世入手，紧密结合王勃其人其事与《送杜少府之任蜀川》的关系展开论述，认定诗作创作于王勃留居长安时期，不到二十岁的王勃正值风华正茂、意气昂扬，唐帝国也进入平稳安定的发展阶段，因此，这首诗称得上是"豪情壮志谱骊歌"。定准了历史色调，找到了解读文本的入口，先生方才深入肌理详解诗歌文本。文本阐释的第一步是解题，要解决的是"蜀州"与"蜀川"之间的厘定；其次是分联解读，从《公羊传》《史记》《说文解字》到同时代诗人的用法，文字学、史学、音韵学等多方面知识都派上了用场，霍松林先生的解读目的就是让读者读懂，进而入境并领略诗歌之美。颔联如何承接首联，颈联如何"推开一步，奇峰突起"，尾联"紧接三联，收束全篇"。具体的解读中旁征博引，寻根溯源，读毕方知承继之来路，读毕方觉曲径通幽的妙处。至此作品的主题、背景、语言特征读出来了，先生并没有收笔，而是向后寻索，进入《送杜少府之任蜀川》的接受史维度。循着王勃向前寻索，从陈子昂、王维、杜甫的作品中，寻绎送别主题"意气豪迈，格调雄浑"的发展过程，彰显了王勃改革诗风的成绩。最后一个部分则是锦上添花，从传统诗话中拈出了"偷春格"三个字，从章法特点上分析这首诗的独到之处以及唐诗中"偷春格"的用法。通观整篇品鉴文字，史学、文学、美学、语言学等方面修养处处可见，作者针对提出问题令其各自归位而浑然一体。

　　领会诗意要基于学理以阐发意蕴。霍松林先生重视形象思维，关于形象思维的两篇文章在学界影响极大，用形象思维品鉴唐诗自然也是必不可少的。关于杜甫《北征》的文章便是用形象思维分析"以文为诗"

现象，进而点出赋对诗的影响。霍松林先生更注重从创作实践印证诗歌理论，以诗歌理论结合实践走进诗世界。故而研究白居易的文章从写作方法到田园题材，再到诗歌理论，主要围绕乐府诗创作而展开论述。此外，研究成果往往融入品鉴之中，形成艺术分析的开拓创新。如关于《长恨歌》的鉴赏本身就是学术含量十足的大文章。文章开篇就紧紧抓住人物形象的塑造细读文本，既分析了"诗人仅仅抓住'重色'的特点塑造唐玄宗李隆基的形象"，又分析了"诗人从表现李隆基'重色'的角度塑造了杨玉环的形象"。前半篇注重分析塑造形象的艺术构思，后半篇则围绕"长恨"本身的叙事阐发开来，先生以解《长恨歌》题目加以过渡。第二部分则从人物性格、写作手法、语言特色、情文关系等方面分析《长恨歌》的艺术特点，对于艺术特点的概括准确而精当。第三部分则聚焦于千载以来的主题之争，讽喻还是爱情，先生提出了自己的看法。最后一部分点出《长恨歌》的文学传播效应。先生旁征博引，写成的鉴赏文章如蜘蛛结网一般布局井然有序，所用的众多材料了然于心而自然融入文本，真可谓诗情、诗意、诗美兼具。融会贯通要诗史互证以言出有据。霍松林先生的论文中，以论杜者最多。张忠纲《霍松林先生的杜甫研究》一文认为："霍先生对杜甫杜诗的研究是多方面的，有对杜诗思想意蕴的独到阐发，有对杜诗艺术的深入探讨，有对杜诗影响的条分缕析，有杜诗鉴赏，有杜诗今译，有个人吟咏，有叙述，有分析，有议论，而在字里行间又充溢着诗人的诗情诗趣，新见时出，精彩纷呈，蔚为奇观。"[①]《从杜甫〈北征〉看"以文为诗"》《纪行诸赋的启迪，五言古风的开拓——杜诗杂论之一》《相与情义厚，赠别拓诗

---

① 张忠纲：《霍松林先生的杜甫研究》，载李炳武主编《霍松林先生学术评论集》，三秦出版社，2010，第406页。

疆——杜诗杂论之二》《杜甫〈秦州杂诗〉的格律特点》《杜甫卒年新说质疑》《尺幅万里——杜诗艺术漫谈》《杜甫与偃师》等均有新见。霍松林先生在不断探索的基础上写出了"杜诗杂论"系列文章，第一篇便探讨《北征》的"以文为诗"，而后进一步论述中古时期纪行赋对杜甫《自京赴奉先县咏怀五百字》《北征》的影响。《自京赴奉先县咏怀五百字》《北征》这两首纪行诗是杜诗被称为"诗史"的代表作，先生围绕这两篇经典译诗、品鉴、研究三位一体，诗题、诗体、诗艺、诗史尽在其中。译诗实际上是解诗的一个环节，也是教学备课和授课的准备工作，如所译杜甫《自京赴奉先县咏怀五百字》就是在发给学生的讲义中找到的。20世纪50年代，霍松林先生就出版了《白居易诗选译》，这本书直到21世纪初还在再版。

　　发掘诗美要融会贯通而臻于佳境。所谓融会贯通，即要文学理论、文学史、文学创作、文学接受四者相互结合来研究诗境而不失文学本色。霍松林先生撰文从《雁门太守行》分析李贺诗的艺术独创性。文章先是解题，认为："李贺的这首诗，显然不是任何一次战役的简单模写，而是在提炼素材的基础上通过艺术想象创造的一种杀敌报国、浴血奋战的典型情境。"在梳理古今诸家解读的基础上列出分歧点，先生遵循"言外之意"要在言内寻的原则，采取了从易读的后四句体会前四句的方式，将这首诗分成两个完整的意义单元，进而提炼出李贺诗的艺术独创性。霍松林先生撰写的品鉴文章本身便是美文，如解读王维《鹿柴》云："首句以'不见人'写'空山'之幽静，次句以'但闻人语响'申说'不见人'。'但闻人语响'还意味着只有人语、更无他声。三四句进一步渲染'空山'之静。深林之中，青苔之上，最为幽寂，然林外人何能看见？今以斜阳照之，为深林青苔抹上一层金光。'返景入深林'，暗示林木茂密，日光直下，则为枝叶遮蔽，只有落日的光芒才能从树干的缝隙中斜射而入。'复照青苔上'的'复'字含无限深情，人迹罕至，只有每日日落之时，才能受到'返景'的瞬息抚摸，如今是又一次受到阳光的抚摸啊！善于捕捉有特征性的音响、色彩、动态表现寂静、幽深的境界，是王维田园山水诗的艺术魅力所在。"①解读白居易《赋得古原草送别》在条分缕析之后，以诗人的笔触写道："古原上的野草春荣冬枯，冬枯之时往往被野火烧掉。这一切都不会引起人们的注意，更不会激发诗人的美感。白居易却不然，他抓住了这些特点，并以他独特的审美感受进行了独特的艺术表现，突出了野草不怕火烧、屡枯屡荣的顽强生命力，并以'远芳''晴翠'这样美好的字眼，把它的气味、色彩写得那样诱人。因此，虽然说'萋萋满别情'，但并不使人感到'黯然销魂'。试想，当'王孙'踏着软绵绵的春草而去的时候，'远芳'扑鼻，'晴翠'耀眼，生意盎然，前途充满春天的气息，他能不受到感染吗？"②解读王维《竹里馆》则抓住"幽篁""弹琴""长啸""明月"等意象诠解"独坐"之境地，作者认为诗作之空明正在于"环境之宁谧与内心之恬静融合无间"③。

汇诗情、诗意、诗美于一端，唐诗研究达到如此融通之境是如何做到的？霍松林先生说："我对历代名作在反复熟读背诵的基础上，根据几十年的创作经验探微抉奥，阐发其深层意蕴和言外之意、弦外之音。"④唐诗选注、今译、品鉴、研究构成一个精工细作的过程。霍松林先生力求发掘诗情、诗意、诗美，他的唐诗研究以文本阐释为中心分为

① 霍松林：《历代好诗诠评》，中国社会科学出版社，2000，第217页。
② 霍松林：《霍松林选集·鉴赏篇》，陕西师范大学出版社，2010，第205页。
③ 霍松林：《历代好诗诠评》，中国社会科学出版社，2000，第212页。
④ 霍松林：《松林回忆录》，陕西师范大学出版社，2014，第596页。

三个层面。第一个层面是因选译而品鉴，从《白居易诗选译》到《唐宋诗文鉴赏举隅》，后来还有《唐诗精选》《唐宋名篇品鉴》《历代好诗诠评》。第二个层面是因品鉴而探究，如以杜甫《北征》《秦州杂诗》、李贺《雁门太守行》、李商隐《夜雨寄北》为阐释对象的学术论文。第三个层面是因探究成专题，如唐诗与长安文化，20世纪60年代开辟"长安诗话"专栏，后有《唐诗与长安文化》等文章。前两个层面侧重融通，博观细察中分析问题；后一个层面注重开拓，形成研究、还原、再创造的探索过程。

　　融会贯通而富于开拓正是霍松林先生唐诗品鉴的特色所在。霍松林先生说："优秀诗篇之所以优秀，首先在于以完美的艺术形式深刻而又生动地表现了特定的社会生活、时代脉搏和人们的心灵世界，感情美、意境美、词彩美、音韵美，具有强大的德育、智育、美育功能，能使读者于审美享受中陶冶情操、开阔视野、提高认识水平和精神境界。"①吴功正先生读了《唐宋诗文鉴赏举隅》，撰文认为："好的文学鉴赏有力度、厚度、深度，体现出鉴赏者的学养、识力、功力，是多重光的集束投射。'操千曲而后晓声，观千剑而后识器'，文学鉴赏岂可易言哉！这就是霍松林先生的《唐宋诗文鉴赏举隅》给我们的经验启示。"②唐诗地负海涵，唐音在华夏上空永久回荡。霍松林先生不仅入乎其内，而且出乎其外，以融通之境引领了唐诗品鉴的一时风气。

---

　　① 霍松林：《唐诗鉴赏举隅·序》，中国青年出版社，2011，第2页。
　　② 吴功正：《博观细察赏佳篇——喜读〈唐宋诗文鉴赏举隅〉》，载李炳武主编《霍松林先生学术评论集》，三秦出版社，2010，第187页。

后记

不知不觉就投身到了唐诗的怀抱。

童年时期，每到老师提问背唐诗，我就仰头望天，一口气地、大声地喊出来，老师的夸奖督促我继续背诵。上了中学，父亲给我买了三本书：《唐诗三百首》《唐宋词选》《宋诗选注》。只要有闲暇，我就捧在手中，读啊读，翻来翻去，遇到不认识的字儿，就自己蒙个读音带过去，真的是"不求甚解"。这既给我带来一定的文本阅读量，也形成理解文本粗枝大叶的坏习惯。

中师时期的学习没有那么紧张，用发表文章的稿费买来《唐诗鉴赏辞典》《李商隐诗选》，边读边背，算是有了阅读唐诗的深层记忆。尽管如此，喜爱唐诗并没有取代想当作家的理想，狂热地写新诗、投稿，并憧憬着作品能登上某本诗刊的头条。这个憧憬还是被唐诗的魅力取代了。大学时期，读《美的历程》，读《唐宋诗文鉴赏举隅》，连写诗都是以《溜冰时想起李商隐》为题。考研就自然而然地选了中国古代文学专业唐宋文学方向，又是在长安求学。我的老师霍松林教授、傅绍良教授、李浩教授都以唐诗研究与品鉴见长。

投身到唐诗的怀抱之后，竟不能自拔。

这部《寻找唐诗之美》是探索唐诗之美的一本阶段性小册子，多数文字是课堂教学的成果。我想用诗人、经典、品鉴路径这三个点将唐诗世界联系起来，试图写出自己心中的唐诗风景。

特别感谢傅道彬老师能够应允赐序，有序在此，我会更加有信心追求学术人生。大学毕业后，读过傅道彬师的《晚唐钟声》，那份美感一直萦绕在心间。后来，吉林大学博士后出站又是道彬师主持我的出站答辩活动。道彬师的著述对我影响甚深。

这本书是赠给两个女儿的礼物。十八年前，两个孩子的出生让我充分享受到了做父亲的快乐。妻为她们起了小名：左左和右右。记得小时候，我席地而坐，为她们读唐诗，一个在左，一个在右，两个小家伙纷纷来抢我手里的书。冲奶粉、陪玩儿、哄睡觉，都留下诸多陪伴中美好的记忆图景。每当哄着她们睡着了，自己也跟着睡着了，醒来之后，就想：如果就此定格，此生无憾。"寻找唐诗之美"形成了我的学术追求之路，这个周期恰好通向两个孩子的成长之路。十八岁开始远行，开始追逐心中的梦想。我想对两个女儿说：这本《寻找唐诗之美》的完成过程，就是爸爸陪伴你们成长的过程。爸爸妈妈愿意一直看着你们，看着你们长高，看着你们长大，看着你们走进学校的大门，看着你们快乐地生活，看着你们寻找属于自己的美丽新世界。

田恩铭

2024 年 9 月 23 日初稿